UWE KLAUSNER

Führerbefehl

UWE KLAUSNER

Führerbefehl

TOM SYDOWS ACHTER FALL

Personen und Handlung sind frei erfunden. Ähnlichkeiten mit lebenden oder toten Personen sind rein zufällig und nicht beabsichtigt.

Die automatisierte Analyse des Werkes, um daraus Informationen insbesondere über Muster, Trends und Korrelationen gemäß § 44b UrhG (»Text und Data Mining«) zu gewinnen, ist untersagt.

Bei Fragen zur Produktsicherheit gemäß der Verordnung über die allgemeine Produktsicherheit (GPSR) wenden Sie sich bitte an den Verlag.

Immer informiert

Spannung pur – mit unserem Newsletter informieren wir Sie regelmäßig über Wissenswertes aus unserer Bücherwelt.

Gefällt mir!

Facebook: @Gmeiner.Verlag
Instagram: @gmeinerverlag
Twitter: @GmeinerVerlag

Besuchen Sie uns im Internet:
www.gmeiner-verlag.de

© 2015 – Gmeiner-Verlag GmbH
Im Ehnried 5, 88605 Meßkirch
Telefon 07575 / 2095-0
info@gmeiner-verlag.de
Alle Rechte vorbehalten

Lektorat: Claudia Senghaas, Kirchardt
Herstellung: Mirjam Hecht
Umschlaggestaltung: U.O.R.G. Lutz Eberle, Stuttgart
unter Verwendung eines Fotos von: © ullstein bild
Druck: Zeitfracht Medien GmbH, Industriestraße 23,
70565 Stuttgart
Printed in Germany
ISBN 978-3-8392-1800-6

Mit Ausnahme von Adolf Hitler (1889–1945) und Winifred Wagner (1897–1980) sind sämtliche Figuren des Romans frei erfunden. Ähnlichkeiten mit lebenden oder toten Personen sind rein zufällig und nicht beabsichtigt.

FIGUREN

(in der Reihenfolge des Erscheinens)

Wolf-Dietrich Rattke, SS-Hauptsturmführer

Jonathan Lewin, Journalist und Angehöriger des Nationalkomitees Freies Deutschland

Tom Sydow, 54, Hauptkommissar der Kripo Berlin

Lea, seine Frau

Eduard Krokowski, Kriminalkommissar und Sydows Partner

Erwin Paschulke, Hausmeister

Manfred Konopka, Leiter der Spurensicherung

Heribert Peters, Pathologe und Professor der Medizin an der FU

Sven Waldenmaier, Kriminalassistent

Rolf Boysen, Anwalt

Veronika Marquard, Sydows Stieftochter

Marlene Hellweg, Redakteurin und Lewins Freundin

Fred Kowalski, Pförtner

Julius Meyer-Waldstein, Kunsthändler, Galerist und Antiquar

Heinz Jakubeit, Streifenbeamter

Kai Martens, Beamter der Spurensicherung

Frederick Verhoeven, Reporter bei der *Berliner Morgenpost* und Sydows bevorzugter Informant

Hermine Matuschek, Rentnerin

Joseph Nahler, Stadtstreicher

Maximilian de Montfort, Privatdetektiv

Magdalena Redlich, Haushälterin der Familie Rattke

Julius Marquard, Chefarzt

Doreen Rattke, Rattkes Frau

Jan-Oliver Rattke, Rattkes Sohn aus erster Ehe

SCHAUPLÄTZE

01
Neue Reichskanzlei in der Voßstraße 1–19 | 15:45 h

02
Führerbunker unter der Reichskanzlei | 14:50 h

03
Berlin-Tiergarten, Philharmonie am Kemperplatz | 19:00 h

04
Berlin-Kreuzberg, Glogauer Straße | 19:50 h

05
Berlin-Kreuzberg, Glogauer Straße | 20:30 h

06
Berlin-Charlottenburg, Hotel Excelsior | 21:00 h

07
Berlin-Tiergarten, Philharmonie am Kemperplatz | 21:20 h

08
Berlin-Kreuzberg, Axel-Springer-Hochhaus in der Kochstraße | 21:45 h

09
Berlin-Tiergarten, Wagner-Denkmal | 22:40 h

10
Berlin-Schöneberg, Sydows Wohnung in der Grunewaldstraße | 22:55 h

11
Berlin-Tiergarten, Abteilung K der Zentralen Kriminaldirektion in der Keithstraße | 23:25 h

12
Berlin-Schöneberg, Sydows Wohnung in der Grunewaldstraße | 23:55 h

13
Berlin-Tiergarten, Wagner-Denkmal | 00:20 h

14
Berlin-Nikolassee, Jachthafen auf der Insel Schwanenwerder | 00:50 h

15
Berlin-Moabit, Leichenschauhaus in der Invalidenstraße 59 | 01:15 h

16
Berlin-Tiergarten, Tiergartenstraße | 02:05 h

17
Berlin-Schöneberg, Club ›Whisky A Gogo‹ in der Habsburgerstraße | 02:40 h

18
Berlin-Tiergarten, Abteilung K der Zentralen Kriminaldirektion in der Keithstraße | 04:30 h

19
Berlin-Nikolassee, Schopenhauerstraße | 05:40 h

20
Berlin-Tiergarten, Franziskus-Krankenhaus in der Budapester Straße | 06:20 h

21
Berlin-Schöneberg, Sydows Wohnung in der Grunewaldstraße | 06:40 h

22
Berlin-Nikolassee, Schopenhauerstraße | 07:10 h

23
Berlin-Tiergarten, Abteilung K der Zentralen Kriminaldirektion in der Keithstraße | 08:45 h

24
Berlin-Westend, Heerstraße 12 – 16 | 09:10 h

25
Berlin-Tiergarten, Abteilung K der Zentralen Kriminaldirektion in der Keithstraße | 09:25

26
Berlin-Nikolassee, Schopenhauerstraße | 10:30 h

27
Berlin-Nikolassee, Jachthafen auf der Insel Schwanenwerder | 17:40 h

28
Bayreuth, Villa Wahnfried | 19:00 h

WINIFRED WAGNER
ÜBER ADOLF HITLER

*»Der Teil von ihm, den ich kenne,
den schätze ich auch heute noch
genauso wie früher.«*

(Interview aus dem Jahr 1975)

WAGNERIANA

›Schon lange vor der schweren Bombardierung der Stadt (Berlin, der Autor) waren unter anderem die Partitur des Meisters zu *Tristan und Isolde* sowie seine Briefe an Liszt ins Nussdorfer Haus (der Familie Wagner) verbracht worden – vermutlich, um sie in »besseren Zeiten« wieder nach Bayreuth oder ins Ausland zu schaffen. So wertvoll dieser Geheimvorrat der Wagneriana auch war, ein noch wertvollerer lagerte fest verwahrt – so nah und doch so fern – im Bunker der Berliner Reichskanzlei. Auf verschlungenen Wegen war Hitler in den Besitz des größten Teils der Manuskripte (einschließlich der mit umfänglichen handschriftlichen Einträgen versehenen Originalpartituren von *Die Feen*, *Das Liebesverbot* und *Rienzi*) gelangt, die der Meister vor Jahrzehnten als Ausgleich für »geleistete Dienste« König Ludwig überlassen hatte. Verständlicherweise verspürte »Onkel Wolf« keinerlei Lust, diesen Schatz, dessen Wert unmittelbar vor dem Krieg auf 800 000 Reichsmark geschätzt wurde, aus der Hand zu geben, nicht einmal der Wagnerfamilie zuliebe. (…) Offenbar hatte der Führer das Gefühl, der Schatz sei nirgends sicherer verwahrt als bei ihm.‹

(Aus: Jonathan Carr, *Der Wagner-Clan. Geschichte einer deutschen Familie*, Hamburg 2008, S. 318f.)

PROLOG

Berlin,
Freitag, 8. Dezember
1944

und

Montag, 30. April
1945

01

Neue Reichskanzlei in der Voßstraße 1 – 19 | 15:45 h

»Aber ... aber ich meine es doch bloß gut, mein Führer! Das wissen Sie doch.«

»Sie bemühen sich vergeblich, gnädige Frau. Mein Entschluss steht fest.« Vier Jahre war es her, seit er sie zum letzten Mal gesehen hatte. Vier Jahre, vier Monate und 15 Tage. Doch wie so oft, wenn er an die gemeinsam verbrachten Tage dachte, erinnerte er sich an jede Kleinigkeit. Auch jetzt noch, wo es Wichtigeres als die Bayreuther Wagner-Festspiele gab. Damals, am 23. Juli 1940, war *Die Götterdämmerung* auf dem Spielplan gestanden. Kartenverteilung durch das KdF, Künstler und Mitarbeiter vom Wehrdienst freigestellt. Man hatte, um das geflügelte Wort zu benutzen, aus der Not eine Tugend gemacht. Aber es hatte funktioniert, weit besser, als erwartet.

Im Gegensatz zu heute waren es trotzdem andere Zeiten gewesen. In jenen Tagen, nach dem Triumph über Frankreich, hatte er noch an einen raschen Sieg geglaubt. Davon konnte mittlerweile keine Rede mehr sein. Die Tage, an denen es keinen Luftalarm gab, konnte man an einer Hand abzählen, und wenn das so weiterging, würde Berlin bald nur noch aus Ruinen bestehen. »Bedaure, aber es ist nun einmal nicht zu ändern.«

»Wirklich nicht?«

»Nein, Winifred, wirklich nicht.«

Merkwürdig, dass er sie wieder duzte, ausgerechnet jetzt, da er auf Förmlichkeit bedacht war. Nun ja, kein Wunder, wenn man sich schon so lang kannte. Wenn man sich seit 1923, kurz vor seinem missglückten Putsch, mehrfach im Jahr begegnet und einander so nah gekommen war, dass die Gerüchte über eine Liaison nicht verstummen wollten. Für die Gegner von damals, die er allesamt kaltgestellt hatte, war dies natürlich ein gefundenes Fressen gewesen. Ihm aber, dies war von Anbeginn klar gewesen, war es einzig und allein um Richard Wagner gegangen. Um seinen Abgott, der ihm mehr bedeutete als alles andere auf der Welt.

»Und was, wenn die Partituren in die falschen Hände gelangen?«

Genau das war es, was ihn dazu bewogen hatte, auf Distanz zu gehen. Mit der Zeit war ihr Verhältnis sehr eng geworden, zu eng, zumindest für seinen Geschmack. Es war Wagner gewesen, den er vergötterte, nicht etwa die Herrin über den Bayreuther Hügel, Gattin des Meistersohnes, der drei Jahre vor seiner Machtergreifung das Zeitliche gesegnet hatte. Deshalb, und nur deshalb, hatte er dafür gesorgt, dass die Familie Wagner und mit ihr die Festspiele nicht bankrottgegangen waren. Immer und immer wieder hatte er Unsummen von Geld hineingepumpt, teils aus eigener Tasche, zum anderen aber auch aus dem Vermögen der Partei, welche Karten aufgekauft hatte, um ihr Überleben zu garantieren.

»Das willst du … das wollen Sie doch nicht riskieren, oder?«

Und das war jetzt der Dank. Jahrelang hatte er den Nachkommen des Meisters die Treue gehalten, hatte er Wieland, Winifreds Ältesten, sogar vom Wehrdienst befreit. Und mit welchem Resultat? Dass eben jener Wieland, für den er Vaterstelle eingenommen hatte, den Hals offenbar nicht voll bekommen konnte. Forderungen stellen, und das ausgerechnet an ihn, den Führer und Kanzler des Reichs. Das wäre ja noch schöner gewesen. Wenn hier jemand Forderungen stellte, dann er. Er und nicht jener 28-jährige Fantast, dem der Ruhm, den sein Großvater eingeheimst hatte, zu Kopf gestiegen war.

»Was das betrifft, gnädige Frau, wurde vorgesorgt. Kein Grund, sich unnütze Gedanken zu machen.«

»Darf man erfahren, in welcher Weise?«

»Fragen Sie Ihren Sohn, Winifred.« Woher Wieland die Dreistigkeit genommen hatte, war ihm ein Rätsel. Nicht genug, dass ihm Privilegien zuteilwurden, von denen andere nur träumen konnten, hatte er ans Absurde grenzende Ansprüche erhoben. Und das im Beisein von Schwester, Frau und Schwager, die sich glücklich schätzen durften, vom Führer persönlich zu Tisch gebeten zu werden. Als ob er, Adolf Hitler, gestern Abend nicht Besseres zu tun gehabt hätte, als seine kostbare Zeit zu vergeuden und einen Affront zu erleben, der Seinesgleichen suchte.

Rückgabe der in seinem Besitz befindlichen Original-Partituren von Richard Wagner, nur damit seine Nachkommen sie verscherbeln und ein angenehmes und sorgenfreies Leben führen konnten. Das kam überhaupt nicht infrage. In seinem Panzerschrank war der *Rienzi* sicherer als irgendwo sonst, allemal besser aufgehoben als in Bayreuth. Es sei denn, das Reich würde den Krieg verlieren. Da dies jedoch ausgeschlossen war, wäre es töricht gewesen, wenn er sich von seinem Besitz getrennt hätte. Dafür war er viel zu wertvoll, über eine Dreiviertelmillion Reichsmark, um es genau zu sagen. Selbst für ihn eine Menge Geld, zu viel, um ohne Not darauf zu verzichten. »Nach seiner Rückkehr wird er Ihnen bestimmt Bericht erstatten.«

»Das hat er bereits.« Die Stimme am anderen Ende der

Leitung klang ungehalten, wenn nicht gar empört. »*Telefonisch*.«

»Ja wenn das so ist, wissen Sie ja Bescheid.« Und außerdem ging es hier nicht nur ums Geld, zumindest nicht, was ihn betraf. Es ging um mehr, um wesentlich mehr sogar. Ohne Wagner, dessen Hinterlassenschaft er wie den Heiligen Gral hütete, war er nur ein halber Mensch, mochten ihn all jene, die seine Begeisterung nicht teilten, insgeheim noch so sehr belächeln. Der *Meister*, wie ihn seine Jünger nannten, war und blieb nun einmal der Meister, und niemand, nicht einmal ein Bruckner, Beethoven, Liszt oder Brahms, konnte dem Leitstern seines Lebens das Wasser reichen. »Bedaure, gnädige Frau, aber so ist nun einmal die Lage. Sie tun gut daran, das zu akzeptieren.«

»Bei allem schuldigen Respekt, Wolf … äh … Ich wollte natürlich sagen: mein Führer. An den Gedanken kann ich mich nur schwer gewöhnen.«

»Ich fürchte, Ihnen wird nichts anderes übrig bleiben.« Die Hörmuschel am rechten Ohr, ließ Adolf Hitler den Blick durch den abgedunkelten Raum schweifen, annähernd 400 Quadratmeter groß und so prunkvoll, dass er nicht nur in Berlin ohne Konkurrenz dastand. Nichts war zu teuer gewesen, um den gewünschten Effekt zu erzielen, angefangen bei der Kassettendecke aus Palisander, über die sechs Türen, deren Rahmen bis knapp unter die zehn Meter hohe Decke reichten, bis hin zum Fußboden, wie die Wände aus Limbacher Marmor, dessen rötlicher Schimmer eine merkwürdige Faszination auf ihn ausübte. Und nichts war dem Zufall überlassen worden, um den Anschein von Macht und Größe zu erwecken, unter anderem die vergoldeten Plaketten, welche auf die Tugenden des wahren Staatsmannes anspielten. Weisheit, Tapferkeit, Besonnenheit und Gerechtigkeit. Das war es, was die zu Höherem Berufenen auszeichnete.

Das war es, was auch ihn auszeichnete.

Wahrhaftig, Speer hatte seine Sache gut gemacht. Ach was, er hatte hervorragende Arbeit geleistet. An nichts war gespart worden, weder bei den Möbeln, die sein Leibarchitekt hatte anfertigen lassen, noch an den Gemälden, welche die Wand zu seiner Rechten zierten, noch beim Schreibtisch, an dem er gerade saß. Dreieinhalb Meter breit und die Vorderseite mit detailgetreuen Intarsien versehen, darunter ein Schwert, das gerade aus der Scheide gezogen wird. Alle Achtung, dieser Speer verstand etwas von Kunst. Mehr noch, er verstand, was sein Auftraggeber mit dem Bau der Neuen Reichskanzlei bezweckt hatte. Ausländische Delegationen, Staatsbesuche und um Frieden winselnde Diplomaten sollten eingeschüchtert und nach allen Regeln der Kunst zur Räson gebracht werden. Sie sollten sich wie Bittsteller vorkommen, klein, verzagt, unbedeutend – und machtlos. Einzig und allein deshalb hatte er knapp 30 Millionen Reichsmark ausgegeben, nämlich, um die Macht und Größe des Reiches zu demonstrieren.

Vor aller Augen, vor der gesamten Welt.

Nun gut, Speer hatte es nicht umsonst getan, sondern kräftig mitverdient. 1700 RM Monatsgehalt und damit fast das Zehnfache des Durchschnittsgehalts eines Arbeiters waren weiß Gott kein Pappenstiel. Aber es hatte sich gelohnt. Jedes Detail, vor allem das Inventar dieses Raums, entsprach exakt seinem Geschmack. Vor allem der Globus, links neben der Sitzgruppe vor dem Kamin platziert, hatte es ihm angetan. Aber auch sonst konnte sich die Einrichtung seines Arbeitszimmers sehen lassen. Ob Kartentisch, Gobelin, Bismarckgemälde von Lenbach oder Teppiche, auf denen Hakenkreuze eingewoben waren. Nichts war dem Zufall überlassen worden, und nichts, auch nicht das kleinste Detail, war der Aufmerksamkeit seines Intimus entgangen.

Dennoch: Verglichen mit den Partituren, die in seinem Panzerschrank verwahrt wurden, war der ganze Prunk und Pomp nichts wert. Aber auch rein gar nichts. Für ein Werk aus der Feder des Meisters hätte er ein Vermögen auf den Tisch geblättert, weit mehr, als die Einrichtung dieses Raums verschlungen hatte.

Selbst auf die Gefahr, dass er bankrottgegangen wäre.

»Sind Sie noch am Apparat, mein Führer?«

Winifred Wagner, acht Jahre jünger, seit 15 Jahren Witwe, Mutter von vier Kindern, darunter Wieland, sein erklärter Favorit. Helferin in der Not, überzeugte Parteigängerin, Herrin der Festspiele und legitime Erbin von Siegfried, einziger Sohn von Richard Wagner.

Eine von vielen, die seinen Weg gekreuzt hatten.

Nicht weniger, aber auch nicht mehr.

»Wie gesagt, gnädige Frau: Mein Entschluss steht fest.«

»Selbst wenn, wäre es doch nur vorübergehend, ich meine: Wäre der Endsieg erst errungen, spräche nichts dagegen, wenn ich Ihnen die Manuskripte zum Geschenk …«

Ein Heulton, so durchdringend, dass man sein eigenes Wort nicht verstand, ließ seine Gesprächspartnerin jäh verstummen.

Fliegeralarm. Auch das noch. Wie oft Berlin seit Kriegsbeginn von den Terrorangriffen seiner Widersacher heimgesucht worden war, wusste er nicht. Aber er wusste, dass es so nicht weitergehen konnte.

Wunderwaffen mussten her, und das möglichst bald.

»Sie entschuldigen mich, gnädige Frau. Die Pflicht ruft.«

»Ich weiß, mein Führer. Darf ich Sie trotzdem um einen Gefallen bitten?«

»Ich höre.«

»Falls es Ihre Verpflichtungen zulassen, würde ich gern bei Ihnen vorsprechen.« Die Bittstellerin hielt kurz inne. »Sobald wie möglich.«

Typisch Winifred. Hartnäckig bis zum Äußersten. Besonders dann, wenn es um die Belange der Familie Wagner ging.

Oder ums Geschäft, je nachdem.

»Auf die Gefahr, mich zu wiederholen, gnädige Frau: Mein Entschluss steht fest.« Gepackt von Unmut, in den sich unüberhörbare Anzeichen von Jähzorn mischten, erhob sich Hitler von seinem Stuhl, setzte seine Uniformmütze auf und umklammerte die Schreibtischkante, um das chronische Zittern seiner linken Hand abzumildern. »Gesetzt den Fall, ich käme in die Verlegenheit, meine Besitztümer in Sicherheit zu bringen, werde ich mich Ihrer entsinnen. Darauf können Sie vertrauen, so unwahrscheinlich dieser Fall auch sein mag. Und jetzt entschuldigen Sie mich, Winifred – ich habe zu tun!«

143 TAGE SPÄTER

02

Führerbunker unter der Reichskanzlei | 14:50 h

»Ich kann mich also auf Sie verlassen, Rattke?«

»Voll und ganz, mein Führer.« Da stand er nun. Der Mann, der von sich behauptet hatte, Deutschlands Retter zu sein. Fahle, ans Gelbliche grenzende Hautfarbe, schwarze Tränensäcke, Falten wie bei einem 80-jährigen Greis. Gerade einmal 56, aber schon tief gebeugt, die Hände hinter dem Rücken, um die Schüttellähmung, unter der er litt, vor den Umstehenden zu verbergen. Mit einem Wort: ein Wrack, Opfer seines Leibarztes, der ihn mit Barbituraten und Amphetaminen vollpumpte.

Da stand er nun, eine Armlänge von ihm entfernt und eine Mappe aus Hirschleder in der Hand, auf der die Initialen seines Namens eingestanzt waren. »Wann soll ich aufbrechen?«

»So schnell wie möglich. Die Zeit drängt.«

Und da stand er, SS-Hauptsturmführer Wolf-Dietrich Rattke, Sohn eines betuchten Parteigenossen, seit 1941 Angehöriger des Führerbegleitkommandos und nicht einmal halb so alt wie der Mann, der so stark nuschelte, dass man ihn kaum verstand. Blond, hochgewachsen, drahtig, durchtrainiert und tatendurstig, kurz: das Musterbeispiel des arischen Herrenmenschen, der nicht zögerte, den Befehl des Führers auszuführen.

Jeden Befehl, jede Anordnung, jeden Auftrag.

Auf der Stelle, ohne Wenn und Aber.

Doch der Schein trog. Der Grund, weshalb er vor Tatendrang nur so sprühte, war ein anderer. Er genoss die Blicke, die auf ihm ruhten, genoss es, dass die Kameraden aus dem Begleitkommando neidisch waren. Auch jetzt, kurz vor dem Ende des letzten Akts, wurde ein Führerbefehl immer noch als Ehrung betrachtet. Als eine Art Auszeichnung, wertvoller als das Ritterkreuz samt Eichenlaub mit Schwertern und Brillanten.

»Zu Befehl, mein Führer!« Rattke nahm Haltung an, schlug die Hacken zusammen und salutierte. Endlich. Endlich konnte er allen jenen das Maul stopfen, die behaupteten, Vater habe seine Beziehungen spielen lassen und ihn beim Begleitkommando untergebracht, damit sein Ältester und Erbe eine ruhige Kugel schieben konnte. Heute, am 30. April 1945, schlug seine Stunde. Heute würde er es allen zeigen.

Und was, wenn das Ganze in die Hose ging, wenn er dem Iwan in die Arme lief oder wie ein räudiger Hund abgeknallt wurde? Nun gut, dann hatte er eben Pech gehabt. Besser, alles auf eine Karte setzen und den Ausbruch wagen, als abzuwarten, bis die Russen vor der Tür standen, die Bunkerinsassen hopsnahmen und sie an die nächstbeste Wand stellten. Wer nicht wagt, der nicht gewinnt. So war das nun mal. Les jeux sont faits, Herr Hauptsturmführer.

Nichts geht mehr.

»Sieg Heil!«

Ein Schulterklopfen, und das war es dann auch schon gewesen. Der Greis im grauen Uniformrock, das goldene Parteiabzeichen und das EK I auf der Brust, machte kehrt und schlurfte auf die vor seinen Privaträumen im Mittelgang wartenden Vertrauten zu. Rattke verzog das Gesicht. Hier unten, das nervtötende Summen der Ventilatoren im

Ohr, kam man sich wie im Gefängnis vor. Und dann noch die ganzen Speichellecker, Arschkriecher und Parteibonzen, die sich tagaus, tagein die Klinke in die Hand gaben, Ergebenheitsadressen herunterleierten und sich möglichst schnell wieder auf die Socken machten. Falls möglich, auf Nimmerwiedersehen. Das musste man erlebt haben, sonst würde man es nicht glauben. Schlichtweg zum Kotzen. Speziell Bormann, Leiter der Parteikanzlei, hatte er gefressen, dicht gefolgt von Magda Goebbels, die ein Riesentamtam veranstaltete, um Hitler vom geplanten Selbstmord abzuhalten.

Einfach typisch. Alle wussten, was der Führer vorhatte, und jetzt kam diese hysterische Kuh daher und machte eine Szene, an der Wagner seine helle Freude gehabt hätte. Führerdämmerung, fünfter Akt. Jeder der Anwesenden, darunter sein Kammerdiener samt Sekretärinnen und Diätköchin, einfach jeder wusste Bescheid. Die hohen Tiere, die ihr Lametta zur Schau trugen, mit inbegriffen. In wenigen Minuten, längstens in einer halben Stunde, würde der Führer und Kanzler des Reichs das Zeitliche segnen. Dann würden seine Paladine, allen voran Bormann, zur Tat schreiten. Viel Zeit, um die Leiche zu verbrennen, würde nicht bleiben. Ein paar Stunden vielleicht, mehr nicht. Bis dahin, so Hitlers Wunsch, durfte von ihm und Eva Braun nur noch ein Aschehaufen übrig sein. So lautete der Befehl, und genauso würde er auch ausgeführt werden.

Postwendend, ohne Wenn und Aber.

Bis dahin wäre er, SS-Hauptsturmführer Wolf-Dietrich Rattke, jedoch längst über alle Berge. Unterwegs nach Bayreuth, um den letzten Befehl aus dem Mund von Adolf Hitler auszuführen.

Die Frage war nur, wann – und vor allem wie.

| 03:50 h

Nichts wie raus hier. Und das möglichst schnell.

Rattke sah auf die Uhr. Dienstag, 1. Mai 1945, zehn vor vier in der Früh. Und somit eindreiviertel Stunden vor Sonnenaufgang. An dieses Datum würde er vermutlich noch lange denken. Und an den Ort, wo er mehrere Monate seines Lebens verbracht hatte. Vorausgesetzt, er würde ihn lebend verlassen.

Aber noch war nicht aller Tage Abend. Da draußen war zwar die Hölle los, das war nicht zu überhören. Katjuschas in rauen Mengen, Granateinschläge und Explosionen so weit das Gehör reichte. Einfach alles, was das Herz eines SS-Mannes höher schlagen ließ. Mangels Alternativen würde ihm jedoch nichts anderes übrig bleiben, als seinen Hintern hinzuhalten und alles auf eine Karte zu setzen. Tanz in den Mai auf Russisch. Hatte er sich immer schon gewünscht.

Rattke stieß einen obszönen Fluch aus. An allem war nur dieser Arschkriecher namens Bormann schuld. Sonst wäre er längst über alle Berge gewesen. Aber Befehl war nun einmal Befehl. Da gab es nichts. Er hätte sich zwar etwas Schöneres vorstellen können, als seinen Kameraden bei der Verbrennung von Hitlers Leichnam zu assistieren. Aber da der Herr Reichsleiter nun mal ein hohes Tier und er nur ein mickriger SS-Hauptsturmführer war, hatte er von vornherein schlechte Karten gehabt. Will heißen: Er und ein paar Auserwählte waren dazu vergattert worden, den Leichnam des Führers und denjenigen seiner Kurzzeit-Gattin zu verbrennen. 15 Kanister, im Ganzen circa 300 Liter. Aus Beständen der SS-Fahrbereitschaft. Wie gesagt, er hätte sich etwas Schöneres vorstellen können, zumal die Prozedur im Garten der Reichskanzlei mehrere Stunden gedauert hatte. Die Begleitmusik zur Bestattungsfeier der besonderen Art hatten die russischen Stalinorgeln beigesteuert. Verdammt gefährlich, so ein Trommelfeuer à la Iwan. Rattke gab ein verächtliches Schnauben von sich. Diese Bastarde waren gefährlicher, als er gedacht hatte. Das musste ihnen der Neid lassen.

Logisch, dass er sich nach vollbrachter Tat erst mal einen genehmigt hatte. Anders konnte man so etwas nicht aushalten. Vorausschauend, wie er nun einmal war, hatte er sich danach einen Wisch organisiert, aus dem hervorging, in wessen Auftrag Wolf-Dietrich Rattke seinen Hintern riskierte. Mit Stempel und allem Drum und Dran. Ordnung musste immer noch sein. Schließlich trieben sich da draußen jede Menge fliegende Standgerichte herum. Als vermeintlich Fahnenflüchtiger aufgeknüpft oder an die nächstbeste Wand gestellt zu werden, darauf hatte er nun wirklich keine Lust. Er wollte seinen Auftrag ausführen – und heil aus dem Schlamassel rauskommen.

Gott sei Dank war er nicht auf den Kopf gefallen. Hätte er seine Uniform anbehalten, wäre dies gleichbedeutend mit einem Todesurteil gewesen. Schlimm genug, den Russen in die Hände zu fallen – keine Frage. Noch schlimmer freilich, wenn einem das Missgeschick unterlief, in SS-Montur durch die Landschaft zu spazieren. Bei so etwas würde der Iwan keinen Spaß verstehen. Das konnte man sich an fünf Fingern abzählen.

Ergo: ein grauer Anzug, nicht allzu neu, damit er nicht wie ein bunter Hund auffiel. Inklusive ausgebleichter Krawatte, verdreckten Halbschuhen und Hut. Und fertig war der Zivilist. Fehlte nur noch der Rucksack, und schon sah er wie eine der heruntergekommenen Kreaturen aus, die vor der Roten Armee nach Westen geflohen waren. Ausweis gefällig? Kein Problem. Die Fälscherwerkstätten der SS arbeiteten rund um die Uhr. Not machte eben erfinderisch. Oder anders ausgedrückt: Wer überleben wollte, musste mit allen Wassern gewaschen sein.

Fünf nach, nur noch eineinhalb Stunden bis Sonnenaufgang.

Jetzt aber nichts wie los.

Der Plan, den er sich zurechtgelegt hatte, war denkbar einfach. Raus aus dem Kellerfenster, hinter dem er und ein weiterer Kamerad in Deckung gegangen waren, ducken und im Zickzack über die Wilhelmstraße, um mit einem Quäntchen Glück den U-Bahnhof Kaiserhof zu erreichen. Ein Katzensprung, wäre das Höllenfeuer nicht gewesen, das die Russen wieder mal entfachten. Wahnsinn!, schoss es ihm durch den Kopf, als er bäuchlings durch die winzige und von Trümmerteilen nahezu vollständig zugeschüttete Öffnung kroch. Reiner Wahnsinn, sich auf so etwas einzulassen.

Aber immerhin gab es da noch seine Knarre, eine Walther PP 7,65 mm. Das gleiche Modell, mit dem der Führer Selbstmord begangen hatte. Kein gutes Omen, aber was sollte er machen. In der Eile hatte er nichts anderes auftreiben können. Macht nichts. Um sich die Kugel zu geben, bevor man vom NKWD zu Tode gefoltert wurde, war der Schießprügel gut genug.

Von wegen gefoltert. Wenn das hier so weiterging, würde er es nicht mal bis rüber zum U-Bahnhof schaffen. Beißender Qualm, der einem die Luft zum Atmen nahm, Granateinschläge im Sekundentakt, Geschützdonner aus allen Himmelsrichtungen. Und als Zugabe das Heulen der Katjuschas, ohrenbetäubend, infernalisch, nervenzerfetzend. Schlimmer hätte es wahrhaftig nicht kommen können.

Auf drei. Und dann ab durch die Mitte. Hinter einen Trümmerhaufen geduckt, schulterte Rattke den Rucksack, in dem er das Mitbringsel für die Familie Wagner verstaut hatte, holte tief Luft und rannte los, vorbei an einem ausgebrannten Autowrack, brennenden Reifen, Trümmerteilen und bis zur Unkenntlichkeit verstümmelten Leichen, die zu Dutzenden auf der Wilhelmstraße herumlagen. Bis zum Eingang des U-Bahnhofs Kaiserhof waren es nur wenige Meter, doch mit jedem Schritt, den er zurücklegte, schien sich die Distanz zu vergrößern. Sekunden dehnten sich zu Minuten, ein paar Augenblicke zur Ewigkeit. Verdammt aber auch, er hatte keine Lust, hier zu verrecken. Wenn, dann nicht hier – und nicht jetzt, mit 27 Jahren.

Gerade noch mal gut gegangen. Kaum war der rettende Treppenabsatz erreicht, schlugen genau dort, wo er durchs Kellerfenster gekrochen war, mehrere Granaten ein. Er aber zuckte nicht einmal zusammen, umklammerte den Gurt seines Rucksacks und rannte die Stufen hinunter, die zum Bahnsteig führten.

Schwein gehabt, Herr Hauptsturmführer.

Vorerst jedenfalls.

Hier drunten war er zwar zunächst sicher, genau wie das gute Dutzend Zivilisten, das wie von Furien gehetzt auf die U-Bahn-Gleise sprang, um sich durch den stockdunklen Schacht nach Norden durchzuschlagen. Grund zur Freude oder zum Optimismus war jedoch fehl am Platz. Kein Mensch konnte mit Bestimmtheit sagen, ob die Tunnel vielleicht nicht doch geflutet werden würden, oder ob die Russen dieses Schlupfloch nicht schon längst gestopft hatten. Rattkes Blick verdüsterte sich. Da stolperte man ins Ungewisse, zuerst zum Bahnhof Stadtmitte und dann weiter zum U-Bahnhof Friedrichstraße. Nur um anschließend vom diesem scheiß Pack aufgegabelt und auf Nimmerwiedersehen nach Sibirien verfrachtet und zu lebenslanger Zwangsarbeit vergattert zu werden. Das waren, gelinde gesagt, keine allzu guten Aussichten. Blödsinn, das war eine Schreckensvision. Dann noch lieber selbst ein Ende machen, je früher, desto besser.

Aber wie hieß es in der SS doch so schön: ›Meine Ehre heißt Treue.‹ Treue zum Führer, zum Vaterland und nicht zuletzt auch gegenüber dem Herrn Reichsführer, der vermutlich längst auf Tauchstation gegangen war. Rattke spie verächtlich aus, bemüht, auf dem Gleisbett nicht ins Stolpern zu geraten. Himmler traute er so ziemlich alles zu, auch wenn der Führer ihn als ›treuen Heinrich‹ tituliert hatte. Treue, wie die Erfahrungen der letzten Monate bewiesen, war nicht mehr gefragt. Was zählte, war das eigene Ego, der Wille, den Schlamassel zu überstehen. Leute wie ihn, die den Kopf hinhielten, um einen Führerbefehl auszuführen, konnte man an einer Hand abzählen. Das war ihm mittlerweile klar geworden.

Schluss jetzt, Schluss mit der alten Leier. Herumlamentieren nützte nichts, jetzt waren Mumm und Schneid und Zähigkeit gefragt. Nur wer einen kühlen Kopf behielt, war in der Lage, den Vorhof der Hölle hinter sich zu lassen. Anders würde man auf keinen grünen Zweig kommen, nicht hier, wo das reine Chaos herrschte.

Nicht hier, mehrere Meter unter der Erde.

Stadtmitte. Na also. Das hatte ja eine Ewigkeit gedauert. Nur gut, dass er auf die Idee mit dem U-Bahn-Schacht gekommen war. Rattke atmete tief durch. Wenn er jetzt nicht schlappmachte, bot sich die Chance, hinter die russischen Linien zu gelangen, am U-Bahnhof Friedrichstraße die Lage zu peilen und, so die Luft rein war, die Weidendammer Brücke zu überqueren. Wenn, ja wenn ihm die Bolschewisten keinen Strich durch die Rechnung machen würden.

Aber daran, wie im Übrigen auch an ein Scheitern des Plans, wollte er jetzt lieber nicht denken.

Weder jetzt noch in der Zukunft, von der er nicht wusste, was sie ihm bescheren würde. Eine Kugel im Schädel, ab nach Sibirien, oder mehr Glück als Verstand, um diese Halbwilden auszutricksen. Im Grunde gab es nur diese drei Möglichkeiten. Wo genau die Fronten derzeit verliefen, wusste allerdings kein Mensch. Hier unten, buchstäblich im Dunkeln tappend, war man von der Welt abgeschnitten, kam man sich wie Odysseus auf seiner Wanderung durch die Unterwelt vor. Rattke beschleunigte seinen Schritt. Eines stand jedenfalls fest: Glück allein würde nicht ausreichen, um den Kopf aus der Schlinge zu ziehen. Ohne Einfallsreichtum, mithin das Gebot der Stunde, war man aufgeschmissen. Hilf dir selbst, sonst bist du am Arsch. So lautete die Losung für den Tag.

Leichter gesagt, als getan, schließlich waren die Russen nicht auf den Kopf gefallen. Auf Dauer würden er und die schier endlose Kolonne vor und hinter ihm nicht unentdeckt bleiben. Da machte er sich nichts vor. Spätestens bei Tagesanbruch war Schluss mit dem Versteckspiel, dann gingen seine Chancen gegen Null. Im Klartext: Wenn er Pech hatte, standen die Zugänge zur U-Bahn unter Beschuss. Oder ein Spähtrupp war unterwegs, um den Schacht zu erkunden. Dann war Schluss mit Lustig, ein für alle Mal.

Ängstliche Stimmen, halblaute Rufe, schemenhafte Gestalten, wimmernde Kinder, Frauen, Greisinnen, kurzum: eine Szenerie wie aus Dantes Inferno. Und mittendrin er, SS-Hauptsturmführer Rattke, ein Mitbringsel im Gepäck, nach dem sich nicht nur die Russen die Finger lecken würden. Und dann erst die Blutgruppentätowierung am linken Arm, unwiderlegbarer Beweis für die Mitgliedschaft in der SS. Auf sie waren die Bolschewiken besonders scharf, wie der Teufel auf Nachbars Lieschen. Ergo: Tu alles, um nicht aufzufallen, Wolf-Dietrich. Sonst kannst du dir dein eigenes Grab schaufeln.

Apropos Grab. Immerhin bist du trotz Krieg 27 geworden. Gar nicht mal so schlecht, oder?

Schluss jetzt!, fuhr es Rattke durch den Sinn, noch ist es nicht so weit. Erst mal raus aus dem Schacht, auf Biegen und Brechen. Und dann sehen wir weiter.

Raus hier, solange es noch ging.

»He, da hinten – Klappe halten!« Die Finger an den Lippen, hielt Rattke inne. Bildete er sich das nur ein oder hatte er gerade Stimmen gehört?

Kein Zweifel, irgendwo da oben standen zwei Männer, die sich lautstark miteinander unterhielten. Über was, konnte Rattke zwar nicht verstehen, aber dass es sich um Deutsche handelte, stand außer Frage.

Na also, warum nicht gleich. Kaum hatte Rattke die Tunnelwand erreicht, stieß er auf eine Leiter, die zu einem Entlüftungsschacht führte. Der Mann, auf dem die Hoffnungen seines Führers geruht hatten, atmete tief durch. Also wirklich, auf die Idee hätte er schon früher kommen können.

Jetzt galt es, keine Zeit zu verlieren. Rattke überlegte nicht lange, verschwendete keinen Gedanken daran, seinen Leidensgenossen aus der Patsche zu helfen. Jeder war sich selbst der Nächste. Jeder von denen da unten hätte genauso gehandelt, hätte nach dem Geländer gegriffen und wäre im Eiltempo nach oben geklettert.

Kommentarlos, ohne sich umzudrehen.

Am Ende der Leiter angelangt, lauschte Rattke durch den vergitterten Schacht nach draußen. Der Tag war bereits angebrochen, viel mehr war nicht zu erkennen.

Entschlossen, alles auf eine Karte zu setzen, hielt der SS-Hauptsturmführer den Atem an. Keine Geräusche, kein Geschützdonner, keine Stimmen – nichts. Rattkes Blick verhärtete sich. Jetzt kam alles darauf an, dass er einen kühlen Kopf behielt. Dass er genau überlegte, was er tat. Der kleinste Fehler, und er konnte seine Mission abschreiben. Darüber musste er sich im Klaren sein.

Schließlich fasste er sich ein Herz, umklammerte die Eisenstäbe, holte tief Luft – und wuchtete das Gitter nach oben.

Kein Mensch zu sehen. Die Hände an der Oberkante des Schachts, ließ Rattke den Blick über die mit Bombentrichtern übersäte Straße wandern. Auch hier, genau wie auf der Wilhelmstraße, das gleiche Bild. Beißender Qualm, zerstörte Häuser, so weit das Auge reichte, verkohlte Leichen, wahre Berge von Trümmern, demolierte Autos, bleigrauer Rauch, der aus einem Mietshaus in den wolkenverhangenen Morgenhimmel stieg. Und über allem der süßliche Geruch, bei dem einem auf der Stelle übel wurde.

Leichengeruch.

Und, wie um das trostlose Bild abzumildern, ein russischer T-34-Panzer, von dem nur ein Haufen Schrott übrig geblieben war. Rattkes Atem ging stoßweise, wie nach einem Dauerlauf. Merkwürdig. Wirklich komisch. Wider Erwarten war kein Mensch zu sehen, weder Freund noch Feind noch Zivilist. Höchst merkwürdig sogar, wenn nicht gar beunruhigend. Aber noch lange kein Grund, umzukehren und mit ein paar Dutzend Jammergestalten stundenlang durch die Dunkelheit zu stolpern. Momentan gab es nur eine Option für ihn, und die würde er nutzen.

Jetzt gleich.

Wer wagt, gewinnt, jetzt oder nie. In der Absicht, seine Haut möglichst teuer zu verkaufen, kletterte Rattke aus dem Schacht und rannte los. Wohin, spielte keine Rolle. Hauptsache, er kam ungeschoren davon. Dann würde er weitersehen.

Weit kam er jedoch nicht. An der nächsten Ecke, die AK-47 im Anschlag, traten ihm plötzlich zwei Rotarmisten in den Weg. Gerade so, als hätten sie auf ihn gewartet.

Rattke blieb wie festgewurzelt stehen. Kein Zweifel, mit den beiden war nicht zu spaßen. Was also tun? Na, was denn wohl. Erst mal Hände hoch und abwarten, was passierte. Wer weiß, vielleicht konnte man diese Halbwilden ja bestechen. Armbanduhr gefällig? Kein Problem. Um zu überleben, tat man schließlich alles.

Die Hände in die Höhe gereckt, verharrte Rattke auf der Stelle.

Und erschrak wie noch nie in seinem Leben.

»Na wen haben wir denn da! So sieht man sich also wieder.«

Vor Schreck kreidebleich, rang der SS-Hauptsturmführer nach Worten. »Du?«, rief er aus, während er den Offizier, der gemächlich auf ihn zu schlenderte, mit weit aufgerissenen Augen anstarrte. »Wie … wie kommst du denn hierher?«

»Das Gleiche könnte ich dich fragen, findest du nicht auch?«

»Aber ich dachte, du …«

Der Offizier, in etwa gleich alt wie er, lachte verächtlich auf. »Du dachtest, sie hätten mich und Mutter ins

KZ gesteckt, nachdem du, mein langjähriger Klassenkamerad, nichts Besseres zu tun hattest, als meinen Vater an die Gestapo zu verpfeifen? Ist es das, was du gerade sagen wolltest, Wolf-Dietrich? Oder ist es dir lieber, wenn ich Wolfi sage?«

Rattke ließ den Kopf hängen und schwieg.

»Schon einmal vom Nationalkomitee Freies Deutschland gehört, Herr Rattke? Wenn ja, sparen wir eine Menge Zeit.«

»Sag, was du willst. Oder knall mich ab, falls dir danach ist.«

»Nun mal langsam, Kamerad.« Der Offizier, einen halben Kopf kleiner als Rattke, gepflegt und das dunkle Haar in langen Strähnen nach hinten gekämmt, nahm seine Zigarette aus dem Mund, schnippte sie in den Rinnstein und trat bis auf Armlänge auf den Intimfeind aus Pennälertagen heran. »Du weißt doch: So schnell schießen die Bolschewisten nicht.«

»Was hast du vor, Jo…«

»Sagen wir mal so, alter Junge: Ich habe mich zu sehr auf ein Wiedersehen gefreut, als dass ich dich mir nichts, dir nichts über den Haufen knallen würde. Das ist nicht mein Stil, weißt du.«

»Sondern?«

»Warum denn so barsch, Wolfi? Sieh mal, ich war so lang von der Bildfläche verschwunden, da täte es einfach gut, wenn du mich auf einen kleinen Plausch in die Kommandantur begleiten würdest. Unter Schulfreunden, versteht sich. Ich denke, du wärst genau der richtige Mann, um mich auf den neuesten Stand zu bringen. Du weißt doch, wie das ist. Wir Frontberichterstatter sind für Informationen aller Art dankbar.«

»Keine Ahnung, wovon du sprichst.«

»Und ob du die hast, Wolf-Dietrich. Wenn wir gerade dabei sind, alter Junge: Hättest du etwas dagegen, wenn ich einen kurzen Blick in deinen Rucksack werfe? Reine Vorsichtsmaßnahme, weiter nichts!«

GIGANTOMANIE

›Sein (Wagners) Hauptinteresse aber galt der fünfaktigen Oper *Rienzi, der Letzte der Tribunen*, nach einer deutschen Übersetzung von Edward Bulwer-Lyttons Roman *Rienzi – The Last of the Roman Tribunes* (1835). Es war ein Projekt, für dessen Realisierung in Riga von vornherein alle Voraussetzungen fehlten. Aber damit nicht genug: Wagner legte diese Oper so ausufernd an, dass sie auch an den größten Bühnen für unspielbar gehalten werden musste, und tatsächlich ist *Rienzi* nie vollständig zur Aufführung gekommen. **Heute aber, da man das Experiment vielleicht wagen würde, ist die vollständige Aufführung nicht mehr möglich, weil die einzige Quelle, Wagners autografe Partitur, 1939 in den Besitz Adolf Hitlers gelangte und seit 1945 verschollen ist.**‹

(Aus: Egon Voss, *Richard Wagner*. München 2012, S. 46 f.)

ERSTES KAPITEL

West-Berlin,
Freitag, 1. März
1968

03

Berlin-Tiergarten, Philharmonie am Kemperplatz | 19:00 h

»Kopf hoch, Schatz – so schlimm wird es schon nicht werden.«

»Na, du musst es ja wissen, Lea.« Hauptkommissar Tom Sydow, seit über 30 Jahren bei der Kripo Berlin, machte gute Miene zum bösen Spiel, half seiner Frau aus dem Mantel und trottete zur Garderobe, die sich im Foyer der Philharmonie am Kemperplatz befand. Wie jeder andere, der eine Woche Dienst ohne freien Tag geschoben hatte, wäre er lieber zu Hause geblieben, hätte sich aufs Sofa gefläzt und hätte Wagner einfach Wagner sein lassen. Und was tat er? Anstatt einen ruhigen Abend zu schieben, ließ er sich breitschlagen, in ein Konzert zu gehen. Nichts gegen klassische Musik und schon gar nichts gegen die Solistin, die sich heute die Ehre geben würde. Aber er konnte sich momentan etwas Schöneres vorstellen, als Werken von Richard Wagner, Schumann und Strauss zu lauschen, so virtuos die Dame am Violoncello auch sein mochte. Lea freilich, mit der er seit 15 Jahren verheiratet war, hatte im Gegensatz zu sonst nicht lockergelassen und ihn tatsächlich so weit gebracht, dass er sich wie ein Salonlöwe in Schale warf. Sydow wusste nicht, was schlimmer war: in einem Anzug samt Hut und Krawatte herumzulaufen oder drei Stunden lang so zu tun, als sei es das Größte, dem Vorspiel aus *Lohengrin*, Schumanns Konzert für Violoncello in a-Moll op. 129 oder der Musik von Johann Strauss zuzuhören.

Lea zuliebe war er jedoch bereit, dem inneren Schweinehund den Kampf anzusagen, unter der Voraussetzung, nie mehr so rumzulaufen wie heute Abend. Sydow stieß einen gramerfüllten Seufzer aus. Was tut man nicht alles, um bei seiner Gattin zu punkten!, dachte er sich mit fatalistischer Miene, wohl wissend, dass er die Jahre seiner freiwilligen Knechtschaft nicht missen wollte.

»Bitte schön, der Herr – und viel Vergnügen.« Na, die hatte vielleicht Humor. Kurz davor, seinem Hang zu schnoddrigen Bemerkungen nachzugeben, setzte Sydow sein Sonntagnachmittagslächeln auf, rang sich ein artiges Dankeschön ab und nahm die Marken in Empfang, die ihm von der Garderobiere überreicht wurden. Na also, war doch gar nicht so schwer. Hin und wieder ging eben doch der Adelige mit ihm durch, wäre doch gelacht, wenn keiner merken würde, dass er blaues Blut in den Adern hatte.

Dabei war er keineswegs erpicht, mit ›von‹ angeredet oder wie etwas Besseres behandelt zu werden. Auf der Suche nach Lea, die er aus den Augen verloren hatte, sah sich Sydow nach allen Seiten um. Weitaus die meisten, aufgetakelte Damen wie auch Herren im fortgeschrittenen Alter, gaben sich so, dass er mit dem Lachen kämpfen musste. Haste was, dann biste was, oder besser: Haste was, dann zeig es auch. In Anwandlung der Alt-Berliner Binsenweisheit schien sich die versammelte Prominenz alle Mühe zu geben, ihren Reichtum sowie vermeintliche Meriten vor aller Augen in ein positives Licht zu rücken. Sydows Mundwinkel kräuselten sich. Nicht erst seit heute hegte er den Verdacht, dass die Musik bei derlei Anlässen eine Nebenrolle spielte, eine Behauptung, der Lea energisch widersprach.

»So, das wäre erledigt.« Wieder vereint mit seiner Frau, atmete Sydow laut und vernehmlich durch. »Und was jetzt?«

»Jetzt kriegst du erst mal einen Kuss, Brummbär.« Gesagt, getan. Kaum waren die Worte verklungen, ließ Lea Sydow, zwei Jahre jünger als ihr Mann, den sie vor 15 Jahren geheiratet hatte, der liebevollen Ankündigung Taten folgen. »Den hast du dir verdient.«

Mannomann, jetzt war er aber baff. Na ja, so baff nun auch wieder nicht. Sydow strahlte mit den Umstehenden um die Wette. Lea war wirklich eine Wucht, und er fragte sich, wie er ohne sie über die Runden gekommen wäre. Erst mit 40 hatte er seine ehemalige Jugendbekanntschaft geheiratet – und mehr Glück als Verstand gehabt. Ohne Lea, die blonde, tatkräftige und im Gegensatz zu ihm idealgewichtige und stets charmante RIAS-Redakteurin, wäre er aufgeschmissen gewesen, so schwer er sich auch tat, dies offen zuzugeben.

Nun ja, sämtliche Marotten hatte sie ihm nicht austreiben können. Sydow war – und blieb – ein zuweilen schwieriger Typ, und das sah man ihm auch an. Auffällig war in erster Linie seine Statur, ein Erbstück seines Vaters, zu Lebzeiten über 1,90 Meter groß, genau wie der missratene Sohn, der sich mitten im Krieg nach England abgesetzt und den Kontakt zu ihm abgebrochen hatte. Hinterher, nach seiner Rückkehr aus der Heimat seiner Mutter, war Sydow dann doch von Reue gepackt worden. Dafür, wie auch für Vorwürfe an die eigene Adresse, war es jedoch zu spät gewesen. Beim bislang schwersten und verheerendsten Luftangriff auf Berlin war der Ministerialdirigent im Reichsaußenministerium, wie sein Sohn Preuße aus echtem Schrot und Korn, am 3. Februar 1945 ums Leben gekommen. Einer von Tausenden, die sein Schicksal teilten.

Sydow wollte es zwar nicht wahrhaben, konnte seinen Vater jedoch kaum verleugnen. Rein äußerlich betrachtet hatten sich zwar ein paar Erbteile seiner Mutter in seiner Physiognomie festgesetzt, unter anderem das dichte rotblonde Haar oder die scharf geschnittene und eine Idee zu spitz geratene Nase. Sein Humor, über den der Vater nur in bescheidenem Maß verfügt hatte, war ebenfalls ›very British‹, im Verein mit seiner Berliner Schnauze nicht gerade die Gewähr, bei den Vorgesetzten im Präsidium nicht anzuecken. Wie sein alter Herr, bereits früh von seiner Frau geschieden, war der letzte der Neuruppiner Filiale derer von Sydow reserviert, reizbar und zuweilen sogar barsch, und wie er besaß er ein markantes Kinn, blaue Augen und scharf geschnittene Wangenknochen, sichtbarer Beweis einer Ähnlichkeit, die zu bestreiten der 54-Jährige nicht müde wurde. Der Apfel, so Lea, fiel eben nicht weit vom Stamm, und es gab Momente, wo er ihr im Stillen zustimmte.

»Und das in aller Öffentlichkeit, Frau von und zu, ich muss schon sagen. Reißen Sie sich zusammen.«

»Weißt du, was du bist, Tom Sydow?«, konterte Lea gut gelaunt, nahm Sydow das Programmheft aus der Hand und tat so, als studiere sie die Liste der Akteure. »Ein Spitzbube, wie er im Buche steht. So, jetzt hast du's.«

»Und das mir, wo ich nichts unversucht lasse, damit meine Aktien bei dir steigen«, witzelte Sydow und machte ein Gesicht, als könne er kein Wässerchen trüben. »Du weißt doch, für dich tue ich alles.«

»Das wäre ja mal was ganz Neues.«

»Also wirklich!«, protestierte Sydow, in Höchstform, wenn Frotzeleien auf der Tagesordnung standen. »Da wirft man sich in Schale, um Eindruck bei seiner Herzensdame zu schinden, und was tust du? Du hackst auf mir herum.«

»Tust du mir einen Gefallen, Schatz?«

»Apropos ›gefallen‹: Wie lange, denkst du, wird der Kunstgenuss dauern?«

»Ein bisschen mehr Enthusiasmus, wenn ich bitten darf«, erwiderte Lea, zupfte Sydows Krawatte zurecht und verpasste ihm einen aufmunternden Klaps. »Und jetzt komm, du Kulturbanause. So schlimm, wie du denkst, wird es schon nicht …«

Sydows Frau kam nicht dazu, ihren Satz zu vollenden. »Frau von Sydow!«, kam ihr eine adrette, um nicht zu sagen attraktive Frau Mitte 20 zuvor, die umgehend sämtliche Blicke auf sich zog. »Na, wenn das kein Zufall ist!«

Jetzt aber nichts wie weg. Unter dem Vorwand, eine kleine Erfrischung zu besorgen, trat Sydow umgehend den Rückzug an. Auf Small Talk, und sei es mit ansehnlichen jungen Damen, hatte er nicht die geringste Lust. Klatsch, Tratsch und das Neueste aus den Giftküchen der oberen Zehntausend. Das wäre ja noch schöner gewesen. Als Lokalredakteurin beim RIAS war Lea natürlich auf solche Quellen angewiesen, so nichtssagend die Gespräche, die sie führte, mitunter waren.

Bei ihm, der in solchen Situation Reißaus nahm, lagen die Dinge anders. Um Leute vom Schlag der jungen Dame machte er generell einen Bogen, nicht etwa aus Schüchternheit, sondern weil er von Schaumschlägern im feinen Zwirn die Schnauze voll hatte. In erster Linie hatte dies natürlich mit seinem Beruf und seiner daraus resultierenden Abneigung gegen Anwälte und Strafverteidiger zu tun. Der wichtigste, beileibe jedoch nicht der einzige Grund. In weit mehr als der Hälfte seiner Fälle, wenn nicht gar in zwei Dritteln, war er mit Drahtziehern, Tätern oder Verdächtigen aus Kreisen der Schönen und Reichen über Kreuz geraten. So etwas prägte, wenngleich die dunkelhaarige Schönheit, die sich höchst angeregt mit Lea unterhielt, die Ausnahme von der Regel darzustellen schien.

Außer Hörweite, atmete Sydow auf. Sollten die beiden ruhig Konversation unter kulturbeflissenen Damen betreiben. Dabei würde er ohnehin nur stören. Anstatt wie bestellt und nicht abgeholt in der Gegend herumzustehen, würde er jetzt in aller Gemütsruhe einen Pernod kippen und sich so auf den zu erwartenden Kunstgenuss einstimmen. Angesichts des Opfers, das er brachte, hatte er sich das auch verdient.

»Na, wieder auf dem neuesten Stand?«, fragte Sydow, als die Luft rein war, ein Glas Sekt in der Hand, das er Lea mit perfekt einstudierter Unschuldsmiene überreichte. »Wie hältst du das bloß aus, frage ich mich.«

»Ehrlich gesagt frage ich mich das manchmal auch«, versetzte Lea und hob das Glas, um mit ihrem Mann anzustoßen. »Schwamm drüber, gehört nun mal zu meinem Beruf.«

»Und wer war das junge Fräulein?«

»Fräulein ist gut!«, entgegnete Sydows Frau und erzählte, sie habe ihre Gesprächspartnerin während der Recherchen für einen Beitrag über Frauen aus der High Society West-Berlins kennengelernt. Wie sich herausstellte, hatte Sydow ihren Namen noch nie gehört, worauf Lea es sich nicht nehmen ließ, in aller Ausführlichkeit auf die Vita der eloquenten Dame einzugehen. Ihr Mann, an dem derlei Informationen wie gewohnt vorbeirauschten, tat so, als höre er andächtig zu. Auf einen Ehekrach wollte er es nämlich nicht ankommen lassen, und das hatte auch seinen Grund. In letzter Zeit hatte Lea nicht übermäßig viel zu lachen gehabt, obwohl sie sich Mühe gab, nach außen hin Haltung zu bewahren. Erneut und beileibe nicht zum ersten Mal hatte es Ärger mit Veronika gegeben, Leas Tochter aus erster Ehe. Allen

Warnungen zum Trotz, sie solle sich das gut überlegen, war die 29-Jährige unlängst mit Sack und Pack bei ihrem Mann ausgezogen. All das wäre ja noch einigermaßen zu verkraften gewesen, gäbe es Sydows Enkel nicht, der beim Umzug in eine Hippie-Kommune mit von der Partie gewesen war. Sowohl Lea als auch Sydow hatten mit Engelszungen auf die frisch gebackene Assistentin an der Philosophischen Fakultät der FU eingeredet, jedoch ohne greifbaren Erfolg. Seitdem, das heißt seit mehr als zwei Monaten, herrschte absolute Funkstille, und Lea wäre nicht Lea gewesen, wenn ihr die Sorge um Vroni und ihren Enkel nicht auf den Magen geschlagen hätte. »Sag mal, hörst du mir überhaupt zu?«

»Natürlich höre ich dir zu. Wieso?«

»Denk dran, Herr Kriminalhauptkommissar: Wir sind hier, um uns einen schönen Abend zu machen. Und jetzt hör' gefälligst auf, dir wegen Veronika den Kopf zu zerbrechen. Ich weiß, du meinst es nur gut, aber morgen ist schließlich auch noch ein Tag. Dann können wir uns immer noch die Köpfe heißreden, oder?«

»Wenn du meinst.«

»Ja, meine ich«, bekräftigte Lea, nahm Sydow das leere Glas aus der Hand und hakte sich bei ihm unter, bereit, zu ihren Plätzen auf der Empore eskortiert zu werden. »Oder siehst du das etwa anders, mein Schatz?«

Die Antwort aus dem Mund ihres Mannes blieb jedoch aus. Schuld daran war nicht etwa eine weitere Bekannte, die ihre Kreise störte, sondern die Durchsage, die just in diesem Moment durch das Foyer hallte. »Herr von Sydow, bitte ins Kassenbüro. Ich wiederhole: Herr von Sydow wird gebeten, sich umgehend an der Kasse einzufinden.«

*

»Not am Mann?«, schnauzte Sydow seinen Kollegen an, dermaßen erbost, dass Krokowski jäh verstummte. »Ich glaub, du hast sie nicht mehr alle!«

Jeder andere im Präsidium hätte nach einer derart rüden Attacke aufgelegt. Eduard Krokowski, Kriminalkommissar mit Nehmerqualitäten, war jedoch nicht der Typ, der sich durch Unmutsäußerungen vonseiten des langjährigen Kollegen aus der Fassung bringen ließ. Wenn es jemanden gab, der Sydow zu nehmen wusste, dann er. Dies stellte er zum wiederholten Mal unter Beweis. »Damit wir uns richtig verstehen, Tom«, tönte es aus dem Hörer, den Sydow am liebsten auf die Gabel geknallt hätte, »hier handelt es sich nicht um eine Anweisung von oben, sondern um eine Bitte. Um einen Gefallen unter Freunden, wenn man so will.«

»Ein Gefallen, aha.«

»Glaubst du, ich würde dich um etwas bitten, wenn ich mir anderweitig zu helfen …«

»Schon gut, Kroko, schieß los.« Sydow wusste, was er an seinem Kollegen hatte, und das seit mehr als 20 Jahren. Damals, während der Blockade, hatten er und ›Kommissar Knigge‹, wie Eduard in Kollegenkreisen betitelt wurde, ihren ersten gemeinsamen Fall gelöst. Dank Sydow & Partner war ein Komplott ehemaliger SS-Angehöriger vereitelt und Berlin vor der Katastrophe, sprich vor dem Dritten Weltkrieg, in buchstäblich letzter Sekunde bewahrt worden. Da bekanntlich nichts so sehr zusammenschweißte wie gemeinsam überstandene Gefahren, hatten sie sich im Lauf der Jahre zu einem Tandem gemausert, das bei der Kripo Berlin Seinesgleichen suchte. Hier Sydow, auf Kriegsfuß mit Dienstvorschriften, schnoddrig und zuweilen brüsk, und dort Eduard Krokowski, penibel, verbindlich und Paragrafenreiter aus Passion. Unterschiedlicher hätten zwei Beamte weiß Gott nicht sein können. »Jetzt komm schon, lass dich nicht so lange bitten. Ich bin verabredet.«

»Und mit wem?«

»Mit einer Dame meiner Wahl.«

»Du ... du bist was?«

»Jetzt tu doch nicht so. Du hast richtig gehört.«

Spürbar unter Schock, wusste Sydow nicht, ob er lachen oder ob er sich für den Kollegen freuen sollte. In all den Jahren an Krokos Seite war von Liebeleien oder gar Affären des 15 Jahre jüngeren Vorzeigebeamten kein einziges Mal die Rede gewesen. Merkwürdig, aber was Kroko in der Rolle des in Liebe entflammten Staatsdieners in den besten Jahren betraf, versagte seine Fantasie. »Und was kann ich diesbezüglich für dich tun?«

»Für mich einspringen.«

»Bei was?«

»Mord an einem Journalisten, vor gut einer Stunde tot aufgefunden.«

»Und wo?«

»Auf einem Hinterhof in Kreuzberg.« Krokowski seufzte gedehnt. »Ausgerechnet heute Abend musste das passieren.«

»Stimmt. Wer immer es war, er hätte ruhig noch einen Tag warten können.«

»Dein Humor in Ehren, aber momentan ist mir nicht zum Lachen zumute. Also, was ist – hilfst du mir oder hilfst du mir nicht?«

»Klar, Kroko. Du weißt doch: Ein Freund, ein guter Freund, das ist das Schönste, was es gibt auf der Welt!«

»Habe ich dir eigentlich schon gesagt, was für ein elendes Lästermaul du bist?«

»Damit du beruhigt bist: Beim 100. Mal hab ich aufgehört zu zählen.« Die Hörmuschel in gebührendem Abstand vom rechten Ohr, lenkte Sydow klugerweise ein. »Und wo, sagst du, hat sich das Ganze abge…«

»In der Glogauer Straße, circa 200 Meter Luftlinie von der Grenze entfernt. Du weißt, wo das ist?«

Sydow bejahte.

»Dann bis später.«

»Bis später.« Die Stirn in Falten, legte Sydow auf. »Na, du hast vielleicht Nerven!«, murmelte er vor sich hin, in Gedanken bei der Frage, wie Lea die Hiobsbotschaft aufnehmen würde. Auf einen Ehekrach hatte er nämlich keine Lust, Freundschaftsdienst hin oder her. »Das kostet dich einen Kasten Bier, Kroko, verlass dich drauf!«

04

Berlin-Kreuzberg, Glogauer Straße | 19:50 h

»Tut mir leid, aber ich muss jetzt los!«, rief Krokowski ihm zu, auf der Straßenseite der Toreinfahrt postiert, die in einen der schäbigsten Hinterhöfe von ganz Kreuzberg führte. Das Gleiche galt für das Backsteinhaus, vor dem sich Sydow gerade die Beine in den Bauch stand, und das alles nur, weil die Spurensicherung mit deutlich weniger Beamten als sonst angerückt war. Der Ermittler wider Willen fluchte. Wenn das so weiterging, würde er hier die halbe Nacht verplempern, und was Lea dazu sagen würde, wagte er sich nicht vorzustellen.

»Kopf hoch, Tom, du machst das schon!« Ein Winken, gefolgt von einem mitleidigen Lächeln. Dann war Kroko, herausgeputzt wie ein Pfau, im dichten Schneegestöber verschwunden.

»Waidmannsheil, Herr Kollege – und mach uns bloß keine Schande!« Na, der hatte vielleicht gut reden. Nichts Besseres zu tun, als ihn nach acht Tagen Dienst am Stück hierherzubeordern, um sich anschließend auf Nimmerwiedersehen zu verkrümeln. So schön wollte er es mal haben. Und was war mit ihm? Er, Retter in der Not, war der Gelackmeierte, hatte mit Engelszungen geredet, damit Lea ihm keine Szene machte. Sydow lächelte maliziös. Na warte!, fuhr es ihm durch den Sinn, während er sich unter das Vordach vor dem Hauseingang flüchtete, immer noch im selben Anzug, den er am liebsten in die Mülltonne geworfen hätte. Das wird dich teuer zu stehen kommen, Herr Kollege.

Aber was tat man nicht alles, wenn das Lebensglück eines Freundes in Gefahr war. Um die Wartezeit zu verkürzen, steckte sich Sydow eine John Player an, drückte auf den Lichtschalter für die Außenbeleuchtung und ließ den Blick über den Hinterhof schweifen, wo das Mordopfer, ein gewisser Jo Lemberger, sein Dasein als freier Journalist gefristet hatte. Das also war das Berlin, von dem, wenn überhaupt, nur noch am Rand die Rede war. Das Berlin der Hinterhöfe, in denen sich seit Kriegsende wenig bis überhaupt nichts verändert hatte. Weit weg von der Philharmonie, gerade einmal fünf Jahre alt, wo sich die Hautevolee die Klinke in die Hand gab, und Lichtjahre entfernt vom Ku'damm, dem Kempinski oder Konsumtempeln wie dem KaDeWe. Hier, in unmittelbarer Nähe der Grenze, war die Zeit stehen geblieben. Hier sah es noch wie zu Kaisers Zeiten aus.

Na ja, zumindest teilweise. Dem Firmenschild nach zu urteilen, das über der Haustür hing, waren die Räume im Erdgeschoss als Reparaturwerkstatt genutzt worden. Gegründet vor zehn Jahren, wie der Aufschrift zu entnehmen war, und Anfang der 60er-Jahre vermutlich pleitegegangen. Von wegen Wirtschaftswunder. Sydow nahm einen kräftigen Zug. Bis hierher, in diesen verdreckten Hinterhof, waren die Segnungen der Marktwirtschaft definitiv noch nicht vorgedrungen. Hier sah es aus wie auf einer Müllkippe, und er fragte sich, wie tief ein Mensch sinken musste, bevor er sich für diese Bruchbude entschied.

Gasbehälter, die kein Mensch mehr brauchte, Paletten, die längst vermodert und Zeitungsstapel, die achtlos in die Ecke geworfen worden waren. Dazwischen Altmetall, ein ganzes Sammelsurium von verrosteten Ersatzteilen, geplatzten Reifen, Wagenhebern, Radkappen, Auspufftöpfen und jeder Menge Werkzeug, das auf die Branche des einstmaligen Inhabers schließen ließ. Kaum vorstellbar, dass man Gefallen an einem solchen Ort finden konnte.

Und doch war dem so. Glaubte man den Hausbewohnern, die von Kroko befragt worden waren, hatte das Mordopfer volle dreieinhalb Jahre lang hier gelebt, genauer gesagt in der Wohnung, die sich direkt über der ehemaligen Reparaturwerkstatt befand. Sydow konnte nur den Kopf schütteln. Dass dies kein Ort war, wo sich Normalsterbliche hin verirrten, war klar, es sei denn, sie konnten sich kein besseres Domizil leisten, oder, schlimmer noch, sie hatten etwas ausgefressen. Welcher der beiden Spezies der getötete Journalist angehört hatte, blieb einstweilen ungeklärt. Aus den Bewohnern des Vorderhauses, so Krokowski, war nicht übermäßig viel herauszuquetschen gewesen, die übereinstimmende Aussage, der Tote sei ein komischer Kauz gewesen, einmal ausgenommen. Wie und weshalb er auf die Idee verfallen war, ausgerechnet hier seine Zelte aufzuschlagen, blieb im Unklaren, genauso wie die Frage nach seinem Vorleben. An welche der insgesamt acht Parteien Kroko sich auch gewandt hatte, niemand hatte eine Ahnung gehabt, in welchen Kreisen das Mordopfer verkehrt hatte, ob es Familie besaß oder woher es kam. Viel mehr als ein paar Worte, so die übereinstimmende Aussage, hatten die Hausbewohner mit dem exzentrischen Eigenbrötler nicht gewechselt, ein Phänomen, auf das Sydow nicht zum ersten Mal stieß. In der Gegend von Neuruppin, aus der er stammte, kannte jeder jeden, aber hier, in der Großstadt, lagen die Dinge anders. Hier wollten die Leute für sich sein – und Scherereien tunlichst aus dem Weg gehen.

Vor allem dann, wenn die Kripo aufkreuzte.

»Ihr Kollege sagt, sie wollten mich sprechen?«

In Gedanken bei dem Mordopfer, das durch einen Schuss aus nächster Nähe getötet worden war, hatte Sydow den Hausmeister, grob geschätzt Ende 40, nicht kommen hören. »Sie sagen es, Herr …«

»Paschulke.«

»Sydow, Kripo Berlin. Sie erlauben, wenn ich Ihnen ein paar Fragen stelle?«

»Wenn es sein muss.«

»Es muss, sonst stünde ich nicht hier.« Es gab Zeugen, die Sydow spontan für glaubwürdig hielt, solche, aus denen er nicht schlau wurde, und wiederum andere, die ihm von vornherein suspekt waren. Paschulke, glatzköpfig, untersetzt, unter Bluthochdruck leidend und mit einer Fahne, die sich gewaschen hatte, gehörte letzterer Spezies an. »Keine Sorge, es wird nicht lange dauern.«

»Ob Sie's glauben oder nicht, das haben Ihre beiden Kollegen und der Reporter auch gesagt.«

»Wie bitte?« Kalt erwischt, warf Sydow dem Gnom im Drillichanzug einen erstaunten Blick zu. »Was haben Sie gerade …«

»Ich habe gesagt, dass ein Reporter von der *Bild-Zeitung* da war.«

»Wann genau?«

»So um halb sieben.«

»Und wo genau?«

»Bei mir an der Wohnungstür, wo denn sonst.«

»Geht's noch ein bisschen ausführlicher?« Sydow stieg die Zornesröte ins Gesicht. Erneut, und weiß Gott nicht erst zwei oder drei Mal, war die Presse in geradezu rekordverdächtigem Tempo am Tatort aufgekreuzt. Dass dies kein

Zufall war, lag auf der Hand, und nicht nur Sydow hatte gemutmaßt, hier sei ein bezahlter Informant am Werk.

Ein Maulwurf bei der Kripo, das musste man sich mal vorstellen. Viel tiefer, so denn etwas dran war, hätten die Schmierfinken von der Boulevardpresse nicht sinken können. »Herrje, jetzt lassen Sie sich doch nicht jedes Wort aus der Nase ziehen.«

»Sonst noch was?«

»Mein Kollege sagt, Sie seien als Erster am Tatort gewesen.«

»Das sagt er richtig.«

»Zu Ihrer Information, Herr Paschulke: Mir ist nicht nach Scherzen zumute. Also: Wann genau haben Sie den Toten gefunden?«

»Kurz nach sechs.«

»Darf man fragen, was Sie dazu veranlasst hat, in die Wohnung von Herrn Lemberger einzu…«

»Na Sie stellen vielleicht Fragen!«

»Sie werden lachen, das gehört zu meinem Job.« Kurz davor, aus der Haut zu fahren, baute sich Sydow zu voller Größe auf, legte die Hände an die Hüften und blickte so finster drein, dass der Hausmeister einen Schritt zurückwich. »So, Sie halbe Portion, und jetzt wäre ich Ihnen dankbar, wenn Sie sich auf die Beantwortung meiner Fragen beschränken würden. Sonst sehe ich mich gezwungen, andere Saiten aufzuziehen.«

»Was … was glauben Sie eigentlich, wer Sie sind? Das lasse ich mir nicht gefallen!«

»Zum letzten Mal, Paschulke: Wenn Sie weiter eine große Lippe riskieren, nehme ich Sie mit aufs Revier. Sie wissen doch, so eine Vernehmung kann ziemlich lang werden. Ich kann auch anders, das sage ich Ihnen ganz offen. Wenn Sie mir dumm kommen, kann ich Sie 24 Stunden lang festhalten. Oder noch länger, kommt ganz auf den Herrn Staatsanwalt an. Und noch etwas, damit Sie Bescheid wissen, wen Sie vor sich haben. Ich bin schon mit ganz anderen Kalibern fertig geworden als mit Ihnen.«

Der Wink mit dem Zaunpfahl wirkte. »Wieso ich ihm auf die Bude gerückt bin, wollen Sie wissen?«, druckste Paschulke herum, wobei Sydow das Gefühl nicht loswurde, dass der Gnom, der ihm nicht in die Augen schauen konnte, nach wie vor mit gezinkten Karten spielte. »Ganz einfach, weil mir der Krawall, den die beiden veranstaltet haben, auf den Wecker gegangen ist.«

»Die beiden?«

»Na, er und die Dame seiner Wahl, falls Sie verstehen, was ich meine.«

»So leid es mir tut – nein.« Sydow setzte eine Miene auf, die Stan Laurel alle Ehre gemacht hätte. Das war zwar nicht besonders nett, aber was Paschulke betraf, hielten sich seine Gewissensbisse in Grenzen. »Was ist denn so schlimm, wenn man Umgang mit attraktiven Damen pflegt?«

»Jetzt machen Sie aber mal 'nen Punkt, Herr Kommissar!«, polterte Paschulke, der seine Animosität nicht länger verbergen konnte. »Mal ehrlich: Finden Sie es in Ordnung, wenn … wenn …«

»Wenn was?«

»Die hatten was miteinander, sogar ein Blinder hätte das gemerkt. Dafür lege ich meine Hand ins Feuer.«

»Und wenn schon, was ist denn daran so …«

»Was daran so schlimm war, wollen Sie wissen? Ganz einfach: Der gute Mann war mehr als doppelt so alt wie sie. Reicht das, oder wollen Sie noch mehr hören?«

»Hat die ominöse ›sie‹ auch einen Namen?«

»Marlene, soweit ich weiß.«

»Und weiter?«

»Hollweg.«

»Hollweg? Kommt mir irgendwie bekannt vor.« Die ältesten Finten waren bekanntlich die besten, vor allem, wenn man es mit Typen wie diesem versoffenen Rumpelstilzchen zu tun hatte. »Wenn ich nur wüsste, wo ich die Dame hinstecken soll …«

»›Dame‹ ist gut! Haben Sie eine Ahnung, was für eine das ist.«

»Ich muss doch sehr bitten, Herr …«

»Sie können ruhig Erwin zu mir sagen, Herr Kommissar.« Das war ja wohl der Gipfel. Am liebsten hätte Sydow laut losgebrüllt, brachte jedoch das Kunststück fertig, keine Miene zu verziehen. Es war schon bemerkenswert, auf welch plumpe Weise manche Zeitgenossen versuchten, anderen etwas vorzumachen – bemerkenswert und ärgerlich zugleich. »Macht mir nichts aus, wissen Sie.«

»Dann mal los, Erwin. Was erzählt man denn so über die beiden?«

»Nichts Gutes, Herr Kommissar, nichts Gutes.« Paschulke setzte eine Verschwörermiene auf, dämpfte den Ton und fand offenbar nichts dabei, trotz Doppelkornfahne auf Tuchfühlung zu gehen. »Wie gesagt: Lemberger war so alt, dass er glatt ihr Vater hätte sein können.«

»Apropos: Wissen Sie, ob der Ermordete Verwandte hatte?«

»Nö.« Wie um die Antipathie, die Sydow hegte, noch zu steigern, setzte Paschulke ein selbstzufriedenes Grinsen auf. »Aber ich weiß, wo das Flittchen arbeitet.«

»Nämlich?«

»Bei der Morgenpost. Als Redakteurin, das muss man

sich mal vorstellen. Lässt sich mit einem Kerl ein, der mehr als doppelt so alt ist wie sie, und läuft rum, als würde sie nebenher auf den Strich gehen. Ich versteh' zwar nicht, wie man so jemanden einstellen kann, aber … Na ja, lassen wir's gut sein. Heutzutage achtet sowieso keiner mehr auf Moral.«

»Wie recht Sie doch haben, Erwin. Die Welt ist wirklich nicht mehr das, was sie vor 30 Jahren war.«

»Das können Sie aber laut sagen, Herr Kommissar.« Bevor er weitersprach, sah sich der Hausmeister verstohlen um. »Bei denen war vielleicht was los, das kann ich Ihnen sagen. Da sind die Fetzen geflogen, dass es nur so gekracht hat. ›Wenn die so weitermachen‹, hab ich zu meiner Frau gesagt, ›dann bringen sie sich noch mal um.‹ Also, wenn Sie mich fragen, dann … dann …«

»Ja?«

»Man soll ja nicht über seine Nachbarn herziehen, aber manchmal geht es halt nicht anders.«

Sydow horchte überrascht auf. »Kann es sein, Erwin«, erwiderte er gedehnt, nahm einen letzten Zug und drückte die Kippe mit der Fußspitze aus. »Kann es sein, dass Sie vorhin nicht die volle Wahrheit gesagt haben? Falls ja, wäre es höchste Zeit.«

»Sie war's.«

»Wer?«

»Na, die Strichbiene. Die hat ihren Macker abgemurkst.«

»Glauben Sie!«

»Nee, weiß ich«, blaffte Paschulke und baute sich wie ein angriffslustiger Eber auf. »Dafür lege ich meine Hand ins Feuer.«

»Nicht so voreilig, Erwin. Da haben sich schon ganz andere vergaloppiert als Sie.« Die Hände in der Manteltasche, ließ Sydow den Blick auf dem stiernackigen Choleriker ruhen. »An Ihrer Stelle würde ich mir genau überlegen, was ich sage.«

»Da gibt's nichts zu überlegen, Herr Kommissar«, beteuerte der Hausverwalter auf eine Art, die jedwede Zweifel zu zerstreuen schien. »Ich hab gesehen, wie sie die Fliege gemacht hat, das reicht doch wohl!«

»Eins nach dem andern, Erwin«, erwiderte Sydow, der das Gefühl nicht loswurde, dass Paschulke ein falsches Spiel spielte. Konkrete Anhaltspunkte für diese Mutmaßung gab es jedoch nicht, noch nicht. Vertrauen, das sagte ihm sein Instinkt, war jedoch fehl am Platz, wenngleich er so tat, als schenke er Paschulke Glauben. »So viel Zeit muss sein.«

»Wie gesagt, da sind die Fetzen geflogen, dass es nur so gescheppert hat«, fuhr der Gnom fort, in seinem Element, wenn es darum ging, mit dem Finger auf andere zu zeigen. »Da sitzt man friedlich in seinem Wohnzimmer, legt die Beine hoch und freut sich auf den verdienten Feierabend – und dann so was! Wenn ich es nicht erlebt hätte, würde ich es nicht glauben, Herr …«

»Hauptkommissar, aber das nur am Rande.«

»Verzeihung, soll nicht wieder vorkommen«, winselte Paschulke, eine Reaktion, die nicht dazu angetan war, Sydows Argwohn zu zerstreuen. »Wo war ich gerade stehen… Genau! Da sitze ich also in meinem Wohnzimmer, denke an nichts Böses, lege die Füße hoch, schalte die Flimmerkiste an und genehmige mir ein Bierchen – und auf einmal ist da droben die Hölle los.«

»Wann genau war das?«

»Aber das habe ich Ihrem Kollegen doch schon …«

»Beantworten Sie meine Frage, Erwin.«

»Gestern Abend, kurz nach acht.«

»Woher wissen Sie das so genau?«

»Weil ich gerade die Tagesschau geguckt habe – darum.«

»Aha.« Sydow legte eine kurze Pause ein. »Es kam zu einer lautstarken Diskussion, sagen Sie?«

Paschulke prustete unvermittelt los. »Diskussion ist gut, da sind die Fetzen geflogen, dass es nur so gescheppert hat.«

»Ist Ihnen bekannt, worum es bei dem Streit ging?«

»So leid es mir tut: nein.« Paschulke machte eine entschuldigende Geste. »Na ja, nach ein paar Minuten ist es mir dann zu bunt geworden. Dann hab ich das Fenster aufgerissen und einen Brüller losgelassen.«

»Mit Erfolg?«

»Schön wär's. Die kümmert es doch einen Dreck, ob andere Leute ihre Ruhe haben wollen. Hand aufs Herz, Herr Hauptkommissar: Muss so was wirklich sein? Ist es nicht unter aller Sau, wenn sich Erwachsene so benehmen?«

»Wissen Sie, ob die übrigen Hausbewohner etwas mitbekommen haben?«

»Keine Ahnung. War aber auch so schon schlimm genug, das kann ich Ihnen sagen.« Paschulke machte aus seiner Entrüstung keinen Hehl. »Einen auf vornehm machen, aber ein Benehmen wie die Hottentotten. So was kann man doch nicht durchgehen lassen, oder? Rumbrüllen, dass die Wände wackeln, sich gegenseitig Schimpfwörter an den Kopf werfen, mit der Tür knallen, dass es einen vom Sofa haut, und wie meschugge auf dem Klavier rumhämmern. Volle Pulle, versteht sich. Und dann, damit einem nicht zu wohl wird, auch noch klassische Musik. Finden Sie das etwa normal?«

»Sie vergessen eins, Erwin: Der Streit endete tödlich.«

»Jaja, ich weiß. Über Tote soll man nicht herziehen.«

Paschulke atmete tief durch. »Besser, ich halte meine Klappe. Dann mache ich auch nichts falsch.«

»Aber, aber, Herr Paschulke – wer wird denn hier gleich eingeschnappt sein.« Sydow setzte ein heuchlerisches Lächeln auf. »So, und jetzt wäre ich Ihnen verbunden, wenn Sie mit Ihrer Aussage fortfahren würden.«

»Wie gesagt: Irgendwann ist es mir dann zu bunt geworden.«

»Und das bedeutet?«

»Ich bin rüber, um Lemberger die Meinung zu geigen.«

»Allein?«

»Na klar, was haben Sie denn gedacht.«

Sydow tat so, als habe er die Bemerkung überhört. »Ihre Beobachtungsgabe in allen Ehren, Erwin, aber …«

»Aber was?«

»Wie kommen Sie eigentlich darauf, Frau Hollweg sei die Mörderin gewesen?«

»Ganz einfach: weil ich gesehen habe, wie das Flittchen abgehauen ist.«

»Abgehauen?«

»Sie sagen es.« Der Gnom setzte ein selbstzufriedenes Lächeln auf. »Ich bin noch nicht richtig aus der Haustür, da sehe ich, wie die Strichbiene in ihren Sportwagen steigt, wie eine Geisteskranke auf die Tube drückt und davonrast, als sei der Teufel hinter ihr her.«

»Und dann?«

»Na, der kann was erleben!, denke ich, renne ums Haus und klingle Sturm, um ihrem Freier die Leviten zu lesen.«

»Ohne Erfolg, nehme ich an?«

Paschulke nickte.

»Warum sind Sie eigentlich ums Haus gerannt? Da drüben gibt es doch eine Hintertür.«

»Sie war abgeschlossen, stellen Sie sich vor. Und ich war dermaßen auf 80, dass ich vergaß, den Schlüssel mitzunehmen.«

»Verstehe. Und dann?«

»Ich hab geklingelt bis zum Gehtnichtmehr. Aber der alte Hurenbock … aber Lemberger hat nicht aufgemacht.« Der Hausmeister schnitt eine angewiderte Grimasse. »Glück für ihn, dass er mit dem Geklimper aufgehört hatte, sonst hätte ich die Polizei geholt.«

»Das Beste, was Sie meiner Meinung nach hätten tun können, Herr Paschulke.«

Sichtlich verärgert, schnappte der Hausmeister nach Luft. »Ich weiß wirklich nicht, was es da noch zu überlegen gibt, Herr Hauptkommissar«, stieß er hervor, das Gesicht rot wie eine überreife Tomate. »Es war das Flittchen, wenn ich es Ihnen doch …«

»Sagen Sie mir lieber, wie es kam, dass ausgerechnet Sie den Leichnam von Lemberger gefunden haben.« Sydow suchte Paschulkes Blick. »Wissen Sie, was ich nicht verstehe, Erwin? Wenn Sie sich so aufgeregt haben, wie Sie behaupten, warum sind Sie Lemberger dann nicht aus dem Weg gegangen?«

»Ob Sie's glauben oder nicht: Das wäre ich auch gern.«

»Wie darf ich das verstehen?«

»Ganz einfach. Ich war heute Morgen auf der Bank, wie an jedem Ersten«, versetzte Paschulke, immer noch bemüht, Sydows Blick auszuweichen. »Und jetzt raten Sie mal, was mir dort mitgeteilt wurde.«

»Dass Lemberger in Rückstand mit seiner Miete war?«

»Sie sagen es.« Paschulke setzte ein gekünsteltes Lächeln auf. »Tja, so ist das nun mal, Herr Hauptkommissar«, höhnte er und ließ seiner Antipathie freien Lauf. »Es gibt Leute, die meinen, Sie könnten sich alles erlauben.«

»Ihre Lebensweisheiten in Ehren, aber würden Sie mir bitte mitteilen, ob Ihnen bei Ihrer neuerlichen Visite etwas Ungewöhnliches aufge… Apropos: Wie kamen Sie eigentlich dazu, in Lembergers Wohnung einzudringen?«

»Der Radio war an. Und es brannte Licht. Genügt Ihnen das?«

»Das heißt, Sie kamen sich veräppelt vor. Weswegen Sie nach Mitteln und Wegen gesucht haben, um Ihrem Intimfeind eins auszuwischen. Und um zu demonstrieren, wer hier der Herr im Haus ist.« Sydows Mundwinkel kräuselten sich. »Schon praktisch, so ein Zweitschlüssel, hab ich recht?«

»Auf die Gefahr, mich zu wiederholen, Herr Hauptkommissar«, echote der Gnom, kaum imstande, mit seinem Unmut hinterm Berg zu halten, »auch das habe ich Ihrem Kollegen schon geflüstert.«

»Ich weiß.« Sydow lächelte maliziös. »Und deshalb sind Sie jetzt gleich erlöst.«

»Wie schade.«

»Nur noch eine kurze Frage, Herr Paschulke.«

»Kommt drauf an, was für eine.«

»Wer sagt mir, dass Sie nichts mit dem Mord zu tun haben? Schließlich hatten Sie ein Motiv.«

Wie vom Donner gerührt, verharrte der Hausmeister auf der Stelle. »Das … das ist doch wohl nicht Ihr Ernst, oder?«, stammelte er, so verblüfft, dass seine rot geränderten Augen aus den Höhlen traten. »Ich kann keiner Fliege was zuleide tun, meine Frau kann Ihnen das bestätigen.«

»Vorschlag zur Güte, Herr Paschulke«, versetzte Sydow, immer noch die Freundlichkeit in Person. »Sie lassen sich alles noch mal in Ruhe durch den Kopf gehen. Wer weiß, vielleicht haben Sie ja was vergessen. Und dann kommen

Sie morgen früh ins Präsidium, damit wir Ihre Aussage protokollieren können. Sagen wir um neun, einverstanden? Prima. Dann nichts für ungut, Herr Paschulke – und angenehme Nachtruhe!«

05

Berlin-Kreuzberg, Glogauer Straße | 20:30 h

Na endlich. Wurde aber auch Zeit. Nichts schlimmer, als sich einen abzufrieren, bis die chronisch unterbesetzten Kollegen von der Spurensicherung ihren Job erledigt hatten. »Wie sieht's aus, schon irgendwelche Erkenntnisse?«

»Kommt drauf an, was man darunter versteht.« Konopka, frischgebackener Abteilungsleiter, wog das frühzeitig ergraute Haupt. »Hier, das haben wir in seiner Brusttasche gefunden.«

Der Zeitungsausschnitt, den Sydow überreicht bekam, stammte aus dem Feuilleton der *Morgenpost* vom Vortag, umfasste zwei Spalten – und hatte es in sich. Der Zufall wollte es, dass es sich um einen Verriss eben jenes Konzerts handelte, an dem teilzunehmen ihm durch eine Fügung des Schicksals erspart geblieben war. Sydow seufzte gequält auf, nicht sicher, ob er sich freuen oder seine Frau bedauern solle. Auch nicht einer der Teilnehmenden, allen voran der Dirigent, kam in dem Artikel gut weg. Der Eindruck, der Rezensent schieße über das Ziel hinaus, war folglich nicht von der Hand zu weisen. An allem, selbst an der Auswahl der Stücke, wurde kein gutes Haar gelassen, und man musste kein Hellseher sein, um Zweifel an der Objektivität des Kolumnisten zu hegen. »Donnerwetter, da hat aber jemand Dampf abgelassen.«

»Dieser Jemand hat einen Namen, Tom«, fügte Konopka mit unüberhörbarem Tadel in der Stimme hinzu, bekannt für die Akribie, die er bei der Suche nach verwertbaren Spuren an den Tag legte. »Na, klingelt es im Oberstübchen?«

Der Angesprochene konnte seine Verblüffung nicht verhehlen. »›Von unserem Mitarbeiter Jo Lemberger‹, jetzt haut es mich aber um.« Die Folie mit dem darin befindlichen Artikel in der Hand, verfiel Sydow ins Grübeln. »Ich weiß ja nicht, wie du darüber denkst, Manni«, murmelte er geraume Zeit später, flankiert von dem kauzigen Spreewälder, dem der Ruf des anerkannten Experten vorauseilte, »aber das ist ja wohl kein Grund, jemanden umzubringen.«

Manfred Konopka, 40 Jahre, wortkarg, eingefleischter Junggeselle und passionierter Angler, verzog keine Miene. »Du weißt doch, es gibt Leute, die bringen alles fertig.«

Sydow deutete ein Nicken an. Mit seiner Einschätzung der Spezies Mensch hatte Konopka voll ins Schwarze getroffen, wie er selbst aus langjähriger Erfahrung wusste. Ein falsches Wort, oder, wie geschehen, ein Totalverriss, und irgendeinem Psychopathen ging der Gaul durch. Im vorliegenden Fall kamen dafür natürlich jede Menge Kandidaten in Betracht, angefangen bei den Musikern, die auf Lemberger bestimmt nicht gut zu sprechen waren. Dass einer aus ihren Reihen deswegen einen Mord begehen würde, überstieg jedoch sein Vorstellungsvermögen. Es sei denn, es handelte sich um einen echten Psychopathen, ein Grund mehr, das Wort ›ausgeschlossen‹ nicht in den Mund zu nehmen. »Klar, die gibt es.«

»Schau mal, sein Personalausweis.«

»Mehr hast du nicht zu bieten, Manni?«, frotzelte Sydow und nahm das am 11. November 1964 ausgestellte Dokument in Empfang, aus dem hervorging, dass es sich bei dem Ermordeten um einen 51 Jahre alten Berliner handelte. »Du lässt nach, weißt du das?«

»Und wie wär's hiermit?« Die Ruhe selbst, ignorierte Konopka die Frotzeleien. »Gib's zu, jetzt bist du platt.«

»Das kannst du aber laut sagen, Manni!«, rief Sydow anerkennend aus, ließ den Artikel samt Personalausweis in die Innenseite seines Jacketts wandern und betrachtete den Pass mit der Aufschrift ›Deutsche Demokratische Republik‹. »Auf die Idee wäre ich nun wirklich nicht gekommen.«

»Sachen gibt's.«

»Und was für welche.« Laut Reisepass, am 8. Februar 1950 ausgestellt, handelte es sich bei dem Toten nicht etwa um einen gewissen Jo Lemberger, zuletzt tätig als freier Journalist, sondern um den aus dem Bezirk Prenzlauer Berg stammenden Jonathan Lewin, geboren am 19. Januar 1917, wohnhaft in der Karl-Marx-Allee 58 in Ost-Berlin, ledig und von Beruf Redakteur. »Wo hast du den denn her?«

»Aus der Schreibtischschublade.« Konopka setzte ein verschmitztes Lächeln auf. »Na, was sagst du jetzt?«

»Dafür hast du einen Orden verdient, Manni.«

»Ehrlich gesagt, wäre mir ein *Berliner Kindl* lieber.«

»Nur eins?«

»Kommt drauf an, wie trinkfest du bist«, konterte Konopka, griff nach seinem Metallkoffer und trottete zur Tür. Dort angekommen, drehte er sich gemächlich um. »Wenn wir einen heben gehen, tust du mir dann einen Gefallen?«

»Jeden, Manni, das weißt du doch.«

»Zieh bitte andere Klamotten an, sonst kriegst du in meiner Stammkneipe Lokalverbot.«

»Hahaha!«, rief Sydow seinem Kollegen hinterher, steckte den Pass in die Seitentasche und wandte sich dem in einen Zinksarg gebetteten Mordopfer zu. »Wenn ich Zeit habe, lache ich darüber.«

Ein Mann, zwei Identitäten. Eine, gelinde ausgedrückt, faustdicke Überraschung. Und eine mit Folgen, bedeutete es doch, dass die Aufklärung des Mordes kein Spaziergang werden würde.

In Gedanken bei möglichen Motiven, stieß Sydow einen gedämpften Seufzer aus. Davon abgesehen, dass der Zeitungsartikel einer öffentlichen Demontage gleichkam, schied Rache als Tatmotiv mit hoher Wahrscheinlichkeit aus. Zugegeben, in Berlin wie andernorts trieben sich jede Menge schräge Vögel und Bekloppte herum. Und natürlich war er in Diensten von Vater Staat mit Vorfällen konfrontiert worden, die er nie und nimmer für möglich gehalten hätte. Dennoch oder gerade deswegen hielt er es für undenkbar, dass Lemberger Opfer eines privaten Racheaktes geworden war, und dies, wie Konopkas Funde bewiesen, nicht ohne Grund.

Einen abermaligen Seufzer auf den Lippen, ging der Blick des Kripo-Beamten ins Leere. Das Einzige, wovon man derzeit ausgehen konnte, war, dass es sich bei Lemberger um einen gebürtigen Berliner handelte. Um einen von ein paar Dutzend Glückspilzen, die das Kunststück fertiggebracht hatten, trotz Mauerbau ins Gelobte Land zu flüchten. Zum Leidwesen der Betroffenen bedeutete dies jedoch nicht, dass die Vergangenheit passé war. Bei Republikflucht verstand die Stasi keinen Spaß, und wer glaubte, der Arm der Genossen reiche nur bis zur Grenze, hatte die Rechnung ohne den Wirt – sprich: ohne Stasi-Chef Erich Mielke – gemacht. Entführungsversuche unter Federführung des MfS waren an der Tagesordnung, und wer wie Sydow Bekanntschaft mit dem Mielke-Konzern gemacht hatte, der traute dem VEB Horch & Guck einfach alles zu.

Eine der Maschen, auf die gleich mehrere Opfer hereingefallen waren, bestand darin, einen Lockvogel loszuschicken, die Betreffenden in die eigenen vier Wände oder in eine konspirative Wohnung zu locken und sie anschließend mithilfe eines Betäubungsmittels außer Gefecht zu setzen. Das Ende vom Lied: Kam der Entführte wieder zu sich, fand er sich in einem Stasi-Knast wieder, wo genau, würde er nie erfahren. Verhör würde sich an Verhör reihen, häufig bei Nacht und oftmals mehrere Stunden lang. Einmal in Gewahrsam, würde er nach allen Regeln der Kunst fertiggemacht werden, so lange, bis er reif für die Klapsmühle war.

Kein Wunder, dass die vermeintlichen Staatsfeinde den darauf folgenden Prozess zumeist widerstandslos über sich ergehen ließen. An einer Verurteilung, die von vornherein feststand, änderte dies jedoch nichts. Zuchthausstrafen zwischen zehn und 15 Jahren waren keine Seltenheit, für Vergehen, die buchstäblich an den Haaren beigezogen waren.

Fazit: Denkbar, aber in Ermangelung von Kampfspuren nicht sehr wahrscheinlich, dass die Order ausgegeben worden war, Lemberger zwecks Begleichung einer alten Rechnung in die Ostzone zu verschleppen. Oder er hatte sich bei Mielke & Co derart unbeliebt gemacht, dass ein Killer-Kommando von der Leine gelassen worden war.

Entführungsversuch oder Exekution, eins stand jedenfalls fest: Mit Hochverrätern oder solchen, welche die Stasi dafür hielt, wurde in der Normannenstraße kurzer Prozess gemacht. Wie allgemein bekannt, war es seit dem Bau der Mauer zu einer Reihe ungeklärter Mordfälle gekommen, von denen laut vorliegender Indizien zumindest zwei, wenn nicht gar mehr, auf das Konto des Mielke-Konzerns gingen. Sydows Blick verfinsterte sich. Wozu sich die Mühe machen, Hochverräter zu entführen, wenn es auch einfacher ging. So lautete anscheinend die Devise.

Frage: Waren die Motive, die zu Lembergers Ermordung geführt hatten, rein privater Natur, oder war er von bezahlten Killern aus der Ostberliner Geheimdienstzentrale aus dem Weg geräumt worden?

Oder, nicht minder wahrscheinlich, lag das Motiv für die Tat weiterhin im Dunkeln?

»Na, Tommilein, wo sind wir denn mit unseren Gedanken?« Professor Heribert Peters, Pathologe, Leiter des Gerichtsmedizinischen Instituts und Professor an der FU, riss Sydow aus seinen Gedanken. In Fachkreisen, für die Sydow nicht viel übrig hatte, war der spitzzüngige und zu seinem Leidwesen auch spitzbäuchige Pathologe wie ein bunter Hund bekannt, nicht zuletzt aufgrund der Marotten, die er ohne Rücksicht auf Verluste kultivierte. Bei seinen Studenten, von denen zwei schreckensbleiche Prachtexemplare gerade anwesend waren, war die kalauernde, lakritzsüchtige und extrem übergewichtige Koryphäe dennoch überaus beliebt, der Scherze wegen, die er während seiner Vorlesungen riss. Dass dies des Öfteren bei Obduktionen geschah, musste Sydow notgedrungen akzeptieren. Mit Peters an seiner Seite würden die Chancen, den Fall zu lösen, von vornherein steigen. Das hatte die Vergangenheit bewiesen. »Schick siehst du aus, Sherlock, muss ich schon sagen. Fast so schick wie der arme Teufel da.«

Und die Chancen, Gemeinheiten loszuwerden, natürlich auch.

»Apropos schick: Weißt du, was du von mir zu Weihnachten bekommst?«

»Lakritzstangen?«

»Nee, sonst wirst du ja noch fetter.«

»Sondern?«

Froh über die Ablenkung, konnte sich Sydow ein Schmunzeln nicht verkneifen. »Eine neue Kutte, weil die derzeitige aus allen Nähten platzt. Und einen Gutschein für die Wäscherei.«

»Mach nur so weiter, du Willy-Fritsch-Verschnitt, dann kannst du sehen, wo du bleibst!«, blaffte Peters, richtete den Blick auf den Leichnam und tat so, als sei Sydow Luft für ihn. »Na, Jungchen, wie geht's uns denn so?«

Nicht schon wieder. Um nicht mehr Öl ins Feuer zu gießen als nötig, schluckte Sydow seinen Kommentar hinunter. Im Lauf der Jahre, während denen er mit Peters zusammengearbeitet hatte, war er mit allen möglichen Marotten aus dem Fundus des Pathologen-Daseins konfrontiert und mit der Zeit so gut wie immun dagegen geworden. Ganz und gar nicht ertragen konnte er jedoch die Eigenart, mit Mordopfern jedweder Art und Herkunft Zwiegespräche zu führen. Selbst er, für Scherze immer und jederzeit zu haben, konnte dem nichts abgewinnen, hütete sich jedoch davor, den Zorn des streitbaren Pathologen herauszufordern.

»Wer hat dich denn um die Ecke gebracht, schöner Mann?«

Marotte oder nicht, was sein Werturteil betraf, hatte Peters recht. Trotz fortgeschrittenen Alters und der Tatsache, dass er eines gewaltsamen Todes gestorben war, sah Jo Lemberger alias Jonathan Lewin wie ein Schlafender aus. Hätte Sydow nicht gewusst, dass der Ermordete die 50 überschritten hatte, wäre er mit seiner Schätzung erheblich niedriger gelegen. Volles dunkles Haar, dunkler Oberlippenbart und sorgsam zurechtgestutzte Brauen, mittelgroß, schlank, faltenfreies Gesicht, auffallend südländischer Teint. Nach landläufiger Vorstellung war der Tote, auf dem Sydows Blick ruhte, ein gut – wenn nicht gar sehr gut – aussehender Mann gewesen. Kein Wunder, dass er eine allenfalls halb so alte Freundin besessen und sich den Neid des Hausmeisters zugezogen hatte. Männer wie er hatten automatisch Feinde, aus welchem Grund, sah man auf den ersten Blick. »Lass gut sein, Dicker, von dem kriegst du keine Antwort mehr.«

»Kleiner Klugscheißer, was?«, fuhr Peters den Freund wie ein Feldwebel auf dem Exerzierplatz an, holte tief Luft und wuchtete seine 120 Kilo Lebendgewicht in die Höhe, die sich auf einen Körper von mittlerer Größe verteilten. »Keinen Respekt mehr vor dem Alter, was?«

»Jetzt hab dich nicht so, Leichenfledderer«, gab Sydow beschwichtigend zurück, besann sich jedoch eines Besseren. »Wie wär's, wenn du mich an deinen Erkenntnissen teilhaben ließest?«

»Meinetwegen.« Der Pathologe kramte ein Taschentuch hervor, das seit Monaten in Gebrauch zu sein schien, schnäuzte sich, dass die Wände wackelten, und steckte es wieder ein. »Aber ohne Gewähr. Solange er nicht obduziert worden ist, kann ich …«

»Nichts Definitives sagen, ich weiß!«, vollendete Sydow und beäugte die Medizinstudenten, denen die Ehre zuteilwurde, dem versiertesten Pathologen von Berlin zur Hand zu gehen. Sonderlich wohl in ihrer Haut schienen sich die beiden nicht zu fühlen, was Wunder auch, wenn man es mit jemanden wie Peters aushalten musste. »Was meinst du, wie lange ist er schon hinüber?«

»Um die 20 Stunden, vielleicht mehr.«

»Ursache?«

»Exitus durch Genickschuss, wie bereits mehrfach im Beisein von Krokowski erwähnt.«

»Sonst noch was?«

»Soweit erkennbar, keinerlei Blessuren, Hautabschürfungen, Hämatome, Prellungen oder blaue Flecken.« Die Stirn in Falten, fuhr Peters mit der Hand über die Schläfen. »Auf den Punkt gebracht: keinerlei Indizien, die auf einen Kampf schließen lassen. Sieht so aus, als sei er hinterrücks abgeknallt worden.« Ein Freund drastischer Worte, kratzte sich Peters hinterm Ohr. »Wenn ich das mal so ausdrücken darf.«

Sydow dachte angestrengt nach. »Eins will mir nicht in den Kopf«, murmelte er, die Unterlippe zwischen Daumen und Zeigefinger geklemmt. »Niemand …«

»… stellt sich einfach hin und wartet ab, bis er wie ein Stück Vieh zur Schlachtbank geführt wird. Das wolltest du doch sagen, oder?«

»Genau.« Keine Spuren, die auf ein gewaltsames Eindringen in die Wohnung schließen ließen, darüber hinaus auch keinerlei Anhaltspunkte, die auf einen Kampf, ein Gerangel oder Gegenwehr seitens des Getöteten hindeuteten, die Schusswunde im Genick ausgenommen. »Hm.« Sydow dachte angestrengt nach. Daraus folgte, dass Lewin den Täter gekannt oder in seine Wohnung gebeten haben musste. Anders konnte er sich das Fehlen von verwertbaren Spuren nicht erklären. »Wann, denkst du, bist du mit der Obduktion fertig?«

»Auf gut Deutsch, du bestehst darauf, dass ich mir die Nacht um die Ohren schlage.«

»Bist halt ein echter Freund, Dicker. Hab ich immer schon gewusst.«

»Lakritzstangen in ausreichender Menge, wenn möglich bis zu meiner Pensionierung.« Um seiner Forderung Nachdruck zu verleihen, richtete sich Peters zu voller Größe auf. »Sonst geht gar nichts, passt das in deinen Aristokratenschädel rein?«

»Einverstanden.«

»Das will ich auch hoffen!«, tat der Pathologe mit Siegermiene kund, bedeutete seinen Famuli, den Zinksarg zum Abtransport bereit zu machen, und ließ es sich nicht nehmen, Sydows Krawatte zurechtzuzupfen. »Bis später, schöner Mann – und weiterhin viel Vergnügen!«

∗

Jetzt hatte er den Salat. Wäre es nach ihm gegangen, hätte Sydow den Abend in den eigenen vier Wänden verbracht, das Telefonkabel aus der Steckdose gezogen und sich aufs Sofa gefläzt, um in ›The Second World War‹ von Winston Churchill zu schmökern. Stattdessen hatte er sich überreden – oder vielmehr nötigen – lassen, um des lieben Friedens willen ins Konzert zu gehen. Nicht mehr der Frischeste, ließ sich Sydow auf den Stuhl neben Lewins Schreibtisch sinken. Na ja, vielleicht besser, als hier herumzusitzen und nicht zu wissen, welchen Schritt er als Nächstes machen und welche Schlussfolgerungen er aus den vorliegenden Informationen ziehen sollte. Sicher war einstweilen wohl nur eins: Lewin, von Beruf Journalist, war gestern Abend per Genickschuss getötet worden, allem Anschein nach ohne Gegenwehr. Von wem, darüber konnte man nur spekulieren. Sah man vom Hausmeister ab, dessen Darstellung mehr Ungereimtheiten als verwertbare Erkenntnisse in sich barg, waren Indizien bezüglich des Tathergangs dünn gesät. Das Gleiche galt für das Motiv, welches hinter der Bluttat steckte.

Was also tun? Die Handfläche auf dem Knie, ließ Sydow den Blick durch den geräumigen und mit allen Schikanen ausgestatteten Raum schweifen. Alle Achtung, das nannte man Wohnkultur. Ein wenig übertrieben zwar, was Reminiszenzen an vergangene Zeiten betraf, aber immerhin besser als das Gerümpel, das neuerdings im Akkord zusammengekleistert wurde. Schon beim Betreten der Wohnung war Sydow fast die Spucke weggeblieben, hätte doch der Kontrast zur Aussicht, die man von hier genoss, nicht größer sein können.

Lewin hatte Geschmack besessen, das musste man ihm lassen. Musikalisch lag er indessen nicht auf Sydows Linie, wie das Gemälde an der Stirnseite des mondänen Wohnsalons bewies. Richard Wagner, stehend im Kreise dreier Weggefährten porträtiert, hatte er noch nie sonderlich viel abgewinnen können. Das Dritte Reich, wo der Protegé Ludwigs II. als des Führers Lieblingskomponist wohlgelitten gewesen war, hatte diesbezüglich ganze Arbeit geleistet. Wagner in der Wochenschau, Wagner bei Aufmärschen, Wagner am Volkstrauertag, als Hintergrundmusik oder bei Verlustmeldungen von der Front. Das war zu viel gewesen, entschieden zu viel.

Zugegeben, Musik war und blieb nun einmal Geschmackssache. Davon abgesehen hörte sich das, was Sydow über das Privatleben des Komponisten wusste, beileibe nicht wie ein germanisches Heldenepos an. Dass der Schöpfer des *Lohengrin* Musikgeschichte geschrieben hatte, ließ sich nicht bestreiten, aber das war es seiner Meinung auch schon gewesen. Wie bei vielen, die Herausragendes geleistet hatten, wies die Vita des Komponisten etliche Makel auf, zu viele, als dass Sydow Gefallen an seiner Musik finden konnte.

Der Getötete, unschwer zu erkennen, war diesbezüglich aus anderem Holz geschnitzt. Wie sehr Lewin dem angeblichen Genie verfallen gewesen war, wurde Sydow bewusst, als er sich erhob, um einen Blick in die Regale aus furniertem Eichenholz zu werfen. Buch reihte sich an Buch, Ledereinband an Ledereinband, Partitur an Partitur, die meisten noch zu Lebzeiten Wagners publiziert. Sie zu erwerben musste viel Mühe und noch mehr Geld gekostet haben, das war mehr als offenkundig. Offenkundig, beziehungsweise auffällig, war aber auch, dass sich ein Großteil der Bücher mit dem Leben und Schaffen von Wagner beschäftigte, unter anderem seine Autobiografie, die den Titel *Mein Leben* trug. Für Wagner-Anhänger, zu denen Sydow weiß Gott nicht zählte, wäre die Sammlung eine wahre Fundgrube gewesen, enthielt sie doch Werke wie *Sämtliche Schriften und Dichtungen*, 16 Bände stark und 1911 in Leipzig erschienen, eine Sammlung seiner Briefe in Originalausgaben, ein Jahr vor Sydows Geburt ebenfalls in Leipzig publiziert, eine Gesamtausgabe der musikalischen Werke und eine Vielzahl von Biografien, Aufsatzsammlungen, Faksimile-Ausgaben und Kompendien jedweder Art. Kein Aspekt des Gesamtwerkes, das nicht durch einen oder mehrere Bände beleuchtet wurde, keine Oper, über die man sich nicht umfassend informieren konnte. Kein Zweifel, Jonathan Lewin war kein Musikkritiker wie jeder andere, er war ein Experte, wenn nicht gar eine Koryphäe – und ein ergebener Jünger seines Herrn. Ein anderes Fazit ließ die Büchersammlung nicht zu.

Und dann erst der Konzertflügel, sozusagen das Prunkstück des Raumes, hergestellt von Steinway and Sons und vermutlich so teuer, dass Sydow ein paar Jahre hätte malochen müssen, um ihn sich überhaupt leisten zu können. Und die umfangreiche Schallplattensammlung, die – wie könnte es anders sein – samt und sonders aus Erstveröffentlichungen bestand. Sydow konnte es nicht fassen. Alles, was in der Dirigentengilde Rang und Namen besessen hatte, war hier vertreten, angefangen bei Richard Strauss, als Komponist selbst kein Unbekannter, über Arturo Toscanini, der im Zorn aus Bayreuth geschieden war, bis hin zu Wilhelm Furtwängler, Chefdirigent der Berliner Philharmoniker, an den sich selbst Sydow noch gut erinnern konnte.

An eine Oper namens *Rienzi, der Letzte der Tribunen*, aufgenommen unter der Leitung von Hans Knappertsbusch, konnte er sich dagegen nicht erinnern. Auch daran nicht, dass sie aus der Feder von Wagner stammte. Die Scheibe auf dem Plattenspieler, Prunkstück einer mit allen Schikanen ausgestatteten Musiktruhe, belehrte ihn jedoch eines Besseren. Sydow konnte es immer noch nicht fassen. Selten zuvor hatte er ein mit so viel Geschmack und kostspieligem Inventar ausgestattetes Wohnzimmer betreten, nicht einmal bei den Standesgenossen seines Vaters, die das nötige Kleingeld besaßen, um sich das alles leisten zu können.

Unpassend, um nicht zu sagen kurios, wirkte demgegenüber die Vitrine, vor der Sydow nach seinem Rundgang durch Lewins Kuriositätenkabinett angelangt war. Orden und Auszeichnungen, Made in East Germany. Oder, weniger schmeichelhaft und seiner Meinung nach absolut zutreffend formuliert, in der Ostzone massenweise unters Volk gestreut. »Also wirklich, da kriegst du doch zu viel«, murmelte Sydow, alles andere als begeistert, auf eine Sammlung von DDR-Preziosen zu stoßen. »Die haben doch wirklich nicht mehr alle Tassen im Schrank.« Medaille für Kämpfer gegen den Faschismus 1933-1945, Ehrenmedaille des Komitees der Antifaschistischen Widerstandskämpfer in der DDR, Heinrich-Heine-Preis des Ministeriums für Kultur der DDR, Journalistenpreis des FDGB, Medaille für hervorragende propagandistische Leistungen, Held der Arbeit und – last, but not least, Held der DDR. Viel, wenn nicht gar alles, sprach dafür, dass es sich bei Lewin um einen linientreuen Genossen gehandelt hatte.

Blieb die Frage, wie, warum und vor allem wann sich Lewin in den Westen abgesetzt hatte. Vor dem Mauerbau, das heißt vor mittlerweile sechseinhalb Jahren, war dies wesentlich einfacher gewesen als heute. In der Zwischenzeit hatten die Genossen aus Pankow leider nichts unversucht gelassen, um die verbleibenden Löcher im Todeszaun zu stopfen. »Hm.« Sydow setzte eine nachdenkliche Miene auf. Angenommen, Lewin war erst nach dem 13. August getürmt, dann hatte er ein relativ großes Risiko auf sich genommen und die Schnauze dementsprechend voll gehabt. Oder er war legal ausgereist, eher unwahrscheinlich, wenn man die Verhältnisse im Arbeiter- und Bauernparadies kannte. Getürmt oder nicht, eines stand so gut wie fest: Mit dem hiesigen System hatte der Vorzeige-Genosse nichts am Hut gehabt, sonst wäre er kaum auf die Schnapsidee gekommen, seine Orden in einer Schauvitrine zu präsentieren.

Fazit: ein Wohnzimmer wie zu Großmutters Zeiten, oder, akkurat ausgedrückt, ein Wohnmuseum, vollgestopft mit allem, was einen großbürgerlichen Salon ausmachte. Bewohnt von Jonathan Lewin, 51 Jahre, mit Orden und Ehrenzeichen überhäufter Bürger der DDR. Getötet durch einen Genickschuss, allem Anschein nach ohne Gegenwehr. Von wem, das war – und blieb – einstweilen die Frage.

»Na, wie sieht's aus, Chef – irgendwelche Erkenntnisse?«

Um herauszufinden, wer hier wie ein Elefant im Porzellanladen hereinplatzte, musste sich Sydow nicht umdrehen. Sven Waldenmaier, Kriminalassistent und trotz seiner 24 Jahre bereits eine feste Größe im Präsidium, würde er, falls nötig, auch mit verbundenen Augen erkennen. Gehörte der sympathische Jungspund doch zu der Sorte Mensch, die für lautlose

Auf- und Abgänge nicht geschaffen war. Das bedeutete aber nicht, dass es sich bei Waldi, der seinen Spitznamen sofort weggehabt hatte, in erster Linie um einen Schaumschläger handelte. Forsch, selbstbewusst und nur selten um einen flotten Spruch verlegen, zeichnete sich das salopp gekleidete blonde Schlitzohr in erster Linie durch seinen Einsatz aus. Wie die meisten seiner Altersgenossen war der Luckenwalder ein Fan der Beatles, aber das, wie auch die betont lässige Kleidung, ließ Sydow dem hochbegabten Absolventen der Polizeiakademie durchgehen. Es gab Momente, in denen Waldenmaier ihn an seine eigene Anfangszeit bei der Kripo erinnerte, Grund genug, die schützende Hand über das Energiebündel zu halten. »Ob es Erkenntnisse gibt, willst du wissen? Das frage ich dich, Waldi!«

»Nicht wirklich, fürchte ich.«

»Wie darf ich das verstehen?«

»Ich weiß ja nicht, welche Erfahrungen Sie gemacht haben, aber mir scheint, die Leute hier sind ziemlich maulfaul.«

»Tatzeugen?«

»Fehlanzeige.«

»Beobachtungen, die für uns von Nutzen sein könnten?«

Waldenmaier zuckte die Achseln. »Eine pensionierte Oberlehrerin im dritten Stock hat gemeint, das Mordopfer habe Konzertkritiken geschrieben und habe – ich zitiere – in wilder Ehe gelebt.«

»Sodom und Gomorra!«, rief Sydow im Stil eines amerikanischen Fernsehpredigers aus. »Pfui Teufel, wo soll das alles noch hinführen.«

»In den Weltuntergang, wohin denn sonst!«, hieb Waldenmaier, Scherzbold von hohen Gnaden, umgehend in die gleiche Kerbe. »Zur Hölle mit dem Sündenpfuhl, kann ich da nur sagen.«

»Oder Schluss mit den Frotzeleien, sonst stehen wir morgen früh noch hier rum.« Da er seinen Kredit als Vorgesetzter nicht verspielen wollte, riss sich Sydow am Riemen. »Die Frage ist, was wir als Nächstes tun … Sag mal, hörst du mir überhaupt zu, Jungspund?«

»Natürlich, wo denken Sie hin.«

»Irgendwas nicht in Ordnung?«

Waldenmaier blieb die Antwort schuldig, in den Anblick der Schreibkommode aus furniertem Nussbaum vertieft, die allem Anschein nach aus der Biedermeierzeit stammte.

»Jetzt sag schon, Junge, was ist los?«

Immer noch stumm, deutete Waldenmaier auf den Schlüssel, von dem eine silberne Umhängekette herabbaumelte. Im Gegensatz zu seinem Assistenten war er Sydow nicht aufgefallen, kein Wunder angesichts der zahlreichen Fächer, in denen mindestens ein halbes Dutzend Schlüssel steckte.

»Und was, bitte schön, soll daran Besonderes …«, begann Sydow, dem Waldenmaiers Verhalten reichlich merkwürdig erschien, nur um mitten im Satz zu verstummen. »Weißt du was, Waldi? Allmählich wirst du mir ein bisschen unheimlich.«

»Denken Sie, was ich gerade denke?«

Sydow nickte. »Nehmen wir mal an, er hat den Schlüssel um den Hals getragen«, spann er den Gedanken, auf den Waldenmaier ihn gebracht hatte, mit nachdenklicher Miene fort, vor dem Schubfach postiert, das sich direkt unter der Schreibtischplatte befand. »Dann folgt daraus, dass …«

»Dass sich in der Kommode, die zu öffnen Sie gerade im Begriff sind, ein Erinnerungsstück von großem Wert befunden haben muss«, fiel Waldenmaier seinem Vorgesetzten ins Wort, wie dieser nur mäßig überrascht, dass die Suche nach Indizien keine Früchte trug. Das Schubfach, vor

100 oder mehr Jahren als eine Art Safe genutzt, war leer, aber das hieß noch lange nicht, dass dies auch zu Lebzeiten des Benutzers der Fall gewesen war. »Und was jetzt?«

»Gute Frage«, antwortete Sydow und begutachtete die Kreidestriche, mit denen die Position des Leichnams gekennzeichnet worden war. »Bist du so gut und tust mir einen Gefallen, Sven?«

»Klar, Chef.«

»Wenn du noch mal Chef sagst, kriegst du es mit mir zu tun, haben wir uns verstanden?«

Waldenmaier grinste breit. »Verstanden.«

»Guter Mann.« Sichtlich amüsiert, klopfte Sydow seinem Assistenten auf die Schulter. »Du interessierst dich doch für klassische Musik, oder?«

»Nö, überhaupt nicht.«

»Nicht weiter schlimm«, entgegnete Sydow, knöpfte sein Jackett zu und machte Anstalten, die Wohnung zu verlassen. »Um dem Herrn Chefdirigenten auf den Zahn zu fühlen, muss man keine Noten lesen können.«

»Auf gut Deutsch, ich soll in die Philharmonie, um dem Maestro und seinen Getreuen meine Aufwartung zu machen.« Der Kriminalassistent lächelte gequält. »Wissen Sie, was Sie mir als Beatles-Fan damit antun?«

»Ein bisschen Abwechslung wird dir guttun, Waldi. Du bist noch jung, das steckst du locker weg.«

»Und Sie?«

»Was mich betrifft, Herr Kriminalkommissar in spe, werde ich mir eine mysteriöse junge Dame namens Hollweg vorknöpfen«, antwortete Sydow auf dem Weg zur Tür, wo er sich nach Waldenmaier umdrehte. »Mal sehen, wie sie auf die Hiobsbotschaft vom Tod ihres Geliebten reagiert – das heißt, falls sie sich nicht dünnngemacht hat.«

WOLF UND WINNIE – STENOGRAMM EINER UNGEWÖHLICHEN BEZIEHUNG

1897
23. Juni: Geburt von Winifred Marjorie Williams in Hastings/Sussex

1907
8. April: Aufnahme des neunjährigen Waisenkindes durch das Ehepaar Klindworth in Berlin

1915
22. September: Heirat der 18-jährigen Adoptivtochter der Klindworths mit dem 28 Jahre älteren Siegfried Wagner, einziger Sohn seines Vaters Richard Wagner (1813-1883)

1917
5. Januar: Geburt von Wieland, ältestes von insgesamt vier Geschwistern

1923
1. Oktober: erster Besuch von Adolf Hitler in der Villa Wahnfried in Bayreuth

1930
4. August: Tod von Siegfried Wagner im Alter von 61 Jahren

1933
31. Juli: erster Bayreuthbesuch Hitlers nach seiner Wahl zum Reichskanzler. Er finanziert fortan die Festspiele, die ohne seine Unterstützung bereits 1933 nicht mehr durchführbar gewesen wären.

1940
23. Juni: letztes Treffen von Winifred Wagner und Adolf Hitler anlässlich einer Aufführung der *Götterdämmerung*. Aufgrund ihres Eintretens für politisch missliebige Personen zieht sich die Festspielchefin den Zorn führender Parteifunktionäre zu.

1944
7. Dezember: letzte Begegnung zwischen Wieland Wagner und Adolf Hitler in der Neuen Reichskanzlei in Berlin. Wagners Erstgeborener reist in Begleitung seiner Schwester und seines Schwagers an.

1945
30. April: Selbstmord Hitlers im Führerbunker unter der Reichskanzlei

1948
1. Dezember: Einstufung von Winifred Wagner als ›Minderbelastete‹, mit der Auflage, die Festspielleitung abzugeben

1951
30. Juli: Wiedereröffnung der Festspiele unter der Leitung von Wieland und Wolfgang Wagner

1975
10. April: Drehbeginn des Filminterviews von Hans-Jürgen Syberberg. Winifred Wagner macht u.a. folgende Äußerung: »Also, wenn heute Hitler hier zum Beispiel zur Tür herein-

käme, ich wäre genauso so fröhlich und so glücklich, ihn hier zu sehen und zu haben, als wie immer …«

1980
5. März: Tod der ehemaligen Festspielchefin in Überlingen am Bodensee. Winifred Wagner stirbt im Alter von 82 Jahren und wird an der Seite ihres Mannes und ihres Sohnes Wieland in Bayreuth beigesetzt.

2010
21. März: Tod von Wolfgang Wagner, Winifreds drittältestem Sohn, im Alter von 91 Jahren in Bayreuth. Wolfgangs Töchter Eva Wagner-Pasquier und Katharina Wagner werden vom Stiftungsrat mit der gemeinsamen Leitung der Festspiele betraut.

ZWEITES KAPITEL

06

Berlin-Charlottenburg, Hotel Excelsior | 21:00 h

Scheiß Warterei. Er war einfach nicht der Typ, der stundenlang rumsitzen und Däumchen drehen konnte. Weder jetzt, wo er auf den Anruf von Mister Unbekannt wartete, noch daheim in München, wo er sich den Ruf eines mit allen Wassern gewaschenen Staranwalts erworben hatte. Er war ein Mann der Tat, gewohnt, schnelle Entscheidungen zu treffen und seine Kontrahenten eiskalt auszumanövrieren. Wer seine Gegner mit Glacéhandschuhen anfasste, so seine unumstößliche Überzeugung, würde es auf dieser Welt zu nichts bringen. Und würde, falls kein Wunder geschah, ein Winkeladvokat unter vielen bleiben.

Rolf Boysen, 44-jähriger Leiter einer namhaften Münchner Anwaltskanzlei, lockerte den verschwitzten Hemdkragen und riss den Vorhang seiner möblierten Suite auf, die sich im dritten Stock der renommierten Nobelherberge befand. Schnee bis zum Abwinken, so viel, dass man Mühe hatte, weiter als ein paar Meter zu sehen. Also wirklich, den Besuch in Berlin, nicht der erste seiner Art, hatte er sich anders vorgestellt.

»Sauwetter, elendes!« Zuerst der Flug, der alles andere als ruhig verlaufen war, und dann auch noch diese Warterei. Selbst schuld, wenn er sich auf so etwas eingelassen hatte. Nicht gerade bester Laune, stützte sich Boysen auf die klobigen Handflächen und betrachtete sein Konterfei, das sich in den doppelt verglasten Fensterscheiben spiegelte. Lieber interessant als schön, dachte der promovierte Jurist, einmal mehr verblüfft, welch tiefe Spuren sein Lebenswandel hinterlassen hatte. Knapp 45, hätte man ihn ebenso gut für 60 halten können, und das nicht nur aufgrund der Furchen, die das Gesicht mit der markanten Hakennase durchzogen. Boysen trank und rauchte nicht nur zu viel, sondern arbeitete auch entschieden zu viel, weitaus länger als seine vier Partner, die wie er das Handwerk von der Pike auf gelernt hatten. Er selbst hatte nie einen Hehl daraus gemacht, dass er aus ärmlichen Verhältnissen stammte, aber wer geglaubt hatte, dies könne ihm schaden, der wurde eines Besseren belehrt. Rolf Boysen war nicht etwa nur erfahren, redegewandt und kompetent, sondern auch humorvoll, zuvorkommend und charmant – und so gerissen, dass ihm niemand, der es mit ihm zu tun bekam, das Wasser reichen konnte. Das Einzige, was ihm bislang geschadet hatte, war sein Temperament, ein Makel, der ihm zeitlebens angehaftet war.

Einen Fluch auf den Lippen, der dem luxuriösen Ambiente hohnsprach, sah der übergewichtige Genussmensch auf die Uhr. Wenn etwas an seinen Nerven zehrte, dann war es Ungewissheit, mehr noch als all die Widrigkeiten, mit denen er als Strafverteidiger konfrontiert wurde. Nur gut, stellte er befriedigt fest, dass die mageren Jahre endlich vorbei waren. Es war nicht leicht gewesen, zahlungskräftige Klienten an Land zu ziehen, aber es hatte hingehauen. In der Schule hatten sie noch über ihn gelacht und ihn mit seiner Herkunft aufgezogen. Jetzt lachte niemand mehr. Rolf Boysen, Sohn eines Hilfsarbeiters, hatte es zu etwas gebracht. Die Zeiten, in denen er seine Klassenkameraden anpumpen musste, waren vorbei. Trotz zahlreicher Hindernisse hatte er sich zum Prominentenanwalt gemausert und seine Honorare derart in die Höhe getrieben, dass gewöhnliche Kriminelle automatisch abgeschreckt wurden.

Wesentlich interessanter, weil lukrativer, waren ihm nämlich seit jeher solche Kunden erschienen, die aus den Reihen der Münchner Schickeria stammten. Nichts wichtiger als gute Bekannte, und seien sie auch lästig, die beim Erklimmen der Karriereleiter von Nutzen waren. Und nichts wichtiger, als dort, wo die Musik spielte, einen Fuß zwischen die Tür zu bekommen.

Um höhere Weihen zu erlangen, das heißt, um ein Mitglied des Bussi-Bussi-Zirkels zu werden, kam es, wenn überhaupt, nur in geringem Maß auf fachliche Qualitäten an. Nun ja, darauf auch, aber was ihn selbst betraf, hatte sein rasanter Aufstieg andere Väter gehabt.

Regel Nummer eins: Willst du es zu etwas bringen, dann sieh zu, dass dein Gewissen auf Sparflamme läuft. Je weniger Skrupel, so die Erfahrung aus 16 aufreibenden Berufsjahren, desto größer die Chance auf Erfolg. Je mehr Erfolg, umso mehr kannst du dir leisten. Und umso größer die Chance, das eine oder andere Flittchen flachzulegen, das die Pfade der Betuchten dieser Welt kreuzt.

So einfach war das. Hauptsache, man hielt sich an die Spielregeln.

Mit seiner Frau, in deren Dunstkreis er den treu sorgenden Gatten gab, hatte er sowieso nichts mehr am Hut, warum also nicht zugreifen, wenn sich die Gelegenheit bot. Bekanntlich lebte man nur einmal, und wer zusah, wie ihm die Konkurrenz die Beute wegschnappte, dem war nun mal nicht zu helfen. Wie gesagt, je größer die Skrupellosigkeit, desto größer die Aussicht auf reiche Beute.

So einfach war das.

Vorausgesetzt, man trat niemandem auf die Füße.

Regel Nummer zwei: Bittet dich ein A-Promi um einen Gefallen, gib dein Bestes. Sonst bist du am Arsch, bevor du piep sagen kannst.

Das, und nur das, war der Grund gewesen, dass er alles liegen und stehen gelassen, seine Siebensachen gepackt und den Flug nach Frankfurt und von dort nach Berlin-Tempelhof gebucht hatte. Erster Klasse, etwas anderes kam nicht in die Tüte. Das war er sich und seiner Reputation schuldig. Wenn er schon sämtliche Termine absagen musste, dann wollte er es auch bequem haben. So hatte er es stets gehalten.

Der Lohn für seine Mühe, das stand fest, würde nicht von schlechten Eltern sein. Bemüht, die aufkeimende Ungeduld in den Griff zu bekommen, griff Boysen nach einem Glas, nahm die bereitstehende Cognac-Flasche in die Hand und goss sich den mittlerweile dritten Rémi Martin Louis XIII ein.

Jahrgang 1923, versteht sich.

Das Beste vom Besten.

Genau wie diese Suite, die sich Normalsterbliche nicht leisten konnten. Französischer Cognac, französisches Bett mit Anleihen aus dem Rokoko, ebensolche Spiegel, ausgestattet mit einem Hauch von Versailles, Seidentapeten mit Lilienmuster, Louis-Quinze-Kommode aus Nussbaumholz und ein Getränkevorrat, der den Vergleich mit den Bars am Ku'damm nicht zu scheuen brauchte.

Genießer-Herz, was willst du mehr.

Auf ein paar Pfunde mehr oder weniger kommt es ja nicht an, oder?

Allein, die Unruhe im Inneren seines massigen Körpers wollte nicht weichen. Partout nicht. Boysen nahm einen tiefen Schluck. Nun ja, war ja auch kein Wunder. Angesichts dessen, was auf dem Spiel stand, hätten ganz andere als er die Muffen gekriegt.

Zwei Millionen Deutsche Mark, so lautete der Preis. Millionen, wohlgemerkt. Das musste man erst mal verdauen. Rolf Boysen, 1,79 Meter groß, aber sage und schreibe 130 Kilo schwer, war die Luft weggeblieben, als er erfuhr, wie hoch der Kaufpreis für den vermeintlichen Jahrhundertfund war. Trotz Schock hatte er sich jedoch rasch wieder gefangen. Ausschlaggebend dafür war die Provision gewesen, die er mit seiner Auftraggeberin ausgehandelt hatte. Nicht 5.000, nicht 10.000, nicht 20.000 – sondern sage und schreibe 100.000 Mark Salär. Fünf Prozent des Kaufpreises, bei einem Risiko, das sich gegen Null bewegte. Kaum zu glauben, aber wahr.

Das musste man sich auf der Zunge zergehen lassen. Und einen draufmachen, wenn der Deal abgeschlossen war.

Oder den Abend in Gesellschaft zuvorkommender Damen verbringen.

So jung wie möglich, versteht sich.

Die Besten der Besten.

Kurz vor neun. Der Warterei überdrüssig, kippte Boysen seinen Cognac hinunter, stellte das Glas ab und verschloss die bernsteinfarbene Flasche. Und was, dachte er, während er sein Taschentuch hervorkramte, um sich den Schweiß von der fliehenden Stirn zu wischen, passiert, wenn mich der Halsabschneider im Regen stehen lässt, oder, wenn die Behauptung, er befinde sich im Besitz wertvoller Manuskripte, nur Theaterdonner war? Boysen lachte heiser auf. Theaterdonner, das würde ja passen. Wäre nicht das erste Mal, dass man versucht hätte, seine Auftraggeberin aufs Kreuz zu legen.

Aber nicht mit mir, du Kanaille. Nicht mit Rolf Boysen, vom dem kannst selbst du noch etwas lernen.

»Weißt du, was du mich gleich kannst, du elende Bazille?«

Drei vor neun. Gestern um diese Zeit, bei einem Imbiss in seinem piekfeinen Schwabinger Stammlokal, hatte er von seinem Glück noch nichts gewusst, und wie die Dinge lagen, hätte er gut daran getan, die Bitte der alten Dame abzuschlagen. Das freilich wäre mehr als töricht gewesen, handelte es sich bei der Mandantin doch um eine Person, die unter Ihresgleichen immer noch in hohem Ansehen stand. Mag sein, ihr Familienclan hatte die besten Tage hinter sich, aber um einen wie ihn kaltzustellen, reichte der Einfluss der versierten Strippenzieherin aus.

Kein Wunder also, dass er Ja gesagt hatte, als er ihren Anruf entgegennahm. Die Bitte, nach Berlin zu reisen und auf Abruf verfügbar zu sein, war ihm zwar reichlich merkwürdig vorgekommen, aber wie stets, wenn ihm genug Geld geboten wurde, hatte seine Gier über den Verstand obsiegt. Die Chance, innerhalb von ein paar Stunden 100.000 DM zu verdienen, bekam man schließlich nicht alle Tage, der Grund, weshalb er wider besseres Wissen eingewilligt hatte.

Das Telefon, na endlich!

Auf einen Schlag wie elektrisiert, riss Boysen den Hörer von der Gabel, räusperte sich und lauschte. »Ja bitte, wer ist am Apparat?«

Keine Antwort.

Aber auch kein Freizeichen.

»Darf man fragen, was das …«

»Spreche ich mit Doktor Boysen?«

»Und wer sind Sie, wenn man fragen darf?«, blaffte der Fleischberg, weder gewohnt noch in der Stimmung, um den heißen Brei herumzureden. »Nun reden Sie schon, wir sind hier nicht in einer Quizsendung.«

Die Antwort erfolgte prompt. »Mein Name tut nichts zur Sache«, entgegnete der Anrufer, seiner Erfolgschancen mehr als sicher. »Lassen Sie uns lieber zum Geschäftlichen kommen.«

»Was ist mit der Ware?«

»Darüber, Herr Doktor jurisprudentiae Boysen, machen Sie sich mal keine Gedanken.« Der Anrufer ließ sich nicht aus der Reserve locken. »Sie zahlen, ich liefere – mehr braucht Sie nicht zu interessieren.«

Boysen reagierte mit einem hochnäsigen Grunzen. »Haben Sie eine Ahnung, was mich alles interessiert«, entgegnete er, der Tonfall hörbar amüsiert. »Aber Schwamm drüber.«

»Ich hoffe, Sie hatten eine angenehme Reise?«

»Darüber, Verehrtester, machen Sie sich mal keine Gedanken«, echote Boysen, darauf bedacht, möglichst schnell zur Sache zu kommen. »Also: Wo und wann können wir uns treffen?«

»So schnell wie möglich«, antwortete der Unbekannte, nannte Treffpunkt und Uhrzeit und schloss mit den Worten: »Also dann bis später, Herr Doktor Boysen – und seien Sie pünktlich. Täte mir leid, wenn unsere Transaktion nicht zustande käme!«

Dann legte er ohne ein Wort des Abschieds auf.

07

Berlin-Tiergarten, Philharmonie am Kemperplatz
| 21:20 h

»Wie wär's mit einem Glas Sekt, gnädige Frau?« Lieber nicht!, dachte Lea, verkniff sich die Antwort, die ihr auf der Zunge lag, und überlegte, wie sie ihren Sitznachbarn auf Distanz halten sollte. »Oder mit einem Aperitif, wenn Ihnen das lieber ist?«

»Nein danke, jetzt nicht.«

»Dann vielleicht später?«

»Bedaure, aber ich bin verabredet.«

»Und mit wem?«

»Mit meinem Mann, wenn es Ihnen nichts ausmacht«, fuhr Lea den ergrauten Möchtegern-Casanova an, keineswegs zimperlich, was das Abwimmeln von Annäherungsversuchen betraf. »So, und jetzt tun Sie mir den Gefallen und lassen mich in … Ja, gibt's denn so was? Herr Waldenmaier, ich muss sagen, Sie kommen wie gerufen.« Lea ließ den Johannes-Heesters-Verschnitt stehen, gab Sydows Assistenten die Hand und sagte: »Ich wusste gar nicht, dass Sie sich für klassische Musik interessieren.«

»Ich auch nicht«, antwortete Waldenmaier, gänzlich unbeeindruckt von den Blicken, die er sich aufgrund seiner unkonventionellen Garderobe einhandelte. »Aber was will man machen, Dienst ist nun einmal Dienst.«

»Irre ich mich, oder sind Sie in Diensten seiner Majestät unterwegs?«

»Nein, das tun Sie nicht«, bekannte die Frohnatur, setzte sein Lausbubenlächeln auf wartete ab, bis der Gong verklungen war, der das Ende der 20-minütigen Pause ankündigte. »Aber ich darf nichts sagen, sonst macht er mich zur ... äh ...« Sichtlich verlegen, fingerte Waldenmaier an seiner Krawatte herum, bedruckt mit dem Konterfei von John Lennon, wie es sich für einen echten Beatles-Fan gehörte. »Sonst macht er mir eine Szene, wollte ich sagen.«

»Sind Sie mir böse, wenn ich Ihnen einen Rat gebe, Sven?«

»Natürlich nicht, wo denken Sie hin.«

»Lassen Sie sich nicht alles ...«, begann Lea, nur um mitten im Satz abzubrechen und den Blick auf die dunkelhaarige junge Frau zu richten, die mit eiligen Schritten der Garderobe zustrebte. Eben jene Frau, mit der sie sich vor dem Konzert unterhalten hatte. Wie auf Kommando wandten sich ihr auch jetzt mindestens ein Dutzend Augenpaare zu, in der Mehrzahl diejenigen von Männern, die jede ihrer Bewegungen beobachteten.

Lea stutzte. Natürlich kam es hin und wieder vor, dass es Zuschauer gab, die ein Konzert vorzeitig verließen. Im Falle der 24-Jährigen, in Begleitung eines in etwa gleichaltrigen Mannes, kam ihr dies jedoch äußerst ungewöhnlich, um nicht zu sagen merkwürdig vor.

»Irgendetwas nicht in Ordnung, Frau Sydow?«

Aus ihren Gedanken gerissen, schüttelte Lea den Kopf. »Dann will ich Sie mal nicht von der Arbeit abhalten, Sven!«, fügte sie hinzu, während ihr Blick zwischen Waldenmaier und dem dunkelhaarigen Blickfang hin und her irrte. »Und richten Sie meinem Mann aus, ich amüsiere mich bestens.«

»Werd ich tun, gnädige Frau – schönen Abend noch.«

»Gleichfalls, Sven«, entgegnete Lea, im Geist bei der Reportage, die sie etliche Wochen zuvor gemacht hatte. Wie war das doch gleich gewesen? Genau. Der Gatte der Femme fatale, ihrer Erinnerung zufolge doppelt so alt wie sie, leitete die Berliner Niederlassung der Philipp Holzmann AG und gehörte dem Aufsichtsrat der weltweit operierenden Baufirma mit Sitz in Frankfurt am Main an. Laut unbestätigten Gerüchten beziehungsweise Mutmaßungen war Doreen, so ihr aparter Vorname, der Grund für die Scheidung ihres Mannes von seiner ersten Frau vor mittlerweile vier Jahren gewesen. Das heißt, falls Lea ihr Gedächtnis nicht täuschte. Ziemlich sicher war sie allerdings, dass das Paar, welches zu den Stützen der hiesigen High Society gehörte, kein gemeinsames Kind besaß, wohl aber gab es aus der ersten Ehe des Mannes einen Sohn, der, soweit Lea sich entsinnen konnte, mittlerweile erwachsen und dabei war, in die Fußstapfen seines betuchten Vaters zu treten. »Und passen Sie auf sich auf.«

Drei weitere Gongschläge, die definitiv letzten vor dem Beginn der zweiten Hälfte, rissen Lea aus den Gedanken. War sie das, die sich an die Fersen der in Hermelin gehüllten Circe und ihres unbekannten Begleiters heftete, oder spielte ihr die Einbildung einen Streich?

Sie war es, wie die Kälte bewies, die ihr am Eingang der Philharmonie entgegenschlug. Sie war es, die hinter einer Frau her spionierte, die sich frühzeitig auf den Nachhauseweg machte, warum, ging eigentlich niemanden etwas an.

Auch sie nicht.

Oder etwa doch?

Sie wusste es nicht. Wusste keine Antwort, warum sie die Verfolgung aufnahm, wie ein Detektiv im Vorabendprogramm, der im Gegensatz zu ihr zumeist einen Trenchcoat trug. Lea fröstelte. Nur gut, dass Tom nichts davon mitbekam. In Abendgarderobe durch dichtes Schneegestöber, noch dazu in Stöckelschuhen. So etwas brachte auch nur sie fertig.

Da vorn, höchstens 50 Meter entfernt. An der Ecke, wo die Bellevuestraße in die Tiergartenstraße einmündete.

Da vorn stand sie.

In Begleitung des hochgewachsenen jungen Mannes.

Der Unbekannte, der ihr die Beifahrertür des nagelneuen Alfa Romeo aufhielt, war, wenn überhaupt, nur wenig älter als die junge Frau. Und war, wie Lea beim Nähertreten bemerkte, durchaus ansehnlich, um nicht zu sagen attraktiv.

Und noch etwas wurde ihr auf Anhieb klar: Die beiden kannten sich, und zwar so gut, dass es den Anschein hatte, als seien sie ein Paar.

Lea blieb verstört stehen. Natürlich wusste sie, dass die Motive, einen doppelt so alten Mann zu heiraten, mit Liebe oftmals nichts zu tun hatten. Außerdem war ihr bewusst, dass sie die Privatsphäre ihrer Zufallsbekanntschaft nicht zu interessieren hatte. Bisweilen waren manche Ehen eben nicht das, was sich die Betroffenen erhofft oder erträumt hatten. Als Realistin, die sie war, musste sie das akzeptieren. Gerade sie konnte ein Lied davon singen, was es hieß, an den Falschen zu geraten. Bevor Tom erneut in ihr Leben trat, war es die reine Hölle gewesen, so schlimm, wie sie es sich niemals hätte vorstellen können. Wäre Veronika nicht gewesen, derentwillen sie all die Demütigungen über sich ergehen ließ, hätte sie keinen Sinn mehr darin gesehen.

Warum also viel Aufhebens machen, wenn sich die beiden umarmten, leidenschaftlich küssten und anschließend mit Höchstgeschwindigkeit davonbrausten. Solange es Menschen gab, hatte es solche Szenen gegeben, warum also nicht auch hier, mitten in Berlin?

Weil an der Sache etwas faul war, darum.

Die Frage war nur, was.

08

Berlin-Kreuzberg, Axel-Springer-Hochhaus in der Kochstraße | 21:45 h

»Na, wen haben wir denn da! Mein Herr Stiefvater, welche Ehre.«

Veronika, auch das noch. Ihrer Mutter zuliebe hatte Sydow sich breitschlagen lassen, in ein Konzert zu gehen. Und Kroko zuliebe hatte er seinen freien Tag geopfert. Darüber hinaus hatte er den letzten Rest an Charme zusammengekratzt, über den er verfügte, hatte mit Engelszungen auf Lea eingeredet und war wie ein Irrer nach Kreuzberg gerast, wo er einen Fall zu lösen hatte, der ihm ein Rätsel nach dem anderen aufgab. Daraufhin, nicht faul, war er einer gewissen Marlene Hellweg auf die Bude gerückt, Freundin des Mordopfers und allem Anschein die Letzte, die Lewin lebend gesehen hatte. Damit es ihm nicht zu langweilig wurde, hatte er die halbe Nachbarschaft abklappern müssen, bevor er erfuhr, wo die Dame, nach übereinstimmender Meinung überaus attraktiv, vermutlich anzutreffen sein würde. Also nichts wie hin zum Springer-Hochhaus, um Näheres über den Streit zwischen der bei der *Morgenpost* beschäftigten Redakteurin und dem geheimnisumwitterten Mordopfer zu erfahren.

Ein Schritt in die richtige Richtung? Denkste. Sydow winkte resigniert ab. Ausgerechnet hier, nur ein paar Meter vom Eingang des Springer-Hochhauses entfernt, musste er seiner Stieftochter über den Weg laufen, ausgerechnet jetzt,

wo er weiß Gott andere Sorgen hatte, als mit Veronika über das Scheitern ihrer Ehe und das daraus resultierende Zerwürfnis mit Lea zu sprechen. Schlimm genug, dass Veronika bei Nacht und Nebel ausgezogen war, um ihre Zelte in einer Hippie-Kommune aufzuschlagen. Noch schwerer wog indessen die Tatsache, dass Sydows Stieftochter ihren vierjährigen Sohn mitgenommen hatte, um ihn, wie sie es formulierte, unter Gleichgesinnten und frei von jeglichen Zwängen aufwachsen zu lassen. An sich nichts Verwerfliches, für Sydow jedoch Grund genug, sich ernsthafte Sorgen um das Wohlbefinden seines kleinen Enkels zu machen.
»Sag mal, spionierst du hinter mir her? Oder hat Mutter dich geschickt?«

»Weder das eine noch das andere, Vroni.« Eine Mahnwache vor Berlins bestgehasster Adresse, bei Nacht und Temperaturen von knapp über null Grad. Das sollte mal einer verstehen. Bei diesem Wetter, da war sich Sydow sicher, jagte man nicht einmal einen Hund vor die Tür. Und doch stand da diese Handvoll Salon-Proletarier, in der Mehrzahl Studenten, um gegen die Machenschaften des Springer-Konzerns zu protestieren. Eingehüllt in dicke Mäntel, frierend wie die Schneider und mit Fackeln, Kerzen und Transparenten in der Hand, auf die sie ihre Heilsbotschaften gepinselt hatten. Weg mit Springer, nieder mit den USA und weg mit der Regierung in Bonn. Schluss mit dem Krieg in Vietnam und, quasi als Sahnehäubchen, Schluss mit der Ausbeutung durch die Großkonzerne. Alles schön und gut, aber was war mit der Mauer, die den Weg in den Ostteil der Stadt versperrte, nur einen Steinwurf von der skurrilen Szenerie entfernt? Nieder mit der Mauer, nieder mit Ulbricht? Kein Wort davon, weder auf den Plakaten, welche die Demonstranten an ihrem Körper festgezurrt hatten, noch auf den Transparenten, die den Weg zum Eingang des Hochhauses flankierten. Das war so bizarr, dass man es nicht in Worte kleiden konnte, und so widersinnig, dass Sydow eine Stinkwut bekam. »Ich bin im Dienst, weißt du.«

»Ach so, aber das bist du ja immer.«

»Wenn du meinst.« Es war ziemlich genau 15 Jahre her, seit er Veronika, inzwischen 29, zum ersten Mal getroffen hatte. Wie ihre Mutter, die Sydow im Alter von 17 Jahren kennengelernt und kurz darauf wieder aus den Augen verloren hatte, war Vroni eine bildhübsche junge Dame gewesen, blond, gertenschlank, sommersprossig und mit langem, zu einem Pferdeschwanz zusammengebundenen Haar. Sydow seufzte bekümmert auf. Kinder, wie die Zeit doch verging. Und wie sehr sie den Menschen ihren Stempel aufdrückte. »Und was machst du hier, wenn ich fragen darf?«

»Das siehst du doch, oder?« Das Einzige, was von der jungen Dame in Petticoat und rosa Stöckelschuhen übrig geblieben war, waren die blau schimmernden, weit offenen und wie bei Lea von zarten Brauen überwölbten Augen. Ansonsten war da nur noch Ablehnung, Misstrauen und, so sehr die Erkenntnis auch schmerzte, Verachtung. Verachtung gegenüber dem Vertreter des Establishments, das Sydow angeblich repräsentierte. »Du kannst mich ja verhaften, wenn du willst.«

»Warum sollte ich? Schließlich leben wir in einem freien Land.«

»Das glaubst aber auch nur du.«

»Sagen wir mal so: Wem's nicht passt, der kann ja seine Zelte abbrechen.«

»Du machst es dir ziemlich einfach, weißt du das?«

»Wenn du so alt bist wie ich, mein Kind, denkst du anders darüber.« Es war erschreckend, wie rapide und radikal Veronika sich verändert hatte. Man konnte es drehen und wenden, wie man wollte: Vroni, Leas Ebenbild, existierte nicht mehr. Stattdessen war da diese ganz und gar nicht damenhafte Demonstrantin, ein Plakat mit der Aufschrift ›Ami go home!‹ vor dem Bauch, für das sich weit und breit kein Mensch interessierte. »Tut mir leid, Vroni. Das mit dem Kind ist mir nur so rausgerutscht.«

»Typisch Tom, wenn's brenzlig wird, flüchtet er sich in Ironie.«

Das war genug, mehr als genug. »Damit wir uns richtig verstehen, Veronika«, ging Sydow in die Offensive, auf dem besten Weg, Opfer seines hitzigen Naturells zu werden, »deine Mutter und ich machen uns Sorgen. Große Sorgen. Wenn du dich mit Hajo in die Wolle kriegst, ist das natürlich deine Sache. Deine Mutter und ich werden einen Teufel tun und uns in eure Angelegenheiten einmischen. Das weißt du. Aber glaubst du wirklich, es war klug, einfach den Bettel hinzuschmeißen und bei Nacht und Nebel abzuhauen? Lebe dein Leben, wie du willst, schließlich bist du alt genug. Aber erwarte nicht, dass Lea und ich dir Beifall klatschen. Abhauen ist immer das Einfachste. Auf jeden Fall einfacher, als den Versuch zu machen, aufeinander zuzugehen.«

»Sie hören das Wort zum Sonntag. Es spricht zu Ihnen Pfarrer Thomas Randolph von Sydow von der Evangelischen Kirche in Berlin.«

»Wer ist denn jetzt ironisch, du oder ich?«

»Du und deine spießigen Moralvorstellungen«, ereiferte sich Veronika Marquard, geborene von Oertzen und Dozentin für Philosophie an der FU Berlin, und winkte kopfschüttelnd ab. »Das kann man ja nicht mit anhören. Wie kommst du eigentlich auf die Idee, du könntest mir

Vorschriften machen, wie ich mich zu verhalten habe? Ich will dir mal was sagen, Herr Kriminalhauptkommissar. Ich will leben, wie es mir passt. Und ich will tun und lassen können, was mir passt. Wie weit seid ihr denn gekommen mit dem Großreinemachen nach dem Krieg, wenn man fragen darf? Siehst du, dazu fällt dir nichts mehr ein. Und komm mir bloß nicht mit der Leier, das seien damals andere Zeiten gewesen. Was habt ihr denn getan, um mit dem Nazi-Pack aufzuräumen? Nichts, aber auch rein gar nichts. Diese Schmeißfliegen sind doch fein raus, in Amt und Würden, als sei nichts passiert. Der nächste Führer kommt bestimmt, oder meinst du, das sei es schon gewesen?«

»Kann es sein, dass dein Gedächtnis ein paar Lücken aufweist?«

»Falls du auf meinen leiblichen Vater anspielst, Tom: Ich weiß genauso gut wie du, was dieses Schwein von SS-Standartenführer auf dem Kerbholz gehabt hat. Und ich weiß, wie Mutter unter der Ehe mit ihm zu leiden hatte.«

»Wenn dem so ist, dann kennst du ja auch den Grund, weshalb Lea deinen Vater nicht ver…«

»Jetzt komm mir doch bitte nicht damit, Tom!«, fiel die aufgebrachte junge Frau ihrem Stiefvater ins Wort, neugierig beäugt von ihren Mitstreitern, die das Rededuell aus sicherer Distanz verfolgten. »Ein für alle Mal, zum Mitschreiben: Ich will leben, wo und mit wem es mir passt. Und damit Feierabend. The Times They Are A-Changin, Tom, ob es dem Establishment passt oder nicht. Eines garantiere ich dir: Wir werden nicht tatenlos zusehen, wie uns die Lakaien der Amis unter ihre Knute zwingen. Darauf gebe ich dir mein Wort.«

»Tust du mir einen Gefallen, Veronika?«

»Aber nur, weil du es bist, Tom.«

»Sei doch bitte so gut und wirf einen Blick nach links. Ja genau, dort hinüber.« Die Hände in der Manteltasche, ließ Sydow den Blick auf dem Gesicht der 29-jährigen APO-Aktivistin ruhen. »Na, was will uns dieser Anblick sagen?«

Die Antwort ließ nicht lange auf sich warten. »Schon gut, Herr Oberlehrer«, grollte die Tochter, die keine mehr sein wollte, und verdrehte demonstrativ die Augen. »Ich hab kapiert, was du damit sagen …«

»Gar nichts hast du kapiert, verdammt noch mal!«, stieß Sydow wutentbrannt hervor, da er es satthatte, wie ein Schuljunge gemaßregelt zu werden. »Schau genau hin, damit du es nicht vergisst. Mauer, Stacheldraht, Wachtürme, Suchscheinwerfer und bewaffnete Posten, die jeden über den Haufen knallen, der versucht, den Genossen in Pankow die Hacken zu zeigen. Und jetzt kommst du daher, machst einen auf neunmalklug und Weltverbesserer und wirfst mir vor, was für ein verknöcherter alter Trottel ich bin. Ich will dir mal was sagen, Veronika: Bevor du und deine Kommilitonen andere belehren, was sie zu tun oder zu denken haben, solltet ihr erst mal vor der eigenen Haustür kehren. Denkst du vielleicht, ich weiß nicht, was sich die Amis in Vietnam geleistet haben? Natürlich weiß ich das, schließlich leben wir nicht auf dem Mond. Amerika ist an allem schuld, aber klar doch! Du erlaubst, wenn ich dein Gedächtnis ein wenig auf Vordermann bringe? Wer war es denn, der uns vor dem Krepieren bewahrt hat, als die Russen vor 20 Jahren die Schotten dichtgemacht haben? Schon mal das Wort ›Rosinenbomber‹ gehört? Na also, endlich ist der Groschen gefallen. Ob es in eure Köpfe reingeht oder nicht, ohne die Amis wären wir damals aufgeschmissen gewesen. Ich weiß, was du jetzt denkst, Veronika. Eins aber lass dir gesagt sein: Niemand, der bei klarem Verstand ist, kann sich hinstellen und behaupten, wir wären mit Stalin und Konsorten besser gefahren. Oder bist du so vernagelt, dass du nicht weißt, was da drüben vor sich geht? Und was Herrn Springer oder diese Schmierfinken von der *Bild-Zeitung* angeht, die würde ich lieber heute als morgen auf den Mond schießen. Was das betrifft, meine Liebe, geht es mir nicht anders als dir. Aber wenn du denkst, dass Sit-ins, Demos oder die Fantastereien, die dieser Dutschke vom Stapel lässt, unser Problem lösen, dann bist du auf dem Holzweg. Merk dir eins, Vroni: Du und diese Utopisten, ihr dürft rausposaunen, was euch nicht behagt. Und was mich betrifft, werde ich einen Teufel tun, um euch davon abzuhalten. Aber die da drüben, denen die Stasi im Nacken sitzt, die dürfen nicht mal ›piep‹ sagen, und schon landen sie im Knast. Bautzen II gefällig, oder darf's am Ende doch lieber Hohenschönhausen sein? Und wenn wir gerade dabei sind, du weißt genau, wie ich über die Saubermänner in den Chefetagen denke. Also tu mir den Gefallen und bleib bei der Wahrheit – und rede dir nicht ein, deine Mutter und ich würden dich nicht verstehen.« Erbost wie seit Langem nicht mehr, schnappte Sydow nach Luft. »Langer Rede kurzer Sinn: Du weißt genau, dass sich Lea über ein Lebenszeichen von dir freuen würde. So, und jetzt entschuldige mich, ich habe zu tun!«

*

»Kaffee, Herr Hauptkommissar?«, fragte die junge Frau, anziehender als die meisten Film-Sternchen, die im Vorabendprogramm über die Mattscheibe flimmerten. »Oder lieber eine Tasse Tee?«

»Wenn Sie mich so fragen, lieber Tee.« Welch eine Frage an einen halben Briten. Aber das konnte die flippig gekleidete Redakteurin, deren Büro Sydow soeben betreten hatte, ja nicht wissen. »Aber nur, wenn es keine Umstände macht.«

»Wo denken Sie hin, Herr … Wie war doch noch mal Ihr Name?«

»Sydow.«

»Und was kann ich für Sie tun, Herr Sydow?«

»Gute Frage.« Anders als von Paschulke behauptet, hatte Marlene Hellweg, Redakteurin bei der *Berliner Morgenpost*, mit einer Dame aus dem Milieu ungefähr so viel zu tun wie der Papst mit einem Zuhälter aus dem Wedding. Kein Zweifel, diese Augenweide von Frau besaß eine Menge Charme. Aber davon, das wusste er nur zu gut, durfte man sich nicht in die Irre führen lassen.

Hellblondes, zu einem Pferdeschwanz zusammengebundenes Haar, Ohrringe in Form des Peace-Symbols, Schmollmund, ausdrucksvolle, dunkelblau schimmernde Augen und eine Figur, die ein Star-Mannequin zur Statistin degradiert hätte. Kurzum, eine Ausstrahlung wie Brigitte Bardot. Und dazu diese weiche, kindlich anmutende Stimme. Das war der Stoff, aus dem Männerträume gemacht waren.

Auch der Stoff, aus dem Mörderinnen gemacht waren?

Genau das war momentan die Frage.

Sydow runzelte die Stirn. Wenn ja, dann handelte es sich um eine Täterin, die der Kategorie ›eiskalt‹ zuzuordnen war. »Mit Milch oder Zucker?«

»Ohne alles, sonst werde ich zu fett.« Die Teekanne in der Hand, lachte Marlene Hellweg auf. »Wie ich sehe, haben Sie Humor.«

»Den braucht man auch, sonst geht man in meinem Beruf unter.«

»Wem sagen Sie das, Herr Hauptkommissar.« Die Heiterkeit der Redakteurin verschwand so schnell, wie sie aufgeflackert war. »Humor ist, wenn man trotzdem lacht.« Marlene Hellweg sah zwar aus wie ein Mannequin, kleidete sich jedoch nicht so. Batik-Shirt samt Konterfei von Marilyn Monroe im Andy-Warhol-Stil, hautenge Jeans, ausgelatschte Turnschuhe. Das war alles – und mehr als genug. »Was führt Sie zu mir, Herr Kommissar?«, schnurrte sie und stellte die Kanne auf einer Wärmeplatte ab, worauf sie sich ihrem durchgefrorenen Besucher zuwandte. »Nehmen Sie doch Platz, so viel Zeit muss sein.«

Sydow tat, wie ihm geheißen. »Und Sie?«

»Danke, ich ziehe es vor, zu stehen.«

»Wie Sie wollen.« Sydow legte eine Kunstpause ein. Dann sagte er: »Wie Sie sich vorstellen können, bin ich nicht zu meinem Vergnügen hier.«

»Ich weiß.« Die Arme verschränkt, trat die Redakteurin ans Fenster ihres Büros, das sich im achten Stockwerk des knapp 80 Meter hohen Verlagsgebäudes befand. »Um Missverständnisse auszuräumen: Ich war es nicht.«

»Das bedeutet, Sie wissen Bescheid.«

Die Redakteurin stieß einen gedämpften Klagelaut aus. »Wenn man mit den Reportern von der *Bild-Zeitung* unter dem gleichen Dach arbeitet, bleibt einem nichts verborgen.«

»Kann ich mir denken«, antwortete Sydow, den nichts mehr ärgerte als die Redseligkeit von Kollegen, die Interna aus laufenden Ermittlungen ausplauderten. Es gab eben Leute, denen war einfach alles zuzutrauen, das wusste er nicht erst seit heute. Geldscheine – oder andere Gefälligkeiten – regierten eben immer noch die Welt. Daran würde sich so schnell nichts ändern. »Wenn ich ehrlich bin, wollte ich nicht in Ihrer Haut stecken.«

»Und ich nicht in Ihrer.«

Sydow horchte überrascht auf. »Wie darf ich das verstehen, Frau Hellweg?«

»Vergessen Sie's.« Der Körper der Redakteurin straffte sich. »War nur so dahergesagt.«

»Sie erlauben, wenn ich Ihnen ein paar Fragen stelle?«

»Fragen Sie, soviel Sie wollen, Herr Sydow.« Die Handfläche auf dem Fenstergriff, starrte die Angesprochene in die Nacht hinaus. »Aber wenn Sie glauben, ich hätte Jonathan auf dem Gewissen, muss ich Sie …«

»Was ich glaube oder nicht glaube, steht momentan nicht zur Debatte.«

»Sondern?«

»Halten Sie es nicht für besser, wenn ich die Fragen stelle? Das spart Zeit, wissen Sie.«

»Tut mir leid. Reporter haben das so an sich.«

»Wann genau haben Sie Herrn Lewin zum letzten Mal gesehen, Frau Hellweg?«

»Gestern Abend.«

»Um welche Urzeit?«

»Gegen acht. Ich war ziemlich spät dran, deshalb musste ich mich beeilen.« Die Redakteurin zuckte mit den Achseln. »Spätschicht, was will man machen.«

»Besser Spätschicht als Streit, oder sehe ich das falsch?«

Das Lachen, welches in diesem Augenblick erklang, ließ an Bitterkeit nicht zu wünschen übrig. »Paschulke, wer sonst! Hat der alte Spanner mal wieder nicht den Mund halten können.«

»Spanner?«

»Nehmen Sie es mir nicht übel, Herr Kommissar«, entgegnete Marlene Hellweg, atmete tief durch und zupfte den Kragen ihres Batik-Shirts zurecht. »Aber es gibt eben Männer, die …«

»Jedem Rock hinterherlaufen?«

»Die nichts unversucht lassen, um bei uns Frauen landen zu können, sagen wir es mal so.«

»Anders ausgedrückt: Er hatte es auf Sie abgesehen.«

»Und konnte, verständlich genug, nicht landen.«

»Das erklärt in der Tat einiges.« Bevor er weitersprach, ließ Sydow das Gespräch mit Paschulke Revue passieren. »Darf man fragen, worum es bei der Auseinandersetzung ging?«

»Um das Übliche.« Marlene Hellweg wandte sich um, nahm zwei Tassen aus dem Schrank und füllte sie. »Jonathan war nicht ganz einfach, wissen Sie.«

»Inwiefern?«

Die Redakteurin ließ die Frage unbeantwortet. »Liegt wahrscheinlich an seiner Vergangenheit«, fuhr sie stattdessen fort, die Teetasse in der Hand, auf deren Rand sie mit dem Zeigefinger entlangfuhr. »Jo hat viel durchgemacht, müssen Sie wissen.«

»War das sein Kosename?«

»Jo? Nein, das war seine Idee.« Die Redakteurin nahm einen kurzen Schluck. »Ich nehme an, Sie wissen über seine Identität Bescheid?«

Sydow nippte an seiner Tasse und nickte.

»Auch darüber, weshalb er sich in den Westen abgesetzt hat?«

»Um das herauszubekommen, bin ich hier. Lassen Sie hören, Frau Hellweg, ich bin ganz Ohr.«

»Hängt davon ab, was Sie wissen wollen«, entgegnete der personifizierte Männerschwarm, nahm einen weiteren Schluck und sagte: »Bevor Sie mich fragen, Herr Hauptkommissar: Jonathan und ich, wir haben uns schon vor vier Jahren kennengelernt. In Kairo.«

»Tatsächlich?« Die Überraschung stand Sydow ins Gesicht geschrieben. »Da könnte man glatt neidisch werden.«

»Da staunen Sie, was? Nicht schlecht für eine 20-jährige Volontärin, die im vierten Semester Journalismus studiert. Wie dem auch sei, unser damaliger Chefredakteur hatte mir angeboten, eine Reportage über die Konferenz der blockfreien Staaten zu schreiben. Logisch, dass man sich so was nicht entgehen lässt. Aus diesem Grund bin ich Anfang Oktober '64 nach Kairo geflogen. Dort sind wir uns über den Weg gelaufen.«

»Und wie kommt es, dass …«

»Dass er eine Ausreisegenehmigung bekam, meinen Sie? Ganz einfach. Jonathan war Chefredakteur des *Neuen Deutschland*. Und galt somit als vertrauenswürdig.«

»Donnerwetter.« Sydow pfiff überrascht durch die Zähne. »Damit hat bestimmt niemand gerechnet.«

»Wenn mir jemand prophezeit hätte, ich würde mich in einen Mann in Jonathans Alter verlieben, hätte ich den Betreffenden für verrückt erklärt. Aber so ist das nun mal. Wo die Liebe hinfällt, bleibt sie hängen.« An die Schreibtischkante gelehnt, leerte Marlene Hellweg ihre Tasse und stellte sie mit nachdenklichem Gesichtsausdruck ab. »Ach übrigens: Wenn Sie denken, ich sei der Grund für seine Flucht gewesen, dann liegen Sie falsch. Jonathan hatte vor, sich bei nächstbester Gelegenheit in den Westen abzusetzen. Egal wie, ob mit oder ohne Begleitung.«

»Hatte er Familie?«

»Nein.« Die Redakteurin schüttelte das wohlgeformte Haupt. »Keine Kinder, keine Verwandten – nichts.«

»Wie kommt das?«

Marlene Hellweg wich einer direkten Antwort aus. »Da fragen Sie noch? Schon mal was von Treblinka gehört?«

»Mehr, als Sie ahnen, werte Dame.«

»Ehrlich gesagt wundere ich mich immer noch, dass alles wie am Schnürchen hingehauen hat. Kein Klacks, jemandem zur Flucht ins Gelobte Land zu verhelfen. Das kann ich Ihnen sagen.« Die junge Frau atmete tief durch. »Egal. Hauptsache, es hat geklappt.«

»Und dann?«

»Unmittelbar nach unserer Ankunft in Tempelhof hat Jonathan einen Antrag auf politisches Asyl gestellt. Reine Formsache, aber …«

»Auf gut Deutsch, es lief nicht alles nach Plan.«

»Kann man so sagen. Sie wissen ja, wie das ist, Herr Hauptkommissar. Im Grunde ist West-Berlin ein Dorf. Hier bleibt doch so gut wie nichts geheim.«

»Die Kollegen von der schreibenden Zunft?«

Marlene Hellweg stieß ein verächtliches Schnauben aus. »Die Kollegen von der *Bild-Zeitung*, falls Sie es genau wissen wollen«, versetzte sie, stand auf und wandte sich wieder dem Fenster zu, wo der Wind Myriaden von Schneeflocken durcheinanderwirbelte. »Die lassen sich so etwas nicht entgehen.«

»Stimmt, jetzt erinnere ich mich.« Die Stirn in Falten, blieb Sydows Blick an einem Stadtplan hängen, der an der Wand zu seiner Rechten hing. »Die Sache ging durch sämtliche Gazetten.«

»Sie können sich vorstellen, dass die Kollegen von der Abteilung Attacke zur Hochform aufgelaufen sind. Ist ja auch kein Wunder, schließlich passiert so was nicht alle Tage. Der Chefredakteur des *Neuen Deutschland* macht die Fliege, das muss man sich mal vorstellen. Ulbricht & Co müssen gekocht haben vor Wut. Und die Genossen von der Stasi auch.«

»Davon, denke ich, kann man getrost ausgehen.« Um seine Müdigkeit abzuschütteln, erhob sich Sydow von seinem Stuhl, stellte die Teetasse auf den Schreibtisch und gesellte sich zu seiner Gesprächspartnerin. »Heißt das, Sie vermuten, dass der Tod von Herrn Lewin auf das Konto der Staatssicherheit ging?«

»Unwahrscheinlich.«

»Und weshalb?«

»Er war noch nicht richtig hier, da hat Jonathan einen Antrag auf Namensänderung gestellt. Unnötig zu erwähnen, dass dem stattgegeben wurde.« Die Redakteurin hielt einen Moment lang inne, drehte sich um und fragte: »Wissen Sie, was ich glaube?«

Sydow zog fragend eine Augenbraue hoch.

»Wenn die Stasi jemanden auf dem Kieker hat, dann zieht sie ihn auch aus dem Verkehr. Sofort, und nicht erst nach ein paar Jahren.«

Überrascht vom harschen Ton, hüllte sich Sydow in Schweigen.

Ganz anders Marlene Hellweg, die ihrem Groll freien Lauf ließ. »Wissen Sie, was das Schlimmste für ihn war? Egal, an wen Jonathan sich wandte, niemand wollte etwas mit ihm zu tun haben. Hier ein paar Handlangerdienste, da ein leutseliges Schulterklopfen, ab und an eine Konzertkritik, das war alles. Können Sie sich vorstellen, wie niederschmetternd das für ihn war? Geflüchtet, weil du die Nase gestrichen voll hast – und gestrandet, weil die Kollegen im Westen einen Bogen um dich machen. Oder, weil man dir offen ins Gesicht sagt, dass man dich für einen Stasi-Spitzel hält. Das muss man erst mal verkraften. Kein Wunder, dass er sich immer mehr zurückgezogen hat.«

»Kann man verstehen, oder?«

Anstatt zu antworten, zog die Redakteurin ein kostbares Medaillon hervor, das an einer nicht minder wertvollen Goldkette baumelte, klemmte es zwischen Daumen und Zeigefinger und hielt es Sydow vors Gesicht. »Hier, schauen Sie: J für Jonathan und L für Lemberger, der Name seiner Großmutter mütterlicherseits. Sie können sich denken, was aus ihr geworden ist?«

»Ich fürchte, dazu gehört nicht viel Fantasie.«

»Oder sie versagt, Herr Hauptkommissar.«

Sydow seufzte gequält auf. »Ich weiß, das hört sich merkwürdig an, aber ...«

»Keine Bange«, versicherte die junge Frau, nahm das Medaillon wieder an sich und verbarg es unter ihrem Batik-Shirt. »Ich bin ganz Ohr.«

Für jeden Scherz dankbar, rang sich Sydow ein Lächeln ab. »Was wissen Sie eigentlich über ihn?«

»Über Jonathan? Nicht allzu viel, fürchte ich.« Marlene Hellweg wandte sich achselzuckend ab. »Was seine Jugend betraf, ist er nicht übermäßig gesprächig gewesen. Das seien doch nur olle Kamellen, hat er immer wieder gesagt. Nun gut, soweit ich weiß, stammt er aus bescheidenen Verhältnissen. Ursprünglich war sein Vater Schriftsetzer, hat es aber geschafft, sich bis zum Lektor beim Ullsteinverlag hochzuarbeiten. Pech, dass er KPD-Mitglied war. Bei so etwas verstanden die Nazis keinen Spaß.«

Sydow pflichtete ihr schweigend bei.

»Nach allem, was Jonathan durchblicken ließ, ist er nach dem Reichstagsbrand in den Untergrund gegangen.«

»Und Ihr ... Ihr Bekann...?«

»Einigen wir uns auf ›Verlobter‹, das hört sich nicht so bescheuert wie ›Bekannter‹ an.«

»Einverstanden.«

»Was aus Jonathan wurde, wollen Sie wissen? Sagen wir mal so: Er hatte Glück. Da Lewin Senior das Leben seiner Familie nicht aufs Spiel setzen wollte, hat er darauf gedrungen, dass Frau und Kind Deutschland so schnell wie möglich verlassen. Gesagt, getan. Nachdem sie sich vorübergehend bei Verwandten versteckt hatten, sind Jonathan und seine Mutter via Dänemark und Schweden in die Sowjetunion emigriert.«

»Und sein Vater?«

»Kam ins KZ Buchenwald. Noch Fragen?«

»Nein, nicht wirklich.« Sydows Miene verfinsterte sich. »Jede Wette, dass seine Mörder noch frei rumlaufen.«

»Ich fürchte, das war noch nicht alles.«

»Hauptsache, er hat überlebt, oder?«

»Er schon.«

»Und seine Mutter?«

»Starb an Typhus – nach offizieller Darstellung.«

»Mein Gott, das gibt's doch nicht.«

»Doch, das gab es. Sie wissen ja, wie das unter Stalin war. Ein falsches Wort, eine gezielte Denunziation, zur falschen Zeit am falschen Ort. Und schon landet man in einem Straflager. Und bleibt auf der Strecke, wie Jonathans Mutter.«

»Vom Regen in die Traufe, sehe ich das richtig?«

»Ich fürchte, da kann ich Ihnen nicht widersprechen.«

»Und Ihr Verlobter, was wurde aus ihm?«

»Er hatte Glück. Mehr Glück als Verstand.«

»Inwiefern?«

»Keine Ahnung, wie er es geschafft hat, den Kopf aus der Schlinge zu ziehen. Wer weiß, vielleicht hat er einflussreiche Gönner gehabt. Oder Fürsprecher aus den Reihen der Emigranten. Oder beides. Oder einfach nur Glück. So gern ich Ihre Frage beantworten würde, Herr Sydow: Ich weiß es nicht.«

»Glück im Unglück, möchte man meinen.«

»Sieht ganz danach aus.« Merklich geknickt, ließ sich Lewins Geliebte in ihren Schreibtischsessel sinken. »Gleichwohl, er hat überlebt. Vom halbwüchsigen Sohn sogenannter Untermenschen zum Redakteur beim *Deutschen Volkssender* und Mitglied des Exekutivkomitees der Kommunistischen Internationale beziehungsweise Angehörigen der Exilleitung der KPD, das musste ihm erst mal jemand nachmachen.«

Sydow äußerte keinen Widerspruch.

»Dumm nur, dass sein Glück nicht von Dauer war.«

»Nicht von Dauer? Und was ist mit dem Posten beim *Neuen Deutschland*? Die da drüben überlegen sich doch dreimal, wen sie auf die Chefsessel hieven.«

»Stimmt. Aber wie wir beide wissen, ist der bequemste Chefsessel nichts wert, wenn der Betreffende mit der Konzernleitung hadert. Oder sehe ich das falsch?«

Sydow schüttelte den Kopf. »Gestatten Sie mir eine Frage, gnädige Frau?«

»Was, noch eine?« Die Andeutung eines Lächelns im Gesicht, zündete sich Lewins Geliebte eine Gauloise an, bettete den Hinterkopf auf die Lehne und schloss die Augen. »Du liebe Güte, Sie sind mir ja ein ganz Gründlicher.«

»Das bringt mein Beruf so mit sich, wissen Sie.«

»Ich höre?«

»Wenn Herr Lewin mit den Genossen nichts mehr am Hut hatte, warum hat er dann seine ganzen Orden mitgenommen?« Sydow wandte sich abrupt um. »Also wäre ich an seiner Stelle gewesen, dann hätte ich den Plunder auf den Müll gepfeffert.«

»Jonathan war Kommunist aus Überzeugung. Das wurde

ihm zum Verhängnis.« Die Redakteurin inhalierte tief. »Sie werden es nicht glauben, Herr Sydow, aber er war genauso erbost über den Bau der Mauer wie ich – oder wie Sie. Wer nicht davor zurückschreckt, ein ganzes Volk einzubuchten, dem ist so gut wie alles zuzutrauen. Das waren seine Worte.«

»Wie weise.«

»Sind Sie eigentlich immer so sarkastisch, Herr Hauptkommissar?«

»Nur dann, wenn es um Ulbricht und die Genossen von der Stasi geht.« Sydow hielt abwartend inne. »Laut Aussage von Herrn Paschulke hat es einen heftigen Streit zwischen Ihnen und Herrn Lewin gegeben. Weswegen eigentlich?«

»Wegen eines Artikels, den er über das Konzert in der Philharmonie geschrieben hat. Ich fand, er sei übers Ziel hinausgeschossen.«

»Und weswegen noch?«

»Neugierig sind Sie überhaupt nicht, kann das sein?«

»Wie gesagt, das bringt mein Beruf so mit sich.«

»Na schön, wenn Sie es genau wissen wollen.« Die Redakteurin atmete geräuschvoll aus. »Seit geraumer Zeit war bei uns der Wurm drin.«

»Will heißen, es gab öfters mal Krach.«

»Nicht öfters, Herr Hauptkommissar, sondern andauernd.«

»Aus welchem Grund?«

»Der Grund hieß Richard Wagner, wenn ich das mal so formulieren darf.« Marlene Hellweg stieg die Zornesröte ins Gesicht. »Als ich ihn kennengelernt habe, hatte Jonathan mit klassischer Musik nichts am Hut. Aber je stärker er ins Abseits geriet, das war nicht zu übersehen, desto intensiver sein Faible für Wagner. Das war schon keine Passion mehr, das war eine regelrechte Manie. Weiß der Teufel, was er an dieser Musik gefunden hat. Auf die Gefahr, als Banause zu gelten: Mit Wagner kann ich absolut nichts anfangen.«

»Falls es Sie beruhigt, Frau Hellweg – ich auch nicht.«

»Wirklich? Dann haben wir ja mehr gemeinsam, als ich dachte.« Die Redakteurin drückte ihre nur halb zu Ende gerauchte Zigarette aus. »Wagner, Wagner und nochmals Wagner!«, schnaubte sie, kurz davor, aus der Rolle zu fallen. »Sie glauben gar nicht, wie Jonathan mir damit auf den Nerven rumgetrampelt ist. Dabei fing alles ganz harmlos an. Ein Konzertabend da, ein Opernbesuch dort, zunächst hat es sich wirklich im Rahmen gehalten. Aber dann, so nach ein, zwei Jahren, da wurde es immer schlimmer. Da begann er, Bücher, Artikel und Aufsätze über sein ein und alles zu studieren, Dutzende – ach, was rede ich! – Hunderte! Aber auch das war ihm bald schon nicht mehr genug. Devotionalien mussten her, aus aller Herren Länder, aus dubiosen Quellen, aus dem In- und Ausland. Erstausgaben, Libretti, Partituren, handsignierte Einladungen zu Konzerten, der Briefwechsel mit Ludwig II. – im Original, versteht sich! – Erinnerungen von Zeitgenossen, Wagners gesamtes Schrifttum. Eben alles, was es über seinen Herrn und Meister zu ergattern gab.«

»Und was, wenn Sie erlauben, war daran so …«

»Was daran so schlimm war, wollen Sie wissen? Ganz einfach. Das Zeugs hat ein Heidengeld gekostet, und woher nehmen, wenn man sich nur mit Mühe über Wasser kann? Genau. Von mir, woher denn sonst.«

»Tja, so ist das nun mal. Bei Geld hört die Freundschaft auf.«

»Na, Sie machen mir vielleicht Spaß!«, rief die Redakteurin aus, sichtlich ungehalten über die flapsige Reaktion.

»Was würden Sie denn machen, wenn Ihre Frau das Geld zum Fenster rauswerfen würde?«

»Ich?«

»Ja, Sie.« Der Zorn der jungen Frau kannte keine Grenzen. »Jonathan hat über seine Verhältnisse gelebt. Mit Geld, das kann ich mit Bestimmtheit sagen, konnte er nicht umgehen. Mein Gott, was hab ich auf ihn eingeredet, wie oft hab ich damit gedroht, Schluss zu machen.«

»Mit Erfolg?«

Marlene Hellweg schüttelte den Kopf. »Und alles nur wegen diesem Wagner-Fimmel. Meine Güte, wie kann man nur so vernagelt sein.«

»Aber warum ausgerechnet Wagner, warum nicht Mozart, Beethoven oder Bach?«

»Fragen Sie mich was Leichteres, Herr Kommissar.« Die junge Frau atmete kraftlos aus. »Warum dieser hintertriebene Bankrotteur?, gute Frage. Dieser Judenhasser, an dem Hitler seine helle Freude hatte.«

»Antisemit oder nicht, Ihren Verlobten scheint es nicht gestört zu haben.« Nicht mehr der Frischeste, nahm Sydow erneut Platz. »Er hat in seiner eigenen Welt gelebt, oder sehe ich das falsch?«

»Keineswegs, Herr Hauptkommissar. Aber um ganz ehrlich zu sein: Bis zu einem gewissen Grad konnte ich ihn verstehen. Aus dem Osten geflüchtet, um im Westen Schiffbruch zu erleiden. Das hatte er sich bestimmt anders vorgestellt.«

»Hätten wir auch, wären wir in seiner Lage gewesen.«

»Eben. Von daher seine Flucht in die Vergangenheit, die dritte in seinem Leben. Und die letzte.«

»Verzeihen Sie, wenn ich es so harsch formuliere, aber wenn ...«

»Wenn ich es nicht war, wer dann, meinen Sie?«

»Können Sie Gedanken lesen?«

»So leid es mir tut, Herr Sydow. Ich habe nicht die geringste Ahnung.«

»Einmal angenommen, der Mord war von langer Hand geplant – und die Stasi hatte nichts damit zu tun. Worin könnte Ihrer Meinung nach das Tatmotiv liegen?«

Die Redakteurin hob die schmalen Schultern. »Da fragen Sie mich zu viel, Herr Kommissar.«

»Halten Sie es für möglich, dass Herr Lewin beraubt wurde?«

»Beraubt? Ich wüsste nicht, von wem.«

»Ist Ihnen bekannt, ob er sich im Besitz von weiteren Wertgegenständen befand? Denken Sie nach, Frau Hellweg, wir sind auf jedes Indiz angewiesen.«

»Wertgegenstände? Wie kommen Sie darauf?«

»Bei aller Freundschaft, junge Dame«, begann Sydow, lange genug bei der Kripo, um die Hinhaltetaktik seiner Gesprächspartnerin zu durchschauen. »Sollte ich herausbekommen, dass Sie mir etwas verheimlichen, müssen Sie mit Konsequenzen rechnen. Habe ich mich klar genug ausgedrückt?«

Die Redakteurin gab ein widerstrebendes Nicken von sich.

»Trifft es zu, Frau Hellweg, dass Herr Lewin einen Schlüssel bei sich trug, der in eines der Schlösser in seinem Biedermeier-Schreibtisch passte?«

»Warum fragen Sie, wenn Sie alles so genau wissen?«

»Auf die Gefahr, mich zu wiederholen, Gnädigste«, schnaubte Sydow, dem das Geplänkel allmählich auf die Nerven ging, »wenn wir weiter um den heißen Brei herumreden, vergeuden wir unsere Zeit. Also: Was befand sich in dem Schubfach, dessen Schlüssel Herr Lewin permanent bei sich trug?«

»*Befand?*«

»Sie haben richtig gehört, Frau Hellweg. Das Fach war leer. Und jetzt reden Sie, sonst platzt mir am Ende noch der …«

»Er bezeichnete sie als seinen Schatz.«

»… Kragen.« In Fahrt gekommen, hielt Sydow abrupt inne. »Nicht ganz so nebulös, wenn ich bitten darf.«

Die Angesprochene ließ sich mit ihrer Antwort Zeit. »Sie haben recht, Herr Kommissar«, begann sie nach reiflicher Überlegung, bettete die Stirn auf die verschränkten Hände und schloss die ausdrucksstarken Augen. »In Bezug auf unseren Streit habe ich nicht die volle Wahrheit gesagt.«

»Höchste Zeit, das nachzuholen, finden Sie nicht auch?«

»Ich hätte es wissen müssen.« Marlene Hellweg stieß einen kummervollen Seufzer aus. »Irgendetwas hat mit ihm nicht gestimmt.«

»Wie darf ich das verstehen?«

»Das Schubfach war sonst immer abgeschlossen. Nur gestern nicht, zum allerersten Mal, seit wir uns kennengelernt haben.«

»Mit anderen Worten, Sie hatten keine Ahnung, was sich darin befand.«

»So ist es.«

»Aber jetzt wissen Sie es.«

Die Redakteurin nickte.

»Nämlich?«

»Eine verschließbare Ledermappe.«

»Welchen Inhalts?«

»Das frage ich mich auch, Herr Kommissar.«

»Und warum haben Sie dann nicht …«

»Warum ich nicht nachgeschaut habe, wollen Sie wissen?«

»Genau.«

»Wie gesagt, das Schubfach war immer abgeschlossen. Aber gestern … Tja, gestern war eben alles anders. Zuerst haben wir uns gestritten, und dann, wie aus dem Nichts, hat er behauptet, er müsse noch mal weg, da es etwas Dringendes zu erledigen gäbe.« Ein lang gezogenes Seufzen, noch kummervoller als zuvor. »Dann ist er nach nebenan, um sich umzuziehen. Und ließ den Schlüssel für das Fach wider sonstige Gewohnheiten stecken.«

»Worauf Sie sich die Freiheit nahmen, einen kurzen Blick in die ominöse Mappe zu werfen.«

»Sie sagen es.«

»Und mit welchem Ergebnis?«

»Einen Tausender, wenn ich es erführe.« Die Redakteurin hob den Blick, verzweifelt bemüht, ihre Tränen zu unterdrücken. »Wäre dieser blöde Schnappverschluss nicht gewesen, dann wüsste ich es. So aber kam es, wie es kommen musste. Jonathan war schneller fertig, als erwartet, und ertappte mich dabei, wie ich daran herumhantiert habe.«

»Im Klartext, er bekam eine Stinkwut.«

»Nicht nur das, Herr Hauptkommissar, nicht nur das.«

»Sondern?«

»Er hat mich geschlagen, mitten ins Gesicht. Können Sie sich vorstellen, wie mir zumute war?«

»Ich denke schon.« Sydow ließ die angestaute Atemluft entweichen, richtete sich auf und fragte: »Und dann? Wie haben Sie darauf reagiert?«

»Na, wie denn wohl! Ich habe meine Siebensachen geschnappt und bin abgehauen. Bei so etwas vergeht einem ja wohl die Lust, oder?«

»Ich fürchte, da kann ich Ihnen nicht widersprechen.« Die Hände auf den Oberschenkeln, brauchte Sydow Zeit, um das Gehörte zu verdauen. »Tja, das wär's dann wohl«, murmelte er geraume Zeit später, sichtlich mitgenommen und den Kopf voller Gedanken, die zu ordnen mehr Zeit als sonst in Anspruch nehmen würde. »Ich hätte da noch eine Bitte, Frau Hellweg.«

»Lassen Sie hören, Herr Hauptkommissar.«

»Würde es Ihnen etwas ausmachen, morgen früh um halb neun ins Präsidium zu kommen? Wir müssen Ihre Aussage protokollieren.«

»Kein Thema, ich werde da sein.«

»Freut mich, zu hören, Frau Hellweg«, entgegnete Sydow, der das Bedürfnis verspürte, das Büro so schnell wie möglich zu verlassen. »Also dann – bis morgen.«

Aber daraus wurde nichts. »Einen Moment noch, Herr Hauptkommissar«, rief ihm die Redakteurin hinterher, wie elektrisiert angesichts des Einfalls, den sie gerade hatte. »Jetzt fällt es mir wieder ein.«

»Was denn?«, erwiderte Sydow, stöhnte leise auf und wandte sich auf dem Absatz um. »Na ja, besser spät als nie.«

Marlene Hellweg hörte darüber hinweg. »Jetzt weiß ich, was AH bedeutet.«

»AH?«, gab Sydow zurück, mit der Geduld, seinem unzuverlässigsten Begleiter, definitiv am Ende. »Heißt das, auf der Ledermappe befanden sich …«

»Initialen, Sie sagen es«, vollendete die junge Frau, deren Schwermut sich binnen Sekundenbruchteilen in Nichts aufgelöst hatte. »Vergoldete Initialen und ein eingestanzter Reichsadler mit Hakenkreuz. Na, fängt es an zu klingeln?«

»Und ob«, murmelte Sydow, kaum fähig, einen klaren Gedanken zu fassen. »Wird mir ein Vergnügen sein, der Sache auf den Grund zu gehen!«

09

Berlin-Tiergarten, Wagner-Denkmal | 22:40 h

Schade. Jammerschade, dass der Hundesohn, dem er zehn Jahre Lagerhaft in Sibirien verdankte, so schnell hinüber gewesen war. Erledigt per Genickschuss, kurz und – zu seinem Leidwesen – nahezu schmerzlos. Verendet wie ein räudiger Köter, dessen Gekläffe auch jetzt noch in seinen Ohren widerhallte. Aus dem Weg geräumt, da er ihn wie ein Stück Dreck behandelt und sein Todesurteil selbst unterschrieben hatte.

Der Führer hatte recht gehabt. Mit Vaterlandsverrätern musste kurzer Prozess gemacht werden. Unverzüglich, ohne Hin und Her. Ließ man sich auf Debatten ein, wurde man nicht für voll genommen. An dieser Einsicht führte kein Weg vorbei.

So sehr er dies auch verinnerlicht hatte, es war zu schnell gegangen. Viel zu schnell. Ein einziger Schuss, abgefeuert aus einer Walther PPK, hatte genügt. Bei ihm, Häftling Nummer 170729 in einem Straflager am Kap Deschnew, hatte die Tortur erheblich länger gedauert, genauer gesagt zehn Jahre, zwei Wochen und vier Tage. Klar, im Gegensatz zu Lewin, dem einstigen Schulkameraden, war er wenigstens am Leben geblieben. Aber was hieß das schon. Als Kriegsgefangener und Angehöriger des Führerbegleitkommandos im Rang eines SS-Hauptsturmführers hatte er von Beginn an schlechte Karten gehabt. Verhöre, Schikane, Misshandlungen und sogar Folter waren etwas Alltägliches gewesen, und nur wer wie er genug Mumm in den Knochen hatte, besaß die Chancen, die Hölle auf Erden zu überstehen. Ob Landsberg an der Warthe, Posen, die Lubjanka in Moskau oder dieses verlauste Dreckloch in Kasachstan, Durchgangsstation auf dem Weg an den Bestimmungsort, an dem er zehn Jahre seines Lebens verbringen sollte: Überall hatte es beim geringsten Anlass Prügel gesetzt.

Als Mitglied der SS, dank Blutgruppentätowierung leicht zu erkennen, hatte er noch weniger als die normalen Landser zu lachen gehabt. Die Vernehmungsoffiziere, allen voran ein gewisser Oberst Konjew, hatten sämtliche Register gezogen, um ihn zum Reden zu bringen. Vergeblich. Trotz Dunkelhaft, Knute, Peitschenhieben und anschließender Dusche mit eiskaltem Wasser war er standhaft geblieben, ohne auch nur ein Wort über seinen Auftrag zu verlieren.

Naja, nicht so ganz. Viel hätte nicht gefehlt, und diese Untermenschen hätten ihn am Wickel gekriegt. Und das auf denkbar einfache Art. Grün und blau geschlagen zu werden war schon schlimm genug, aber es war noch schlimmer, wenn man tagelang Kohldampf schieben musste. Bereits Ende Juni, nur knapp zwei Monate nach seiner missglückten Flucht, hatte er nur noch aus Haut und Knochen bestanden. Grund genug, die Mitgliedschaft im Führerbegleitkommando zuzugeben.

Die Mitgliedschaft, aber nicht mehr.

SS hin oder her, zehn Jahre am Arsch der Welt waren ihm nicht erspart geblieben. Aber wenigstens hatte er durchgehalten, anders als Zehntausende von Kameraden, die wie Vieh krepiert, an Entkräftung gestorben oder aus nichtigem Anlass an die Wand gestellt worden waren. Anders auch als viele Nazi-Größen, die, so sie nicht Selbstmord begingen, eine Passage nach Südamerika gebucht hatten.

Es war Hass gewesen, der ihn am Leben erhielt. Hass auf seine Vernehmungsoffiziere, Hass auf die Wärter in der Lubjanka, auf seine Bewacher am Ostkap, wo er bei minus 20 Grad in einem Bleibergwerk schuften musste. Am größten aber waren seine Hassgefühle auf Jonathan Lewin gewesen, weit größer noch als auf die Schlägertypen, die ihm das Leben während der Gefangenschaft zur Hölle machten. Er war es gewesen, der seine Pläne durchkreuzt, die Ledermappe an sich genommen und den Schulkameraden von einst der Willkür seiner Peiniger ausgeliefert hatte. Dafür hatte dieser Verräter, der sich Nachrichtenoffizier schimpfte, büßen müssen. Sehr spät zwar, aber immerhin nicht zu spät.

Sehr schnell zwar, aber immerhin gründlich.

Also wirklich, jetzt ging ihm aber gleich der Gaul durch. Schon mehr als eine Viertelstunde zu spät. Heutzutage war auf niemanden mehr Verlass, am allerwenigsten auf einen Winkeladvokaten, der zu den Spitzenverdienern der Branche zählte. Aber nicht mit ihm, da hatte er sich den Falschen ausgesucht.

Nicht mit Wolf-Dietrich Rattke.

Mit der Geduld am Ende, ließ der Wartende, knapp 51 Jahre alt und im Herzen immer noch SS-Hauptsturmführer, den Lichtkegel seiner Taschenlampe über das unweit von ihm in die Höhe ragende Denkmal wandern. Richard Wagner, umgeben von den Figuren aus seinen Opern, die sich wie Untergebene um ihren Meister scharten. In Marmor gemeißelt und auf einem Podest thronend, genau so, wie ihn seine Jünger sehen wollten. Das einsame Genie, zu dessen glühendsten Verehrern ein gewisser Adolf Hitler gezählt hatte. Der Mann, der seinem Leben den Stempel aufgedrückt hatte.

Rattke lachte belustigt auf. Knapp 23 Jahre war es her, seit er den Befehl bekommen hatte, die Wagner-Partituren aus der Reichskanzlei zu schmuggeln. Jahre, in denen seine Gedanken beinahe täglich um die Ledermappe mit den Initialen seines Idols gekreist waren. Die Hoffnung, ihrer habhaft zu werden, hatte er niemals aufgegeben, auch dann nicht, als seine Bemühungen zunächst im Sand verlaufen waren. Eines Tages, daran hatte er fest geglaubt, würde er sie wieder in Händen halten. Ein Traum, der am gestrigen Donnerstag Wirklichkeit geworden war.

Fazit: Mission erfüllt. Vorausgesetzt, dieser Klugscheißer von Anwalt tauchte endlich auf, stand der Ausführung des Führerbefehls nichts im Wege. Entschädigung inbegriffen, das verstand sich von selbst.

Schnee. Überall nur Schnee. Rattke schnitt eine ungehaltene Grimasse. Der Anblick des in Weiß getauchten Tiergartens genügte, um ihn in Wut zu versetzen, kein Wunder, wenn man zehn Jahre am äußersten Zipfel von Sibirien verplempert hatte. Ein Gutes, so der schwache Trost, hatte das unfreiwillige Exil jedoch gehabt. Seit damals hatte ihn nichts mehr umhauen können, und seit damals, wo er kurz vor dem Abkratzen gewesen war, hatte er das Wort ›Skrupel‹ nicht mehr in den Mund genommen.

Ein gutes Omen, oder?

»Mister X, nehme ich an?«

»Vielleicht.« Rattke wandte sich gemächlich um. »Vielleicht aber auch nicht.« Verdammt, ausgerechnet jetzt musste diese scheiß Taschenlampe ihren Geist aufgeben. So etwas konnte auch nur ihm passieren. »Wie dem auch sei, was kann ich für Sie tun?«

»Jetzt tun Sie doch nicht so«, erwiderte der Unbekannte, flankiert von zwei Eichen, deren Zweige sich unter der Last des Neuschnees bogen, zündete sich eine Fluppe an und trat ohne erkennbare Gemütsbewegung näher. »Wenn Sie mich zum Narren halten wollen, sind Sie an den Falschen geraten.«

»So, bin ich das.« Die Arroganz in Person, ließ Rattke die defekte Taschenlampe aus der Hand gleiten, umklammerte den Griff des Diplomatenkoffers, der an seiner linken Hand hin- und herbaumelte, und rührte sich nicht von der Stelle. »Na, dann will ich mal nicht so sein.«

»Überaus vernünftig, wenn Sie mich fragen.«

Meine Fresse, was für ein Koloss. Rattke gab ein verächtliches Schnauben von sich. Diesem Fettsack, der wie ein Mammut durch den Schnee stapfte, würde er eine Lektion erteilen. Einen Denkzettel, der sich gewaschen hatte. »Danke für die Blumen, Herr Doktor Boysen. Der Worte sind genug gewechselt, kommen wir zum Geschäft.«

»Geschäft? Welches Geschäft?«

»Wollen Sie mich für dumm verkaufen, oder was?« Mit der Geduld am Ende, gab Rattke seine Zurückhaltung auf. »Zwei Millionen, oder Sie können die Angelegenheit vergessen.«

»Ich fürchte, Sie verkennen Ihre Position, Herr … Wie war doch gleich der werte Name?«

»Jetzt hören Sie mir mal gut zu, Boysen«, stieß Rattke hervor, vergeblich bemüht, die Gesichtszüge seines Kontrahenten zu studieren. Außer dem Schädel, dessen kantige Konturen sich in der Dunkelheit abzeichneten, waren jedoch keine Einzelheiten zu erkennen. »Wenn Sie mich über den Tisch ziehen wollen, müssen Sie früher aufstehen. Und damit Sie Bescheid wissen: Unter zwei Millionen läuft bei mir gar nichts. Schließlich nagt Ihre Klientin nicht am Hungertuch.«

»Wenn Sie sich da mal nicht irren, guter Mann.«

»Gut oder nicht, entweder, Sie händigen mir jetzt die Moneten aus, oder Sie können sehen, wo Sie bleiben.«

»Sie sind dabei, eine Riesendummheit zu begehen, wissen Sie das?«

»Heißt das, Sie wollen mir drohen?«

»Sagen wir mal so: Wenn Sie klug sind, gehen Sie auf meine Bedingungen ein.«

»Wenn hier jemand Bedingungen stellt, Sie Dummschwätzer, dann bin ich es, ist das klar?« Bebend vor Zorn, ballte Rattke die rechte Hand zur Faust. »So, und jetzt rücken Sie die verdammte Kohle raus, bevor ich es mir anders überlege.«

»Mit Verlaub, Sie wiederholen sich.«

»Na, dann eben nicht.« Bemüht, die Fassung zu bewahren, lachte Wolf-Dietrich Rattke auf, wischte die Schneeflocken von seinem Mantel und wandte sich zum Gehen. »Richten Sie Ihrer Klientin aus, ich hätte umdisponiert. Auf Wiedersehen, Herr Doktor Boysen, und noch einen schönen A…«

»Hören Sie eigentlich Radio?«

Rattke hielt unvermittelt inne. »Was soll das, wollen Sie mich auf den Arm nehmen?«

Boysen tat so, als habe er die Frage nicht gehört. »Ich schon.«

»Schön für Sie.«

»Und schlecht für Sie, mein Bester.«

»Was soll der Quatsch, raus mit der Sprache!«

Als habe er alle Zeit der Welt, schnippte Boysen seine HB ins nahe gelegene Gebüsch, klappte den Mantelkragen hoch und weidete sich an der Panik, die sich im Tonfall seines Kontrahenten widerspiegelte. »Machen wir es kurz.

Um mich zu entspannen, habe ich nach unserem Telefonat ein bisschen Radio gehört. RIAS, versteht sich, man will ja schließlich auf dem Laufenden sein.«

»Sie vielleicht, aber ich nicht.«

»Und soll ich Ihnen was sagen? Als die Neunuhrnachrichten beginnen, verschlägt es mir fast die Sprache. Sie ahnen, auf was ich hinauswill, Mister Unbekannt?«

»Nun sagen Sie schon, ich habe es eilig.«

»Kein Wunder, wenn man bedenkt, wie tief Sie in der Klemme stecken.«

Im Begriff zu antworten, versagte Rattke die Sprache.

»Na also, wurde aber auch Zeit. Ich dachte schon, Sie seien schwer von Begriff.« Boysen stieß ein heiseres Lachen aus. »Sie ahnen, was jetzt kommt?«

»Grimms Märchen?«

»Ihr Humor in allen Ehren, aber finden Sie nicht, Sie machen alles nur noch schlimmer? An Ihrer Stelle, mein Bester, würde ich den Mund nicht so voll nehmen. Sonst stehen Sie mit leeren Händen da.«

»Wenn hier einer mit leeren Händen dasteht, dann …«

»Ich? Träumen Sie weiter, wenn es Ihnen Freude macht. Aber nicht zu lange, damit es kein böses Erwachen gibt.«

»Sind Sie wirklich so überheblich, wie Sie tun?«

In die Betrachtung des schneebedeckten Denkmals vertieft, tat Boysen so, als sei sein Gegenüber Luft für ihn. »Wie gesagt: Da sitze ich also in meinem Boudoir und lausche den neuesten Begebenheiten aus Berlin.«

»Wenn's Spaß macht, warum nicht.«

»Im Westen nichts Neues!, denke ich mir und will gerade ausschalten, als eine Meldung der besonderen Art über den Äther geschickt wird.« Der Star-Anwalt stieß ein belustigtes Grunzen aus. »Sie können sich denken, was jetzt kommt? Nein? Na schön, dann will ich mal nicht so sein.« Boysens Miene wurde wieder ernst. »Wenn ich ehrlich bin, mein Bester, wollte ich nicht in Ihrer Haut stecken. Aber zurück zum Thema. Ich weiß, heutzutage kräht kein Hahn mehr danach, wenn irgendwo in Berlin ein Mord geschieht. Unsere Zeit, das sei in aller Deutlichkeit gesagt, ist nun einmal so. Bekomme ich nicht, was ich will, dann muss ich eben die Fäuste sprechen lassen. Wenn das nicht hilft, dann … Tja, dann hilft nur noch eins.«

»Nämlich?«

»Mord. Ja, Sie haben richtig gehört, wer immer Sie auch sein mögen. ›Unbestätigten Berichten zufolge wurde am frühen Abend der Leichnam eines 51-jährigen Mannes aufgefunden. Wie aus sicherer Quelle verlautet, soll es sich dabei um einen gewissen Jo Lemberger, zuletzt wohnhaft in Berlin-Kreuzberg und von Beruf Journalist, gehandelt haben.‹ Kurz und bündig, finden Sie nicht auch?«

»Und was, bitte schön, habe ich damit zu tun?«

»Also wirklich, Sie Phantom, das muss doch jetzt wirklich nicht sein.« Der Star-Anwalt seufzte gequält auf. »Um es kurz zu machen, laut RIAS, der sich auf die Extra-Ausgabe eines Boulevardblattes beruft, war der Ermordete als freier Mitarbeiter bei diversen Berliner Zeitungen tätig.«

»Ach ja?«

»Und galt, wie aus verlässlicher Quelle verlautete, als ausgewiesener Experte auf dem Gebiet der klassischen Musik.« Um die gewünschte Wirkung zu erzielen, hielt Boysen genüsslich inne. »Spezialthema: Richard Wagner. Reicht das, oder wollen Sie noch mehr hören?«

Nein, das reichte. Kein Bedarf. Rattke blickte sich hastig um. Entwarnung, niemand in der Nähe. Keine Komplizen, keine unerwünschten Zeugen, keine Bullen. So ein abgelegener Ort hatte doch seine Vorteile. Besonders jetzt, wo es langsam, aber sicher ans Eingemachte ging.

»Haben Sie etwas gesagt, mein Bester?«

Hatte er zwar nicht, aber was nicht war, konnte ja noch werden. Noch einmal, schwor er sich, würde er sich nicht über den Tisch ziehen lassen. Dazu war seine Lebensversicherung, genauer gesagt der Inhalt seines Koffers, viel zu wertvoll. Zwei Millionen, und keinen Pfennig weniger. Das war so ausgemacht, und dabei würde es bleiben. »Nein. Und selbst wenn, ginge es Sie nichts an.«

»Finden Sie?« Der Anwalt prustete aus vollem Hals. »Hochmut kommt vor dem Fall, oder wie denken Sie darüber? Ich glaube, Sie verkennen Ihre Situation. Ein Anruf von mir, und die Polizei würde Ihnen in Nullkommanichts auf die Bude rücken. Das wollen Sie doch nicht, oder?« Boysen hielt abwartend inne. »Jetzt gucken Sie doch nicht so, Agent XY. Ich meine es doch nur gut mit Ihnen.«

»Der Herr Rechtsanwalt als barmherziger Samariter, selten so gelacht.«

»Sie sollten mir dankbar sein, wissen Sie das?«

»Dankbar, und wofür?«

»Dafür, dass ich beide Augen zudrücken werde«, entgegnete Boysen, vom einen auf den anderen Moment todernst. »Kulanterweise, aber so bin ich nun mal.«

»Wissen Sie, was Sie mich jetzt gleich können?«

»An Ihrer Stelle, Sie Ignorant, würde ich den Kopf nicht so hoch tragen.« Kühl bis ins Mark, deutete Boysen auf den Koffer, den Rattke mit festem Griff umklammerte. »Wie ich sehe, haben Sie die Ware dabei?«

»Und wie sieht es mit der Bezahlung aus?«

»Sind Sie eigentlich so naiv, oder tun Sie nur so?« Der Tonfall des Fleischberges verschärfte sich. »Lange Rede, kurzer Sinn: Vorausgesetzt, er enthält die Objekte meiner Begierde, werden Sie mir jetzt Ihren Koffer aushändigen. Wenn Sie schlau sind, ohne Fisimatenten.«

»Und wieso, bitte schön, sollte ich das tun?«

»Weil Sie ein kluger Mann sind, darum.« Die Arme vor der Brust verschränkt, blickte Boysen gelangweilt in die Runde. »Ach so, ich vergaß: Sollte ich bis morgen Abend kein Lebenszeichen von mir geben, wird meine Klientin die Polizei benachrichtigen. Das haben wir vor meiner Abreise vereinbart. Was dies zur Folge haben wird, können Sie sich denken.«

»Jetzt hör' mir mal gut zu, du Presswurst.« Keuchend vor Anspannung, umklammerte Rattke den Griff seiner Walther PPK, die sich in der Innentasche seines Lodenmantels befand. Was, wenn der durchtriebene Fettsack ernst machte? Oder bluffte er etwa nur? »Auf die Art, du linke Bazille, kriegst du mich nicht klein. Da mach dir mal keine Hoffnungen.«

»Ich fürchte, Ihnen wird nichts anderes übrigbleiben.«

»Wenn du dich da mal nicht irrst, Hinterhof-Advokat.« Rattkes Atem beschleunigte sich, und sein Herz hämmerte wie ein Schmiedehammer gegen die Rippen. »An mir haben sich schon ganz andere die Zähne ausgebissen als …«

»Apropos ›Zubeißen‹: Denken Sie sich bloß nicht, ich spaziere mit Bargeld in der Weltgeschichte herum. Oder mit einem Verrechnungsscheck. Die zwei Millionen, Sie Amateur, können Sie nämlich vergessen. Also, zum Mitschreiben: Entweder Sie rücken die Partituren raus, oder Sie werden Ihres Lebens nicht mehr froh werden. Habe ich mich klar genug ausgedrückt, Herr Rattke?«

Wie vom Donner gerührt, prallte der Angesprochene zurück.

»Ein Tipp unter Geschäftspartnern: Gesetzt den Fall, Sie machen einen auf Detektiv, dann sollten Sie auf keinen Fall den eigenen PKW benutzen. Vor allem nicht, wenn es sich um eine Nobelkarosse handelt. Sagen Sie mal, für wie dumm halten Sie mich eigentlich? Von Tempelhof bis ins Excelsior kleben Sie meinem Taxi förmlich an der Stoßstange, und dann nehmen Sie auch noch an, Ihre Schnüffelei bliebe unbemerkt. Na ja, wenigstens hatten Sie eine Sonnenbrille auf. Das macht Hoffnung für die Zukunft.«

»Wie zum Teu…«

»B-RA-17. Ihr Autokennzeichen, hab ich recht?«, fuhr Boysen dazwischen, die Stimme überquellend vor Hohn. »Um es kurz zu machen, Sie Dilettant. Der Hoteldetektiv war so freundlich, ein paar Nachforschungen anzustellen. Diskret, versteht sich, da brauchen Sie keine Angst zu haben. Schließlich war er mal Polizist. Ergo, ich weiß Bescheid. Über Sie, über Ihre Familie – über alles. Sie können mir nichts vormachen, kapiert?« Gerade eben noch spöttisch, sank Boysens Stimme zu einem bedrohlichen Knurren herab. »Ich hoffe, das war deutlich genug. So, und jetzt rücken Sie endlich die Partituren raus. Oder ich sehe mich veranlasst, Sie zu Ihrem Glück zu zwingen. Wissen Sie, was mich an der ganzen Sache stört? Nein? Ich bin jetzt 16 Jahre in der Branche tätig, aber so etwas wie heute habe ich noch nicht erlebt. Dass einem Kleinganoven der Verstand flöten geht, wenn er das große Geld wittert, das kann ich zur Not ja noch verstehen. Aber wenn ein Mitglied der oberen Zehntausend auf den Spuren von Al Capone wandelt, dann komme ich ins Grübeln. Mal ehrlich, Herr Rattke: Haben Sie es wirklich nötig, ein krummes Ding zu drehen? Oder ist es Ihnen in Ihrem Büro zu langweilig geworden? Lassen Sie es gut sein, so genau will ich es nicht wissen. Hauptsache, Sie nehmen endlich Vernunft an, sonst verpasse ich Ihnen einen Denkzettel, an dem Sie noch lange zu kauen haben werden. Der *Rienzi*, das sollten Sie wissen, wäre die Mühe allemal wert. Um ihn zurückzubekommen, würde meine Klientin alles tun.« Der Anwalt brach in amüsiertes Gelächter aus. »Wissen Sie, die alte Dame ist regelrecht besessen davon. Falls nötig, würde sie sogar einen Mord be…«

Weiter als bis hierhin, wo sein Schwadronieren jäh abbrach, kam Rolf Boysen nicht mehr. Kaum war die Kugel in seinen klobigen Schädel eingedrungen, stieß er ein halblautes Röcheln aus, geriet ins Taumeln und stürzte kopfüber in den Schnee, wo sich binnen Sekunden eine riesige Blutlache ausbreitete.

Eine Blutlache, die bis an den Rand des nahen Denkmals reichte.

10

Berlin-Schöneberg, Sydows Wohnung in der Grunewaldstraße | 22:55 h

Hier war er Mensch, hier durfte er es sein. In seiner Vierzimmerwohnung aus der Kaiserzeit durfte er rumlaufen, wie er wollte, gänzlich unbeobachtet, ohne Markenhemd, Anzug und Krawatte. Hier konnte er in seine vergammelten Jesuslatschen schlüpfen, die Lea nur zu gern auf den Müll geworfen hätte, seine viel zu weiten Uralt-Jeans anziehen und als Krönung des Abends das nicht minder in Mitleidenschaft gezogene Flanellhemd aus dem Schrank holen, ein Geschenk seiner Frau zum Fünfzigsten, mit dem er auch noch mit 70 durch den Park flanieren würde.

Tja, so war das nun mal. Hätte sie gewusst, wie oft er sich damit zeigte, wäre Lea wohl kaum auf diese Geschenkidee gekommen. Sydow war und blieb ein Gewohnheitsmensch, und was für seine Kleidung galt, galt auch für die Örtlichkeiten, wo er sich am wohlsten fühlte. Außer seinem Arbeitszimmer war diesbezüglich vor allem die Küche zu nennen, von wo aus man einen Blick in den malerischen Hinterhof werfen konnte. Ja, es gab sie noch, diese Hinterhöfe, in denen die Zeit stillgestanden zu sein schien. Zille hätte seine helle Freude daran gehabt, was vermutlich auch für den Menschenschlag galt, der in seinem Viertel lebte. Jeder kannte hier jeden, und was er besonders zu schätzen wusste, war, dass er nicht mit ›Herr Hauptkommissar‹, sondern schlicht und ergreifend mit seinem Vornamen angeredet wurde. Hier wurde noch berlinert, wie er es aus seiner Jugend kannte, und wer Hochdeutsch sprach, fiel auf wie ein bunter Hund. Rau, aber herzlich, so hatte er es gern, nicht immer zu Leas Freude, die lieber gebaut oder in einen Neubau gezogen wäre. Wenigstens in diesem Punkt hatte sich Sydow durchsetzen können, hasste er doch nichts mehr als die potthässlichen Betonbunker, die wie Pilze aus dem Boden schossen. Ein gutbürgerliches Mietshaus aus der Kaiserzeit, mit einem kräftigen Schuss Nostalgie, Verzierungen aus Stuck und Dielenbrettern, die bei jedem Schritt, den er machte, ein leises Knarren von sich gaben. Der Geruch nach Bohnerwachs, das schmiedeeiserne Geländer im Treppenhaus und der Tante-Emma-Laden im Parterre, wo er sich mit Glimmstängeln eindeckte, zur Freude von Mutter Matuschek, die ihn mit dem neuesten Klatsch und Tratsch aus dem Viertel versorgte. Kein Zweifel, hier war er Mensch, und nur hier, in Berlin-Schöneberg, durfte er es auch sein.

Die heimelige Küche, in der er sich gerade mit Essbarem eindeckte, natürlich nicht zu vergessen. Hierher zog es ihn immer dann, wenn er aus dem Präsidium kam, so wie jetzt, wo er sich ein *Berliner Kindl* aus dem Kühlschrank holte, um den verspäteten Feierabend einzuläuten. Ohne Bouletten, vorzugsweise mit Zwiebeln, Speck und Kartoffelsalat, war dieser zwar nur die Hälfte wert. Aber was nicht war, konnte ja noch werden, vorausgesetzt, Lea würde wie so oft Gnade walten lassen.

Einstweilen musste er sich freilich mit einem Käsesandwich begnügen, zumindest das war er der Erbmasse seiner Mutter schuldig. Mit drei Schichten Gouda, Zwiebelringen, Gurkenscheiben und Tomaten, die Lea auf dem Wochenmarkt am Maybachufer gekauft hatte. Lange nicht so schmackhaft wie ihre Bouletten, die ein echtes Gedicht waren, aber ausreichend, um den Kohldampf, den er schob, in den Griff zu bekommen.

Wie er den Fall, an dem er arbeitete, in den Griff bekommen sollte, stand dagegen auf einem anderen Blatt. Wirklich verdächtig war momentan niemand, weder Paschulke noch Marlene Hellweg, der er einen Mord einfach nicht zutraute. Abwarten, zumindest bis morgen früh, war somit das Gebot der Stunde. Abwarten und ein *Berliner Kindl* trinken, um sich anschließend ein paar Stunden aufs Ohr zu hauen. Die beste Methode, um den Kopf wieder ein wenig freizukriegen. Morgen früh, mit Kroko an Bord, würde er wieder zur Form auflaufen, und wer immer Lewin auf dem Gewissen hatte, tat gut daran, sich warm anzuziehen.

Und das im wahrsten Sinne des Wortes.

Und Veronika? Nun ja, was seine Stieftochter betraf, hatte er auf Granit gebissen. Hinzu kam, dass Leas Tochter aus erster Ehe wahrlich kein außer Rand und Band geratener Teenager mehr war, sondern alt genug, um ihr Schicksal selbst in die Hand zu nehmen. Selbstredend würde er sich Lea gegenüber hüten, dies laut zu sagen oder einen auf oberschlau und Moralapostel zu machen. Aber da sein Augapfel von einst nichts unversucht ließ, um sein Leben umzukrempeln, würde er einen Teufel tun, ihr seine Meinung aufzudrängen. Nicht etwa, dass ihm die Kreise, in denen sich Vroni bewegte, geheuer oder gar sympathisch waren. Der Versuch, daran etwas zu ändern, erschien ihm jedoch so gut wie aussichtslos. Veronika hatte den Dickschädel ihrer Mutter geerbt, und wenn sie sich etwas in den Kopf gesetzt hatte, würde sie sich durch nichts und niemanden von ihrem Ziel abbringen lassen. Diese Erfahrung hatte er schon des Öfteren gemacht, und dem Disput nach zu urteilen, den Sydow mit ihr ausgefochten hatte, würde Vroni ihrer Linie treu bleiben.

Na, dann mal Prost, Mister Holmes. Die Flasche mit Schnappverschluss in der Hand, brachte der Herr des Hauses, dessen Konturen sich im Küchenfenster spiegelten, einen imaginären Toast aus. Wie auf frischer Tat ertappt, schreckte Sydow zusammen. Wenn der Anschein nicht trog, hatte er wieder zugenommen, je intensiver der Blick auf die leichte Wölbung seines Bauches, desto bekümmerter die Miene, mit der er ihn begutachtete. Zum Glück, fuhr es ihm durch den Sinn, zum Glück bist du über 1,90 Meter groß, sonst müsstest du eine FdH-Kur machen.

Ein, wenngleich schwacher, Trost.

Aber noch lange kein Grund, sein *Berliner Kindl* oder das Käsesandwich à la Sydow zu verschmähen, an dem er sich mit verzückter Miene gütlich tat. Nichts lästiger, als mit knurrendem Magen durch die Weltgeschichte zu tigern, und nichts schlimmer, als auf Bouletten mit Speck und gebratenen Zwiebeln zu verzichten.

Das wäre ja wohl zu viel verlangt, oder?

Ein Anruf. Ach du grüne Neune.

Das Sandwich vor Augen, welches er mit innigem Verlangen taxierte, stöhnte Sydow auf. Rangehen oder nicht, das war die Frage. Oder auf Durchzug stellen und sich einen schönen Abend machen.

Nicht weiter verwunderlich, dass der Preuße in ihm den Sieg davontrug. »Und nun eine aktuelle Zeitangabe. Es ist 23 Uhr Mitteleuropäischer Zeit.«

»Hahaha, selten so gelacht. Ob du es glaubst oder nicht, das Witze reißen wird dir gleich vergehen.«

»Du, Kroko?«, stieß Sydow mit vollem Mund hervor, wohl wissend, wie die Reaktion auf diesen Bruch der Hofetikette ausfallen würde. »Ich dachte, du …«

»Und erstens kommt es anders, und zweitens, als man

denkt«, lautete die Replik, gefolgt von einer Zurechtweisung, wie sie für seinen Kollegen typisch war. »Mit vollem Munde spricht man nicht, schon mal gehört?«

Die Retourkutsche ließ nicht lange auf sich warten. »Nach acht Uhr abends ruft man bei niemandem mehr an. Schon mal gehört?«

»Es sei denn, man ist befreundet. Oder es gibt wichtige Neuigkeiten.«

»Darf man fragen, wo du gerade bist?«, entgegnete Sydow, der seine Felle bereits davonschwimmen sah. Umsonst und für nichts und wieder nichts würde Kroko bestimmt nicht anrufen. So gut kannte er ihn, um das zu wissen. »Irgendwas nicht in Ordnung?«

»Auch ich höre Radio, stell dir vor.« Kurz angebunden, rang Krokowski nach Luft. »Wo ich bin, willst du wissen? Im Präsidium, wo denn sonst!«

»Neuigkeiten?«

»Und was für welche.« Da hatte er den Salat. Hin und wieder, so das Fazit des heutigen Abends, musste man alle Fünfe auch mal gerade sein lassen. Tat man es nicht, würde es einem so ergehen wie ihm, das heißt, man würde nicht mal Zeit haben, ein Käsesandwich zu vertilgen.

Schöne Aussichten, oder?

»Sitzt du gut?«

»Sagen wir mal so: Ich *saß* gerade gut«, gab Sydow zur Antwort, das Käsesandwich immer noch in der linken Hand. »Schieß los, was gibt es Neues?«

Eine, wie Sydow kurz darauf bewusst wurde, unangebrachte, um nicht zu sagen harmlose Formulierung.

Das wurde ihm auf Anhieb klar.

11

Berlin-Tiergarten, Abteilung K der Zentralen Kriminaldirektion in der Keithstraße | 23:25 h

»Nun machen Sie schon, Kowalski«, trieb Sydow den Kollegen an der Pforte an, auf dem Weg in die Abteilung K, wo Krokowski auf ihn wartete. »Ich habe zu tun, ob Sie's glauben oder nicht.«

»Nicht so eilig, der Herr. Wie pflegte Goethe doch zu sagen: ›Wer vor der Zeit beginnt, der endigt früh‹.«

»Es war Shakespeare, werter Kollege.«

»Muss man den Herrn kennen?«

»Das will ich meinen. Es sei denn, man liest die *Bild-Zeitung*. In dem Fall sind sowieso Hopfen und Malz verloren.«

Kowalski wurde rot wie eine Tomate. »Leider komme ich nicht zum Lesen«, murmelte er und mied Sydows herausfordernden Blick. »Keine Zeit, wissen Sie.«

»Kann ich verstehen, bei so einer verantwortungsvollen Position.« Sydows Lippen kräuselten sich. »Also, was ist jetzt mit dem Anruf? Ich will Ihnen ja nicht zu nahe treten, Fred, aber Sie haben die Ruhe weg.«

»Im Gegensatz zu Ihnen«, antwortete der hagere und kurz vor der Pensionierung stehende Pförtner, ein Vertreter der Gattung Homo Phlegmaticus, der in den Reihen der Berliner Polizei Seinesgleichen suchte. »Sie wissen doch: Kommt Zeit, kommt Rat, kommt Kriminaloberrat.«

Kriminaloberrat. Sydow erschauderte bis in die Fußspitzen. Aufgrund seiner Verdienste, unter anderem bei der Aufklärung einer Mordserie vor zwei Jahren, war er bereits mehrfach zur Beförderung vorgeschlagen worden. Dank seines Einfallsreichtums hatte er die Pläne seiner Vorgesetzten jedoch ein ums andere Mal durchkreuzt. Gähnend langweilige Sitzungen, Schreibtischarbeit, bis einem der Schädel platzte, und große Töne spucken, ohne dass etwas dabei herauskam. Ein Albtraum, wie er schlimmer nicht hätte sein können. Nur ein paar Tage, und er würde in der Klapsmühle landen. Das war so sicher wie der Aufstieg von Hertha BSC.

»Dafür bin ich zu alt, Kowalski. Die brauchen Jüngere als mich. Die sind wenigstens noch formbar.«

»Nur keine falsche Bescheidenheit, Herr Kollege. Und erstens kommt es anders, und …«

»Zweitens, als man denkt!«, vollendete Sydow, den die Behäbigkeit, mit der Kowalski seine Unterlagen durchforstete, an den Rand des Nervenzusammenbruchs trieb. »Und jetzt legen Sie mal einen Gang zu, Fred, ich sitze wie auf glühenden Kohlen.«

»Apropos Zeit: Fünf Minuten früher, und Sie hätten ihn an der Strippe gehabt.«

»Was Sie nicht sagen, Fred.« Die Telefonnotiz in der Hand, die er Kowalski aus der Hand gerissen hatte, runzelte Sydow die Stirn. Maximilian de Montfort, von den Kollegen bei der Sitte kurzerhand ›Monty‹ genannt, war, um es diskret auszudrücken, eine schillernde Figur, immer dort anzutreffen, wo sich Männer mit dem Hang zum eigenen Geschlecht ein Stelldichein gaben. Der Grund, weshalb ihm gleich mehrfach gekündigt worden war, unter anderem bei einer Detektivagentur, wo er bis vor knapp drei Jahren gearbeitet hatte. Gänzlich unbeeindruckt hatte der Paradiesvogel kurz darauf einen Einmannbetrieb gegründet und sich den Ruf eines überaus fähigen Privatdetektivs erworben, zum Missfallen der Beamten im Sittendezernat, denen der Nachfahre hugenottischer Flüchtlinge ein Dorn im Auge war. »Und wo will es sich mit mir treffen?«

»Dreimal dürfen Sie raten«, feixte Kowalski, klimperte mit den Wimpern und schlug einen übertrieben femininen Tonfall an. »Im ›Whisky A Gogo‹, wo denn sonst.«

»Haben Sie das öfter?«, gab Sydow zurück, faltete die Notiz zusammen und ließ sie in die Brusttasche seines Flanellhemdes wandern. Glück für ihn, dass Lea bei seinem überstürzten Aufbruch nicht zugegen gewesen war, sonst hätte sie ihn wegen seiner Montur die Hölle heiß gemacht. »Wenn ja, rate ich Ihnen dringend, einen Seelenklempner zu konsultieren.«

»Schon gut, schon gut«, wehrte Kowalski mit erhobenen Händen ab. »Man wird doch wohl noch einen Scherz machen dürfen, oder?«

»Damit eins klar ist: Auf Späße dieser Art kann ich verzichten«, herrschte Sydow den sichtlich verstimmten Kollegen an, kein Freund der frivolen Scherze, die über Monty und Konsorten gerissen wurden. »Haben wir uns verstanden, Kowalski? So, und jetzt entschuldigen Sie mich, ich habe zu tun. Schönen Abend noch, Herr Kollege, und danke für die prompte Bedienung!«

*

»Darf ich vorstellen, Tom?«, verkündete Krokowski, während sich die Tür seines Büros hinter ihm schloss. »Julius Meyer-Waldstein, Kunsthändler aus Spandau.«

»Galerist, Kunsthändler und Antiquar«, ergänzte der distinguierte ältere Herr, dessen Tonfall an einen Conférencier von anno dazumal erinnerte. »Ich darf davon ausgehen, Sie haben von mir gehört?«

Durfte er nicht. Leider. Sydow, der sich höchst selten in eine Gemäldegalerie verirrte, verstand nicht übermäßig viel von Kunst. Oder von dem, was sich heutzutage dafür ausgab. Aber das brauchte der mit einem Lodenmantel, breitkrempigen Filzhut, makellos weißen Leinenhosen samt dazugehöriger Weste bekleidete Bohemien ja nicht zu wissen. »Sydow, Kripo Berlin. Freut mich, Ihre Bekanntschaft zu machen.«

Meyer-Waldstein bequemte sich zu einem huldvollen Nicken.

»Wären Sie so gut, Ihre Aussage zu wiederholen, Herr Meyer-Waldstein?«, bat Krokowski, machte eine einladende Geste und lud den Kunsthändler ein, auf der Ledergarnitur am Fenster Platz zu nehmen. »Eine Tasse Kaffee gefällig?«

»Nein danke, Herr Kommissar«, wehrte der Grandseigneur alter Schule ab. »Das Herz, Sie verstehen.«

»Aber natürlich, Herr Meyer-Waldstein«, antwortete Krokowski und ließ seinem Gesprächspartner den Vortritt, bevor er sich auf den Sessel zu seiner Linken setzte. »Jeder soll nach seiner eigenen Façon selig werden.«

»Schön wär's!«, murmelte Sydow vor sich hin, die häusliche Idylle vor Augen, die dank Kroko wie eine Seifenblase zerplatzt war. Aber was wollte man machen. Für einen Preußen, der er im Grunde seines Herzens war, ging die Pflicht eben vor. Trotz mannigfaltiger Anfechtungen, vor allem in Form von Käsesandwiches und Bier, würde sich dies so schnell nicht ändern. Diesbezüglich hatte sein alter Herr ganze Arbeit geleistet, der Vorletzte in einer langen Ahnenreihe, von denen die Mehrzahl ihrer Angehörigen in

Diensten von Vater Staat gestanden war. »Wenn, dann vielleicht im nächsten Leben.«

»Hast du was gesagt, Tom?«

»Nö«, tat Sydow mit treuherzigem Augenaufschlag kund, trottete zur Kochnische und braute sich eine Tasse Kaffee, die bei neun von zehn Konsumenten zu akuten Herzbeschwerden geführt hätte. »War nur laut gedacht.«

»Ach so, dann ist es ja gut.«

»Also schießen Sie mal los, Herr Waldstein«, forderte Sydow den unerwarteten Gast auf, nur um sich einen missbilligenden Blick von Kroko einzuhandeln. »Entschuldigung. Ich meinte natürlich: Meyer-Waldstein.«

Die Antwort bestand aus einem Lächeln, an dem sich sämtliche Bewohner Südostasiens ein Beispiel nehmen konnten. »Um es kurz zu machen, Herr …«

»Kriminalhauptkommissar.« Die Missbilligung, die sich hinter Krokos Hornbrille abzeichnete, nahm apokalyptische Ausmaße an. Der Grund, weshalb Sydow dem Schalk in seinem Nacken Redeverbot erteilte. »Aber ich wollte Sie nicht unterbrechen, Herr Meyer-Waldstein.«

Das Lächeln auf dem mit Altersflecken gesprenkelten Gesicht verschwand. »Er war bei mir, vorgestern Abend kurz vor Ladenschluss.«

Die dampfende Henkeltasse in der Hand, ließ sich Sydow auf einem Sessel nieder, der in etwa so alt wie sein Gesprächspartner zu sein schien, nahm einen vorsichtigen Schluck und sagte: »Ich nehme an, wir reden von ein und derselben Person.«

Meyer-Waldstein bejahte.

»Und was wollte Herr Lemberger von Ihnen?«

»Er bat mich um Rat.« Anstatt weiter zu sprechen, hantierte der Kunsthändler an der Uhrenkette herum, die aus der Seitentasche seiner dunklen Samtweste hervorlugte. Dann überwand er seine Scheu und stammelte: »Um ... um meinen Rat als Antiquar, wenn man so will.«

»In Bezug auf was?«

»Es ging um ...«, stammelte der sichtlich verlegene Galerist, offenbar schwankend, ob er sich Sydow anvertrauen solle. »Es ging um Relikte von hohem Wert.«

»Sehr teuer?«

»Teuer ist gar kein Ausdruck, Herr Kriminalhauptkommissar. Wir beide, Sie und ich, müssten ein Lebtag schuften, um sie uns leisten zu können.«

»Ja, wenn das so ist, kann die Ware nicht besonders kostspielig gewesen sein. Spaß beiseite. Um was genau hat es sich bei besagten Relikten gehandelt?«

»Um handschriftliche Aufzeichnungen.«

»Welcher Art?«

Bevor er weitersprach, rang der Angesprochene nach Luft. »Ich wollte es zunächst nicht glauben, aber dann, als Herr Lemberger die Mappe öffnete, wurde ich eines Besseren belehrt. Was ich damit sagen will, ist: Was er da in Händen hielt, gehört zum Wertvollsten, was ich in meiner Eigenschaft als Sachverständiger jemals zu Gesicht bekam. Darauf gebe ich Ihnen Brief und Siegel.«

»Wert?«

»Zwischen eineinhalb und zwei Millionen. D-Mark, wohlgemerkt.«

Sydows Blick, der zwischen Kroko und seinem Gesprächspartner hin und her wanderte, hätte verblüffter nicht sein können. »Wie bitte?«, rief er aus, lange genug Polizist, um zu wissen, wie man die Leute zum Reden brachte. »Angenommen, dem wäre so. Dann kann der Verfasser kein Unbekannter gewesen sein.«

»Das sehen Sie völlig richtig, Herr Hauptkommissar«, bekräftigte Meyer-Waldstein, nicht ahnend, dass Sydow längst im Bilde war. »Man kann Richard Wagner ja so ziemlich alles nachsagen, aber kaum, dass er nur ein Komponist unter vielen war.«

»Wie wahr.« Sydow nickte, nahm einen Schluck aus seiner Henkeltasse und platzierte sie mit nachdenklicher Miene auf dem Tisch. »Sie sagen, es handelt sich um Originale?«

»Um die Original-Partituren von *Rienzi*, *Die Feen* und *Das Liebesverbot*, um es genau zu sagen.«

»Nicht schlecht, der Specht.« In Gedanken bei den Devotionalien, die in Lewins Wohnung gehortet waren, stieß Sydow ein nachdenkliches Schnauben aus. »Also wenn Sie mich fragen: Ich kann mir nicht vorstellen, dass es beim Erwerb der Partituren mit rechten Dingen zugegangen ist.«

»Ich auch nicht.«

»Apropos Erwerb. Ließ Lewin durchblicken, was er mit den Partituren vorhatte?«

»Oh ja.« Die Miene von Meyer-Waldstein verdüsterte sich. »Er wollte sie veräußern, falls nötig, auch unter Preis.«

»Das heißt, er bat Sie, Kontakt mit zahlungskräftigen Käufern aufzunehmen.«

»Genau.«

»Und? Hatten Sie Erfolg?«

»Wie man's nimmt«, seufzte Meyer-Waldstein, kein Ausbund an Mitteilsamkeit, wie die einsilbigen Repliken bewiesen. »Sagen wir mal so, es gab einen Interessenten.«

»Tatsächlich?«

Meyer-Waldstein neigte das grau melierte Haupt. Und schwieg sich beharrlich aus.

»Aus den Reihen der oberen Zehntausend?«

»Diskretion, Herr Sydow, ist bei uns oberstes Gebot.«

»Das trifft sich gut. Bei uns auch.«

»Dann sind wir uns ja einig.«

»So leid es mir tut, Herr Meyer-Waldstein, das sind wir nicht.«

»Und wieso nicht?«, begehrte der Angesprochene auf, nicht sonderlich begabt, was seine schauspielerischen Fähigkeiten betraf. »Ich habe Ihnen doch alles ge…«

»Sie haben mir, um es schnörkellos zu formulieren, nicht einmal die Hälfte von dem gesagt, was Sie wissen.« Am Ende mit der Geduld, stand Sydow auf. »Der Worte sind genug gewechselt, Herr Meyer-Waldstein. Ich fürchte, es wird Ihnen nicht erspart bleiben, Farbe zu bekennen. Ohne Rücksicht auf Rang, Namen oder Position, ungeachtet Ihrer Geschäftsprinzipien. Wir ermitteln in einem Mordfall, ist Ihnen das bewusst?«

»Aber selbstverständlich.«

»Damit wir uns richtig verstehen, Herr Meyer-Waldstein. Der nette junge Mann und ich sind für jeden Hinweis dankbar. Und natürlich sind wir froh, dass Sie Kontakt zu uns aufgenommen haben. Apropos, wie haben Sie von dem Mord erfahren?«

»Aus dem Radio.«

»Presse, Funk und Fernsehen, was wären wir ohne sie.« Sydow setzte eine grimmige Miene auf, leerte seine Tasse und sagte: »Ich nehme an, ich habe mich klar ausgedrückt. Was wir brauchen, Herr Meyer-Waldstein, sind Namen. Vage Andeutungen helfen uns nicht weiter. Daher nochmals, bei allem Verständnis für Ihre Situation: Wie heißt der Kunde, mit dem Sie vorgestern in Verbindung getreten sind?«

»Gestern.«

»Dann eben gestern, gut zu wissen.« Sydows Griff um die Henkeltasse verstärkte sich. »Die Sache bleibt unter uns, darauf können Sie sich verlassen.«

»Wenn das rauskommt, kann ich Konkurs anmelden.« Längst nicht mehr so souverän, wie es bis zu dem Moment den Anschein gehabt hatte, starrte Meyer-Waldstein an die gegenüberliegende Wand. »Und was dann, können Sie mir das verraten?«

»Hier geht es nicht ums Geschäft. Oder ums liebe Geld. Oder um Prinzipien, so ehrenwert sie auch sein mögen.«

»Sondern um ein Verbrechen, ich weiß.« Die Hände verschränkt, senkte Meyer-Waldstein seinen Blick. »Versetzen Sie sich mal in meine Lage, Herr Sydow. Was, glauben Sie, wird geschehen, wenn ich den Namen eines meiner Kunden preisgebe? Und was, wenn er mit dem Tod von Herrn Lemberger nichts zu tun hat? Von den paar Käufern pro Jahr, die der Kategorie Otto Normalverbraucher angehören, können meine Frau und ich nicht leben. Sie verstehen, was ich damit sagen will? Wenn sich herumspricht, dass ich nicht vertrauenswürdig bin, kann ich meine Stammkundschaft abschreiben. Alles schön und gut, werden Sie jetzt sagen, aber Mord bleibt nun einmal Mord. Aus Ihrer Sicht, Herr Sydow, mag das zwar stimmen, aber was, bitte schön, soll dann aus uns werden? Sollen wir unter der Brücke übernachten?«

»Sie sollen mir Namen nennen, weiter nichts.«

»Sie haben vielleicht gut reden.« Meyer-Waldstein stöhnte gequält auf. »Na schön, wenn Sie darauf bestehen.«

»Ich *muss* darauf bestehen, Herr Meyer-Waldstein. Sonst wäre ich hier fehl am Platz.«

»Wenn Sie das sagen, wird es ja wohl stimmen.« Der Antiquar rückte seinen Hut zurecht, musterte seine Gesprächspartner und sagte: »Wie dem auch sei, der Mann, auf den Sie es abgesehen haben, ist kein Unbekannter. Gut möglich, dass Sie von ihm gehört haben.«

Der Antiquar sollte recht behalten. Der Name des illustren Kunden war gerade gefallen, da zermarterte sich Sydow auch schon das Gehirn, wo er ihn schon einmal gehört hatte. Doch so sehr er sich auch konzentrierte, und so sehr Krokowski versuchte, ihm auf die Sprünge zu helfen, die Bemühungen schlugen fehl. Wann, aus wessen Munde und bei welcher Gelegenheit er den Namen schon einmal gehört hatte, fiel ihm trotz intensiven Nachsinnens nicht ein.

An der Tatsache, dass er sich den Herrn zur Brust nehmen würde, änderte dies jedoch nichts. Gut möglich, dass er mit dem Mord an Lewin nichts zu tun und mit Wagner und seiner Musik nichts am Hut hatte. So etwas sollte es ja geben, da musste er nur in den Spiegel schauen. Was aber, wenn sich die Spur, auf die er gestoßen war, als Erfolg versprechend erwies? Was, wenn der vermeintliche Saubermann Dreck am Stecken hatte? Dann würden Kroko und er sämtliche Register ziehen müssen, um ihn zu überführen. Dann würde er Beweise benötigen, je mehr, desto besser die Chancen, Lewins Mörder der gerechten Strafe zuzuführen.

Fazit: Gegen Zeitgenossen, die mal eben zwei Millionen lockermachen konnten, musste man schweres Geschütz auffahren. Sonst bestand die Gefahr, dass man von der Presse durch den Kakao gezogen und im Anschluss vom Polizeipräsidenten zur Minna gemacht wurde. Will heißen, einmal mehr war Akribie oberstes Gebot. Ohne Beweise, Augenzeugen oder stichhaltige Aussagen wäre es glatter Selbstmord, früher als notwendig in die Offensive zu gehen. Dieser Tatsache war sich Sydow bewusst.

Ein falsches Wort, eine Unterstellung, ein Verdacht, der auf voreiligen Schlüssen fußte, und schon hatte er ein halbes Dutzend Anwälte am Hals. Oder, schlimmer noch, eine Dienstaufsichtsbeschwerde. Wie hatte sein berühmtester Landsmann doch gesagt? ›And too soon marr'd are those so early made.‹ Wie wahr, dieser Shakespeare kannte sich mit dem Leben aus. Wer die Karten zu früh auf den Tisch legte, durfte sich nicht wundern, wenn er sein Blatt überreizte.

Ende der Durchsage.

»Hm.« Die Handflächen auf dem Fensterbrett, verfiel Sydow in dumpfes Brüten. Laut Aussage von Meyer-Waldstein, die Kroko gerade protokollierte, war er an seinen Stammkunden mit der Nachricht herangetreten, die Wagner-Preziosen stünden zum Verkauf. Anders als erwartet hatte der potenzielle Interessent jedoch äußerst zurückhaltend, wenn nicht gar ablehnend sowie mit unverhohlener Skepsis auf die Offerte reagiert und sich eine Bedenkzeit von 24 Stunden ausbedungen. Kurz vor fünf, so der Antiquar, habe das finanzkräftige Vorstandsmitglied aus der Baubranche dann zurückgerufen und die Bitte geäußert, Meyer-Waldstein möge ihm Namen und Adresse des Verkäufers nennen, wogegen sich dieser aus nachvollziehbaren Gründen gesträubt habe. Angesichts der Drohung, dies werde Konsequenzen haben, habe der alte Herr jedoch eingelenkt, wider besseres Wissen, wie er Krokowski gegenüber zu betonen nicht müde wurde. Danach, das heißt bis zum jetzigen Zeitpunkt, habe er jedoch weder etwas von Lewin noch von seinem Kunden aus den Kreisen der Berliner Hautevolee gehört und habe die Angelegenheit als erledigt angesehen. Erst vor Kurzem, genauer gesagt in den 22-Uhr-Nachrichten, habe er dann erfahren, was vorgefallen sei, entsetzt, welche Konsequenzen sein Verhalten gehabt hatte. Da er keine Zeit habe verlieren wollen, sei er umgehend hierher gefahren, chauffiert von seiner Frau, die draußen auf dem Gang auf ihn wartete.

»So, Herr Waldstein, das wär's dann wohl.« Wie immer, wenn Fingerspitzengefühl gefragt war, hatte Kroko das Heft in die Hand genommen und dem alten Herrn einen Füllfederhalter in die Hand gedrückt, damit er seine Unterschrift unter die fein säuberlich getippte Aussage setzen konnte. Im Gegensatz zu den Fällen, wo die Betreffenden einen Rückzieher gemacht hatten, hatte Letzterer jedoch nicht gezögert und seinen Kaiser Wilhelm unter das eng beschriebene Dokument gesetzt. »Danke, Sie waren uns eine große Hilfe.«

Meyer-Waldstein deutete eine Verbeugung an. »Ich habe zu danken, meine Herren«, entgegnete er, erhob sich und schlenderte zur Tür, fast wieder der Alte, zumindest, was die antiquierte Ausdrucksweise betraf. »Sie erlauben, dass ich mich empfehle? Sie wissen doch, in meinem Alter ist man Aufregungen nicht mehr gewohnt.«

*

»Und in unserem auch nicht, stimmt's?« Wieder zu zweit, wandte sich Sydow dem sichtlich geknickten Arbeitskollegen zu. »Mann, guckst du vielleicht aus der Wäsche. Entschuldigung, dass ich gefragt habe!«

»Auf gut Deutsch: Du willst wissen, wie es gelaufen ist.«

»Du sagst es, oh mein Romeo.«

»Wusste ich's doch, Falstaff.« Au Backe, das tat weh. In puncto Schlagfertigkeit hatte Kroko nichts von seiner Effektivität eingebüßt. An einem wunden Punkt getroffen, beäugte Sydow seinen Bauch. Na ja, vielleicht war es wirklich so, wie Lea sagte. Ein bisschen Bewegung, und der Tom Sydow aus der Blockadezeit wäre wieder da. Mitte 30, im Vollbesitz seiner Kräfte und dank Lebensmittelrationierung auch so schlank, wie er zu Beginn seiner nunmehr 15 Jahre währenden Knechtschaft gewesen war.

Sydow schmunzelte. Genau. Das war es. An der Misere war ganz allein seine bessere Hälfte schuld, deren Kochkünste so ausgefeilt waren, dass er ein ums andere Mal die Kontrolle über sich verlor. Spaghetti à la Lea, garniert mit Meeresfrüchten und dazu einen Schopflöffel Fischsoße nach Art des Hauses, und der Abend war gerettet. Wurde dann auch noch Eis und Chianti Montalbano serviert, dann konnte man sich den Weg nach Italien sparen. In Berlin war es sowieso am schönsten, eine Meinung, die Sydow mit seinem Freund und Kollegen teilte.

Eine Meinung allerdings, welche die Ausnahme von der Regel darstellte. Gab es doch in ganz West-Berlin kein Ermittlerduo, das sich deutlicher voneinander unterschied. Hier Sydow, raubeinig, kurz angebunden und mit einem ausgeprägten Hang zur Ironie, und dort Eduard Krokowski, unter Eingeweihten auch ›Doktor Knigge‹ genannt, schlank, bebrillt, belesen, bescheiden, zurückhaltend und mit guten, wenn nicht gar exzellenten Manieren. Ein Kollege, der sich im Gegensatz zu ihm stets im Griff hatte. Insbesondere, wenn es um kulinarische Schlemmereien ging.

»Jetzt sei nicht gleich beleidigt, Tom. Wer austeilt, muss auch einstecken können.«

»Bin ich doch gar nicht, wie kommst du denn auf die Idee?«

»Na, dann ist es ja gut.« Krokowski atmete tief durch. »Wie es gelaufen ist, willst du wissen? Nicht so, wie erhofft, um es dezent auszudrücken.«

»Mach dir nichts draus, Eduard.« Armer Kroko. So geknickt hatte er den Kollegen, ohne den er nur die Hälfte wert war, in 20 Dienstjahren noch nicht erlebt. »Bei der nächsten Attacke wird alles besser.«

»Vorausgesetzt, es kommt überhaupt dazu.«

»Na klar, wo denkst du …«, begann Sydow, wurde jedoch mitten im Satz unterbrochen. »Sag mal, habt ihr zu Hause Säcke vor der Tür?«, fuhr er Waldenmaier an, der seinem Stil treu blieb und wie ein Elefant in den Villeroy-&-Boch-Laden hereinplatzte. »Schon mal was von Anklopfen gehört?«

»Verzeihung«, presste der dienstbeflissene Hansdampf hervor, was Sydow, der seine Schlitzohrigkeit durchschaute, nicht für bare Münze nahm. »Hätte ich gewusst, dass Sie sich mitten in einem vertraulichen Ge…«

»Spar dir die Floskeln, was gibt es Neues?«

»Nicht viel, wie ich zu meiner Schande bekennen muss«, erwiderte Waldenmaier, überflog seinen Notizblock und warf Sydow einen amüsierten Blick zu. »Apropos neu. Schick sehen Sie aus, Herr Hauptkommissar.«

»Noch ein Wort, und du landest bei der Streife!«, grollte Sydow, eine Drohung, die bei Kroko einen zaghaften Anflug von Heiterkeit verursachte. »Ältere Kollegen veräppeln, wo gibt's denn so was.«

»Melde ergebenst, in West-Berlin nichts Neues«, kalauerte Waldenmaier, gänzlich unbeeindruckt von dem Rüffel, den Sydow ihm erteilt hatte. »Anders ausgedrückt, weder der Herr Intendant noch der Dirigent noch die Mitglieder des Orchesters inklusive der Solisten können sich erklären, wie es zu dem Mord kommen konnte.«

Aber ich!, dachte Sydow, hütete sich jedoch, übereilte Rückschlüsse aus dem Gespräch mit Meyer-Waldstein zu ziehen. »Satz mit X, hab ich recht?«

»Sieht ganz danach aus, Chef.«

»Streifendienst, ja oder nein?«

»Nein, wo denken Sie hin.«

»Dann hör auf, mich Chef zu nennen, ist das klar?« Fehlt nur noch der Heiligenschein, dachte Sydow, als er die schuldbewusste Miene des Kriminalassistenten sah. »Sonst kriegst du es mit ... Himmelherrgott noch mal, was für ein Idiot ruft denn jetzt schon wieder an!«, blaffte Sydow, den Zeigefinger auf Waldenmaier gerichtet, der einen amüsierten Seitenblick mit Krokowski wechselte. »Hier geht's ja zu wie in der Klapsmühle. Sydow, Kripo Berlin, was kann ich für Sie ... Ach, du bist's, Heinz, was liegt an?«

Die Antwort des Streifenpolizisten, mit dem Sydow auf der Polizeischule gewesen war, ließ nicht lange auf sich warten.

Das Gleiche galt auch für dessen Reaktion, die so heftig ausfiel, dass seine Kollegen vor Schreck zusammenzuckten. »Was?«, brüllte Sydow ins Telefon, in einer Lautstärke, dass man es auf dem ganzen Stockwerk hören konnte. »Und wo? Im Tiergarten, Exitus durch Genickschuss. Aber das ... das gibt's doch nicht!« Von null auf 100 in zwei Sekunden, stieß Sydow eine Serie von Verwünschungen aus. »Sag, dass das nicht wahr ist, Heinz, sonst krieg ich's an den Nerven!«

12

Berlin-Schöneberg, Sydows Wohnung in der Grunewaldstraße | 23:55 h

›Muss noch mal ins Präsidium. Dauert vermutlich länger. Gruß und Kuss, dein Göttergatte.‹ Göttergatte. Das war ja wohl die Höhe. Da freute man sich auf einen Abend zu zweit, und was wurde daraus? Ein Reinfall. Nun ja, vielleicht nicht ganz. Im Gegensatz zu ihrer besseren Hälfte, die sich im Eiltempo abgeseilt hatte, waren der Dirigent, das Orchester und die Solistin über jeden Zweifel erhaben gewesen.

Ein schwacher Trost, aber immerhin.

Weniger trostreich, wenn nicht gar ärgerlich, war dagegen Toms verfrühter Abgang gewesen. Ausgerechnet heute, wo sie sich wie ein Kind auf das Konzert gefreut hatte, musste so etwas passieren. Kein Wunder, dass ihre Laune auf den Nullpunkt gesunken war.

Schuld daran war jedoch nicht nur ihr Göttergatte, sondern auch der viel zitierte Kommissar Zufall gewesen. Vielleicht sah sie die Dinge ja ein bisschen eng, handelte es sich bei Doreen Rattke doch keineswegs um die erste Vertreterin der High Society, die ihrem in die Jahre gekommenen Ehemann Hörner aufsetzte. Auch in den sogenannten besseren Kreisen waren Seitensprünge an der Tagesordnung, an dieser Binsenweisheit führte kein Weg vorbei. Dessen ungeachtet war ihr die Szene, die sie aus nächster Nähe verfolgt hatte, immer wieder durch den Kopf gegangen. Aus welchem Grund, konnte sie beim besten Willen nicht sagen.

Also Schwamm drüber. Auf der Stelle. Was, hätte Tom sie gefragt, geht dich das Techtelmechtel wildfremder Leute an.

Nicht das Geringste, dachte Lea bei sich, hängte den Mantel an die Garderobe und zog ihre durchgeweichten 200-DM-Schuhe aus. Dann schlug sie den Weg in die Küche ein, um eine Kanne Tee aufzusetzen. Ein bisschen Wärme, intensiviert durch einen Schuss Rum, würde bestimmt nicht schaden, umso weniger, da sie bis auf die Knochen durchgefroren war.

Eine Schachtel John Player, ein Sandwich, das zwei Drittel ihres täglichen Kalorienbedarfs abdeckte, und, zu guter Letzt, die obligatorische Flasche *Berliner Kindl*, ohne die Tom nur ein halber Mensch zu sein schien. Mehr war von dem vermeintlichen Göttergatten, der sich einmal mehr in Luft aufgelöst hatte, nicht übrig geblieben. Restlos bedient, stieß Lea einen von Herzen kommenden Stoßseufzer aus. So war er nun mal, ihr Tom. Um einem Freund aus der Patsche zu helfen, würde er alles liegen und stehen lassen.

Und wenn die ganze Welt einstürzte.

Aber was soll's!, dachte Lea, eine Tasse heißen Tee in der Hand, dem sie mehr Rum hinzufügte, als sie vertrug. Auch wenn sie sich noch so sehr aufregte, Tom würde seiner Linie treu bleiben.

So war er nun mal, der alte Sturkopf. So und – Gott sei Dank! – nicht anders.

Unterwegs ins Bad, warf Lea einen kurzen Blick auf die Uhr. Genau zwölf. Und somit höchste Zeit, ins Bett zu gehen. Morgen früh, genauer gesagt in sechs Stunden, würde ihre Nachtruhe jäh beendet sein. Dann würde sie sich aus dem Bett quälen, im Halbschlaf frühstücken und zusehen, dass sie bei Schichtbeginn im Funkhaus war. Vor dem Spiegel postiert, stieß Lea einen abermaligen Seufzer aus. Das Leben, besonders dasjenige mit ihrem Göttergatten, verlief eben nicht immer so, wie sie sich das vorstellte. Damit, so stand zu befürchten, musste sie sich abfinden.

Je früher, desto besser.

Ein kräftiger Schluck Tee mit Rum, eine heiße Dusche und dann nichts wie ab ins Bett. So lautete ihr Plan. Ein Plan, wie er sinnvoller nicht hätte sein können.

Dumm nur, dass er nicht funktionierte.

Schuld daran, dass sie unverrichteter Dinge auf der Bettkante verharrte, war nicht etwa ihr Unmut über den missglückten Abend, sondern das Foto, welches auf ihrem Nachttisch stand. Ein Blick darauf, und Leas Schläfrigkeit war wie weggeblasen. Selbst jetzt, mehrere Monate, nachdem Veronika und Hajo sich getrennt hatten, versetzte ihr das Farbfoto aus glücklicheren Tagen immer noch einen Stich. Über die Gründe, weshalb die Ehe zwischen Toms Ersatz-Sohn und ihrer eigenwilligen Tochter in die Brüche gegangen war, konnte Lea nur spekulieren, aber wenn sie von einer Tatsache überzeugt war, dann davon, dass Veronika sehenden Auges ins Verderben rannte. Wenn man einen Schlussstrich zog, war das eine Sache, so schmerzhaft ein derartiger Schritt auch war. Knall auf Fall auszuziehen und in eine Hippie-Kommune überzusiedeln stand dagegen auf einem anderen Blatt, namentlich, wenn man Mutter eines vierjährigen Kindes war. Dann, und vor allem dann, stieß der Drang nach Freiheit an Grenzen, und wie stets, wenn Lea das Bild auf dem Nachttisch betrachtete, hegte sie Zweifel, ob sich Veronika über die Konsequenzen im Klaren war.

Klarheit oder nicht, die sechs Stunden Schlaf, die ihr blieben, konnte Lea jetzt vergessen. Das Familienfoto, auf dem Veronika, Hajo und ihr Enkel während einer Bootspartie auf der Havel in die Kamera lächelten, hatte alte Wunden aufgerissen, nicht zum ersten und höchstwahrscheinlich nicht zum letzten Mal. Dagegen, wie im Übrigen auch gegen die Widrigkeiten des Lebens, gab es nur ein Mittel: Arbeit.

Zugegeben, die Artikelreihe über den Beginn der Berlin-Blockade vor 20 Jahren musste erst in ein paar Wochen fertig sein. Aber da sie nicht die halbe Nacht wach liegen und die Zeit mit nutzlosen Grübeleien verbringen wollte, gab sich Lea einen Ruck, zog den Morgenmantel an und trottete ins Arbeitszimmer, um ihre Recherchen fortzusetzen. Wäre Tom hier gewesen, hätte er gefragt, ob sie noch ganz bei Trost sei, und wenn Lea ehrlich war, hätte sie ihm die Frage nicht verübeln können. Wer wie sie ohne Not aufstand, um sich die Zeit mit Schreibtischarbeit zu vertreiben, der war vermutlich nicht ganz richtig im Kopf. Das musste sie der Ehrlichkeit halber zugeben.

Na dann mal los, wo war sie stehen geblieben? Eine Monografie in der Hand, die sich mit der Zeit nach 1945 beschäftigte, ließ sich Lea auf ihren in die Jahre gekommenen Schreibtischstuhl sinken, wie das übrige Mobiliar ein Erbstück aus dem Nachlass ihrer Eltern, deren Rittergut der Kollektivierung in der SBZ zum Opfer gefallen war. Ihr Vater, wie im Übrigen auch ihre Mutter, hatte sich von diesem Schlag nie mehr erholt, der Grund, welcher ihn in den Selbstmord getrieben hatte. »So, Lea: Wo waren wir stehen geblieben?«

Du liebe Güte, jetzt fing sie auch noch an, Selbstgespräche zu führen. Tiefer konnte man wirklich nicht mehr sinken.

Aber Scherz beiseite – und ran an die Arbeit. Das Kinn in der Fläche der linken Hand, blätterte Lea den über 800 Seiten umfassenden Wälzer durch.

Und stöhnte bei der Lektüre gequält auf.

Also wirklich. Dann noch lieber das Telefonbuch von Berlin durchackern. Im Vergleich zu dieser Schreibe würde es sich wie ein Durbridge-Krimi lesen.

Lea konnte ein Gähnen nicht unterdrücken. Das ideale Schlafmittel, so eine Monografie. Wäre da nicht der Leitz-Ordner gewesen, der in dem Regal neben ihrem Schreibtisch stand.

Auf einen Schlag hellwach, klappte Sydows Frau das Objekt ihrer Häme wieder zu, verwahrte es in der untersten Schublade und zog den Ordner mit der Aufschrift ›RIAS‹ aus dem Regal, in dem sie die Manuskripttexte ihrer Beiträge und Reportagen aufbewahrte. Im Lauf der Zeit, beginnend mit dem Jahr 1956, war eine durchaus ansehnliche Sammlung zusammengekommen. Ein Fundus, der Beiträge zu allen nur erdenklichen Themen enthielt, allen voran Reportagen über den Mauerbau, für die sie eine Menge Lob eingeheimst hatte.

An ein Ereignis, legendär wie kaum ein anderes, konnte sie sich indes noch mehr als an alle anderen erinnern, genau wie die halbe Million Berliner, die Zeuge des Geschehens vor fünf Jahren gewesen waren. Weit weg mit den Gedanken, nickte Lea mit dem Kopf. Solange sie lebte, würde sie die Rede Kennedys vor dem Schöneberger Rathaus nicht vergessen, und das Gleiche galt für die Ovationen, die dem charismatischen Präsidenten entgegengebracht worden waren. In dieser Form hatte sie so etwas noch nie erlebt, weder in Berlin noch andernorts – und würde es vermutlich auch nicht mehr erleben.

Und was gab es noch? Einen Bericht über die Eröffnung der Stadtautobahn, einen Kommentar über die Wahl von Willy Brandt zum Regierenden Bürgermeister, einen Report über die Eröffnung des Europa-Centers, einen Tatsachenbericht über den Tod von Benno Ohnesorg, der sich am 2. Juni jährte, einen Beitrag über das vorläufige Ende der Berliner Straßenbahnen – und, na also, wer sagt's denn! – das Manuskript einer Serie über die Reichen und Schönen von West-Berlin.

Oder über diejenigen, die es noch werden wollten.

Vorläufiger Höhepunkt: das Interview mit einem gewissen Wolf-Dietrich Rattke, Aufsichtsratsmitglied im vorgerückten Alter und Gatte eines verführerischen Blickfangs, dessen Vater er mit Sicherheit hätte sein können. Besitzer einer mit allen Schikanen ausgestatteten Villa in Nikolassee, wo das Interview mit Datum vom 30. Januar dieses Jahres im Beisein der treu sorgenden Gattin und des 25-jährigen Sprösslings aus erster Ehe durchgeführt worden war. Name: Jan-Oliver. Beruf: Sohn, da das Studium am Institut für Bauingenieurwesen an der TU Berlin noch nicht abgeschlossen war.

Sohn und ... Na, was denn wohl?

Haben wir gleich. Wäre doch gelacht, wenn ich euch beiden nicht auf die Schliche kommen würde.

Ein schneller Handgriff, und es war vollbracht. Das Album, in dem die Bilder ihrer Interview-Partner aufbewahrt wurden, stellte eine wahre Fundgrube dar, nicht zuletzt, was die Gefallsucht der Lokalprominenz betraf. Ob Hoch oder Niedrig, Mime oder Minister, Magnat oder verkrachte Existenz, Schauspieler oder Schaumschläger, alle, die auf der Insel namens West-Berlin von sich reden machten, waren hier vertreten.

Auch jene, die versuchten, anderen etwas vorzumachen.

Familie Rattke, Berlin-Nikolassee, 30.1.1968. Um auf den Trichter zu kommen, wessen Foto sie gerade begutachtete, hätte sie die Notiz auf der Rückseite der Schwarz-Weiß-Aufnahme nicht zu lesen brauchen. Sie wusste auch so, um wen es sich bei den drei Stützen der Hautevolee handelte, die auf dem Treppenabsatz vor der weitläufigen Nobelvilla posierten.

Die Dame des Hauses in der Mitte, ganz so, wie es sich gehörte. Umrahmt von ihrem Gatten und dessen Sohn aus erster Ehe, der sich – sieh an! – bei ihr untergehakt hatte. In die Kamera lächelnd, als hätte sie ihr Lebtag nichts anderes getan. Wie geschaffen, um im Mittelpunkt exklusiver Abendgesellschaften zu stehen.

Na also, warum nicht gleich, Lea. Sydows Frau schlug mit der flachen Hand auf den Tisch. Bingo. Das war es. Das war der Grund, warum ihr das Techtelmechtel vor der Philharmonie keine Ruhe gelassen hatte.

Der Grund, weshalb an Schlaf nicht mehr zu denken sein würde.

13

Berlin-Tiergarten, Wagner-Denkmal | 00:20 h

Tja, so war das nun mal. Da kurvte man durch West-Berlin, wo es aussah wie im tiefsten Winter, flankiert von gusseisernen Laternen, in deren Lichtkegeln die Schneeflocken einen wilden Reigen aufführten. Da durchquerte man menschenleere Straßen, mit Kurs auf den verschneiten Tiergarten, aus dessen Mitte die Siegessäule in den Nachthimmel emporragte. Da freute man sich, Teil der fast unwirklichen Stille zu sein, heilfroh, dass es so etwas noch gab.

Doch dem war nicht so. Am Ende des Weges lauerte der Tod, wie so oft, wenn Sydow in Aktion treten musste.

Zwei Morde, und das innerhalb weniger Stunden. In Gedanken bei dem Anblick, der sich ihm in Kürze bieten würde, wurde Sydow von schleichendem Unbehagen erfasst. Zugegeben, Heinz Jakubeit, Kumpel in jungen Jahren, hatte ihn bis ins Detail informiert. An der Beklommenheit, gegen die er vergeblich ankämpfte, änderte dies jedoch nichts. Erfahrung oder nicht, auch nach all den Jahren, konfrontiert mit Dutzenden von Morden, war der Anblick von Leichen für Sydow immer noch nicht zur Routineangelegenheit geworden. Und würde es, allen Anstrengungen zum Trotz, auch nie mehr werden.

Du wirst alt, Schmerbauch, weißt du das? Fast schien es, als müsse er seiner inneren Stimme recht geben. Vor nicht allzu langer Zeit, das war nicht von der Hand zu weisen, hatte er die Widrigkeiten des Polizistendaseins noch wesentlich leichter weggesteckt als heute. Take it easy, altes Haus, hatte er sich an Tagen wie dem heutigen gesagt und seine Mitmenschen so zu nehmen versucht, wie sie bedauerlicherweise waren. Heute, mit knapp 55 Jahren auf dem Buckel, fiel ihm das bei Weitem nicht mehr so leicht wie früher. Das fing mit dem Verhalten seiner Stieftochter an, setzte sich mit der alljährlichen Flut von Dienstvorschriften fort und endete mit dem Anblick von Menschen, die per Genickschuss ins Jenseits befördert worden waren. Wer weiß, vielleicht war es wirklich an der Zeit, das Leben in Diensten von Vater Staat in ruhigere Bahnen zu lenken. Bei Lea, der eine Beförderung zum Kriminalrat nicht ungelegen gekommen wäre, hätte er damit offene Türen eingerannt, und wenn Sydow ehrlich war, konnte er sie gut verstehen.

Tja, so war das nun mal, fuhr es Sydow durch den Sinn, als er nach rechts in die Tiergartenstraße einbog, dicht gefolgt von einem Mercedes-Benz 230, in dem Krokowski, Waldenmaier und zwei eigens herbeibeorderte Beamte der Spurensicherung saßen. Wenn man nicht wusste, wo einem der Kopf stand, tat sich unversehens eine weitere Falltür auf.

That's life, altes Haus, da musst du durch.

Gut möglich, dass die beiden Morde miteinander in Verbindung standen. Einiges, wenn nicht gar alles, sprach dafür, namentlich die Art und Weise, auf die Lewin und das unbekannte Mordopfer zu Tode gekommen waren. Genickschuss. Als sei es nicht schon kalt genug, konnte sich Sydow eines Fröstelns nicht erwehren. Irgendwie erinnerte ihn das an die Zeit vor 1945, an Schandtaten, über die er momentan lieber nicht nachdenken wollte. In ihrer Eigenschaft als Hitlers Henkergilde war die SS für diese Tötungsart wie geschaffen gewesen, ein Glück, konnte man da nur sagen, dass die Zeiten von Himmler und Konsorten ein für alle Mal vorbei waren.

Ein für alle Mal? Nun ja, nicht unbedingt. Wie oft er im Zuge seiner Ermittlungen mit den sogenannten alten Kameraden in Berührung gekommen war, konnte Sydow beim besten Willen nicht sagen. Fest stand, dass nicht wenige von ihnen verdammt gut über den Winter gekommen und nahezu problemlos zu Macht und Ansehen gelangt waren. Ein Grund, Herrschaften aus besseren Kreisen, einem der bevorzugten Tummelplätze der Saubermänner mit brauner Vergangenheit, mit der gebotenen Vorsicht zu begegnen.

»Ich glaub, mich tritt ein Gaul!«, fluchte Sydow vor sich hin, die Hand am Steuer seines Aston Martin 2 Liter, dessen stolzer Besitzer er seit 18 langen Jahren war. Bedeutete der Menschenauflauf, auf den er in Höhe der Einmündung der Großen Sternallee stieß, doch wahrhaftig nichts Gutes. »Wo kommen denn die schon wieder her, das darf doch wohl nicht wahr sein.«

Reporter im Dutzend, darunter gleich mehrere der einschlägigen Revolverblätter, des Weiteren jede Menge Schaulustige, Nachtschwärmer und sensationslüsterne Anwohner, die den Toten anstierten, der soeben in den bereit liegenden Zinksarg gebettet wurde. Das hatte sich Sydow immer schon gewünscht.

Ein Trost freilich wurde ihm zuteil. Er wusste, wer seinen Nutzen aus dem Tohuwabohu ziehen würde. »Ein gefundenes Fressen für die Presse, was, Martens?«, rief Sydow dem Kollegen von der Spurensicherung zu, schloss seinen Wagen ab und verharrte kopfschüttelnd auf der Stelle. »Frei nach dem Motto: *Bild* sprach mit der Leiche.«

Martens, den er kurz zuvor aus dem Bett geklingelt hatte, tat so, als habe er Sydows Worte nicht bemerkt, zerrte seine

Utensilien aus dem Kofferraum und schloss sich Krokowski und seinem Begleiter an, die sich gerade anschickten, die verschneite Fahrbahn zu überqueren. »Dann eben nicht«, murmelte Sydow vor sich hin und sah dem Trio mit verdrießlicher Miene hinterher, im Wissen, dass nicht jeder im Präsidium seine Berufsauffassung teilte. Auch egal. Die Arbeit musste getan werden, Feierabend hin oder her. Wenn Not am Mann war, kannte Sydow kein Pardon, schon gar nicht, wenn die Kollegen mit faulen Ausreden daherkamen. »Bis später, hoffentlich hast du dich dann abgeregt.«

»Haben Sie mit mir geredet, Holmes, oder führen Sie Selbstgespräche?«

Auch das noch. Eine unflätige Bemerkung im Sinn, konnte sich Sydow gerade noch beherrschen. Ausgerechnet jetzt, wo das Chaos regierte, musste dieser Witzbold von einem Journalisten aufkreuzen. »Wie heißt es doch gleich: Wenn du denkst, es geht nicht mehr, kommt von irgendwo Doktor Watson her.«

»Du wirst alt, Tom. Merkt man an deinen Witzen.« Frederick Verhoeven, Ressortleiter für Lokales bei der *Berliner Morgenpost* und frischgebackener Doktor der Philosophie, lächelte, als müsse er für ein Gruppenfoto posieren. »Na, wie geht's uns denn so?«

»Beschissen.«

»Armes Kerlchen. Wenn ich Zeit habe, bedaure ich dich.« Verhoeven, aufgrund seiner zweieinhalb Zentner Lebendgewicht mit dem wenig schmeichelhaften Spitznamen ›Qualle‹ versehen, stieß einen vor Hohn nur so triefenden Klagelaut aus. »Sag mal, willst du demnächst nach Kanada auswandern?«

»Gratulation, Qualle. Deine Witze sind noch schlechter als meine.«

»Ich weiß gar nicht, was du hast«, konterte Verhoeven, seinem Duzfreund, der sich eine Gasse durch die Menschentraube bahnte, dicht auf den Fersen. »Sydow in Holzfällermontur, mit todschicker Wollmütze, dazu passender Lederjacke, modischem Flanellhemd und Siebenmeilenstiefeln – passt doch bestens zu dir.«

»Noch ein Wort, Qualle, und ich werde zum Mörder.«

»Zu viele Zeugen, Herr Kriminalhauptkommissar. Und überhaupt: Zwei Morde am gleichen Tag sind genug.« Verhoeven, der einzige Pressevertreter, der Sydows Ansicht nach unter die Kategorie ›integer‹ fiel, ließ sich partout nicht abwimmeln. »Schon irgendeinen Verdacht?«

»Na du machst mir vielleicht Spaß, Qualle.« An der Absperrung angekommen, griff Sydow nach dem rot-weiß gestreiften Plastikband, bückte sich und schlüpfte darunter hindurch. »Wenn wir gerade von Spaß reden, richtet eurem Maulwurf aus, wenn ich ihn am Wickel kriege, kann er sein Testament machen. Grins nicht so dämlich, ich meine es ernst.«

»Tut mir leid, bei mir bist du an der falschen Adresse«, beteuerte der Vollblut-Journalist, einer der versiertesten Vertreter seiner Zunft, der überdies einen untadeligen Ruf besaß. Im Zuge seiner Recherchen, wo sich seine und Sydows Pfade mehrfach gekreuzt hatten, hatte er eine Menge Stehvermögen bewiesen. Angesichts der Machenschaften, denen er im Verlauf seiner Tätigkeit auf die Spur gekommen war, wollte dies schon etwas heißen, mit ein Grund, warum Sydow den Kontakt zu ihm nicht abreißen ließ. »Da musst du die Kollegen von der *Bild-Zeitung* fragen. Die kennen sich mit so was aus.«

»Na klar, einer schiebt es auf den anderen.« Da Verhoeven zu den Wenigen zählte, für die Sensationsmache nicht an oberster Stelle stand, ließ es Sydow bei der übellaunigen Replik bewenden, zog seine Wollmütze über die Ohren und sah sich mit angespannter Miene um. »Sonst noch was, Rasender Reporter?«

»Das frage ich dich, Chief Inspector.«

»Mach ruhig so weiter, nur zu. Bei mir beißt du auf Granit.«

»Auch dann, wenn es um den Mord in Kreuzberg geht?«

»Weißt du eigentlich, wie penetrant du bist?«, schnaubte Sydow, die Hände in den Taschen, um sie ein wenig aufzuwärmen. »So, und jetzt tu mir den Gefallen und lass mich meine Arbeit machen.«

»Ganz wie Sie wollen, Mister Holmes«, erwiderte Verhoeven, tätschelte ihm die Schulter und trollte sich. »Bis später, und viel Erfolg.«

»Ach, rutsch mir doch den Buckel runter«, murmelte Sydow, schüttelte den Kopf und warf einen grimmigen Blick in die Runde. »Ihr Presseheinis könnt mich alle mal.«

»Recht so, gib's ihnen!«, versetzte Heribert Peters, der sich unbemerkt genähert hatte. »Hier, stammt aus der Innentasche seines Mantels. Mein lieber Schwan, seht euch mal unseren Meisterdetektiv an. Todschick, wie aus dem Ei gepellt. Wie ich Lea kenne, hätte sie ihre helle Freude an dir.«

Angesichts der beiden Studenten, die sich in Hörweite befanden, ließ Sydow noch einmal Gnade walten, nahm den Personalausweis zur Hand und trat unter einen der Scheinwerfer, welche den Tatort mitsamt dem Wagner-Denkmal in gespenstisches Licht tauchten. »Ein Münchner, aha.«

»Etwas mehr Mitgefühl, wenn ich bitten darf. Dafür kann er ja wohl nichts.«

»*Konnte*, Herr Diplom-Leichenfledderer, *konnte*.« Nicht

in der Stimmung für das übliche Geplänkel, schaltete Sydow auf Durchzug. »Sonst noch was?«

»Aber klar doch, das hier.« Die Klarsichtfolie in der Hand, in der sich ein Schlüssel samt Anhänger aus Hartplastik befand, genoss Peters seinen Triumph in vollen Zügen. »Steckte in seiner Hosentasche. Na, was sagst du jetzt?«

»Jetzt bin ich baff, Heribert.« Laut Anhänger stammte der Schlüssel mit der Nummer 410 aus dem Hotel Excelsior, eine, wenn nicht gar *die* nobelste Adresse von Berlin. »Blinder Hahn findet eben auch mal ein Korn. War das alles, oder hast du noch mehr auf Lager?«

»Sagen wir mal so, am besten, du kommst nachher mal vorbei. Sagen wir, in einer Stunde? Bis dahin wissen wir bestimmt mehr.« Rot wie ein Ballon, trat der Pathologe auf der Stelle. »Ich hab nämlich keine Lust, mir den Allerwertesten abzufrieren.«

»Wem sagst du das, Leichenfledderer.«

»Na dann bis später, Tom Lumberjack – und halt die Ohren steif!«

»Selten so gelacht, Dicker.« Nicht viel schlauer als zuvor, nahm Sydow den Tatort näher in Augenschein. Im Schnee, zwischen fünf und sieben Zentimetern tief, war immer noch die Stelle markiert, wo der Ermordete von einer Spaziergängerin aufgefunden worden war. Um die Gaffer auf Distanz zu halten, war ein halbes Dutzend Streifenbeamte angerückt, ein schwieriges Unterfangen, wie die zahlreichen Neuankömmlinge bewiesen.

Die gute Nachricht: Soeben hatte es aufgehört zu schneien. Die schlechte: Unter diesen Bedingungen war es beinahe unmöglich, brauchbare Spuren zu finden, von Fußabdrücken des Täters ganz zu schweigen. Kein Zweifel, Konopka und seine drei Kollegen, die dick vermummt im knöcheltiefen Schnee herumstapften, waren um ihre Aufgabe nicht zu beneiden.

Von einem gewissen Tom Sydow, der wieder einmal von der Vergangenheit eingeholt wurde, gar nicht zu reden. Richard Wagner, im Beisein von Figuren aus seinen Opern, durch die der Spross aus bescheidenen Verhältnissen zu Weltruhm gelangt war. Schon wieder Richard Wagner. In sich gekehrt, trat Sydow näher. Vor 26 Jahren, mitten im Krieg, hatte er seinen ersten Mordfall gelöst, und der Tote war – na, wo denn wohl? – genau hier aufgefunden worden. Genau hier, wo er wie zu Lebzeiten eines Heinrich Himmler mit den Abgründen der menschlichen Existenz konfrontiert wurde.

»Na, auch schon hier?«

Noch so ein Witzbold, heute blieb ihm wirklich nichts erspart.

»Sieh mal, haben wir gerade gefunden«, fügte Konopka, ruhender Pol unter den Kollegen, in der für ihn typischen Unaufgeregtheit hinzu. Ein Verhalten, das Sydow mehr denn je zu schätzen wusste. »Fragt sich, wem das Ding gehört.«

»Wer weiß, vielleicht geht dir ja noch ein Licht auf«, kalauerte Sydow mit Blick auf die Taschenlampe, welche Konopka zwecks genauerer Untersuchung in einer verschließbaren Klarsichttüte verwahrte. »Was meinst du, wie lange braucht ihr noch?«

»Ein bis zwei Stunden, schätze ich.« Konopka atmete tief durch. »Sollte ich eine spektakuläre Entdeckung machen, werde ich es dich wissen lassen. Wenn nicht, alles Weitere morgen früh.«

»In Ordnung, Manni, man sieht sich.« Obwohl er nichts lieber getan hätte, als möglichst bald die Fliege zu machen, konnte sich Sydow vom Anblick des Monuments nicht losreißen. Merkwürdig, welche Zufälle es im Leben gab. Nach sage und schreibe 26 Jahren war er wieder dort, wo alles angefangen hatte. An dem Ort, wo die Hetzjagd, welche die Gestapo auf ihn veranstaltet hatte, ihren Anfang nahm. Mehr als ein Vierteljahrhundert war vergangen, und noch immer hatte er es mit der gleichen Kundschaft zu tun. Damals waren Himmler & Co. noch in Amt und Würden gewesen und hatten Himmel und Hölle in Bewegung gesetzt, um ihm eine Kugel durch den Kopf zu jagen und ihn anschließend auf diskrete Weise verschwinden zu lassen. Damals war auch Erich Kalinke noch am Leben gewesen, sein Assistent, der auf der Flucht vor den Schergen des Regimes ums Leben gekommen war. Und Rebecca, Helferin in der Not, ohne deren Hilfe er komplett aufgeschmissen gewesen wäre.

Helferin in der Not, was für ein Understatement. Um die Niedergeschlagenheit zu verbergen, die ihn beim Blick in die Vergangenheit überkam, zündete sich Sydow eine Fluppe an. Rebecca, seine große Liebe. Begraben auf einem jüdischen Friedhof in London, den er seitdem nie wieder betreten hatte.

Solltest dich was schämen, Sydow, weißt du das?

Stimmt. Dem war nichts hinzufügen. Zeit für einen Abstecher nach London und einen Besuch von Rebeccas Grab hätte er weiß Gott gehabt.

»Machste Kalender, Sydow, oder wat is mit dir los?«

»Grüß dich, Heinz, lange nicht gesehen.« Einen dicken Kloß im Hals, wandte sich Sydow dem Streifenpolizisten zu, mit dem er in den Dreißigern ausgebildet worden war. Im Gegensatz zu ihm, der er erst mit 40 die Kurve gekriegt hatte, hatte sein Banknachbar an der Polizeischule bereits nach der Hälfte der Zeit die Frau fürs Leben gefunden und sage und schreibe neun Kinder in die Welt gesetzt. Und anders als er hatte er das Dritte Reich bis zum bitteren Ende miterlebt, worum Jakubeit, ein waschechter Berliner aus dem Wedding, wahrhaftig nicht zu beneiden war. »Ganz schöner Schlamassel, was?«

»Dit kannste aber laut sagen«, bekräftigte der Streifenpolizist, der sämtliche Klischees, die Berlinern im Allgemeinen und Polizisten im Besonderen angedichtet wurden, bis ins Detail zu bedienen schien. »Wenn ick den zu fassen kriege, der dit ausjeplaudert hat, dem polier ich die Schublade, dat er 'nen Jesichtschirurgen braucht.«

»Gib mir Bescheid, wenn es so weit ist, ja?«, gab Sydow an die Adresse des stämmigen und frei nach Schnauze schwadronierenden Urviechs zurück, dessen Uniform beinahe aus den Nähten zu platzen schien. »Aber Spaß beiseite, was gibt's Neues?«

»Nich jerade viel«, räumte Jakubeit ein, gab Sydow einen Wink und eskortierte ihn zu einer Frau, deren Alter man ebenso wenig einschätzen konnte wie die Herkunft der Promenadenmischung, die neben ihr im Schnee kauerte. »Darf ick vorstellen: Frau Matuschitz.«

»Matuschek, wenn ich bitten darf.«

»Meenetwejen«, tat Jakubeit Augen rollend kund, in einem Tonfall, bei dem eine gehörige Portion Fatalismus mitschwang. »Sindse jetzt bitte so jut und erzählen dem Herrn von die Kripo, wat Sache is', Frau …«

»Fräulein«, insistierte die alte Dame, die Sydow an seine erste Klassenlehrerin erinnerte. »So schwer kann das doch nicht sein, Herr Wachtmeister. Zumal ich es Ihnen schon mehrfach gesagt habe.«

»Polizeioberwachtmeister, wenn ick bitten darf!«, blaffte

Jakubeit, der definitiv die Geduld verlor. »Wat immer Se sind, sagense, wat Se zu sagen haben.«

Was folgte, war ein Redeschwall epischen Ausmaßes, der, wie Sydow nicht zu Unrecht vermutete, bei günstigerer Witterung erheblich länger gedauert hätte. Im Kern, das wurde ihm auf Anhieb klar, enthielt der verbale Sturzbach jedoch nicht viel mehr als das, was Jakubeit ihm am Telefon mitgeteilt hatte. Demzufolge hatte *Fräulein* Matuschek, derzeit wohnhaft in der Kluckstraße 36, kurz nach 23 Uhr trotz kräftigen Schneefalls zum Aufbruch gerüstet, um ihren Vierbeiner namens Friedrich Wilhelm Gassi zu führen. Leider, so das resolute Fräulein, sei das allnächtliche Flanieren nicht wie gewohnt verlaufen, sprich: Friedrich Wilhelm, schwer vorstellbar, aber wahr, habe seinem Frauchen den Gehorsam gekündigt und sich weder durch Rufen noch Drohungen davon abhalten lassen, das Weite zu suchen. Dann, nach zehn Minuten bangen Suchens, habe Fräulein Matuschek ihre Töle entdeckt, unweit des Wagner-Denkmals, wie der geneigte Zuhörer längst vorausgeahnt hatte. Dort habe sie dann auch den leblosen Körper eines ihr gänzlich unbekannten Mannes entdeckt und ein Taxi angehalten, dessen Fahrer die Freundlichkeit besessen habe, die Polizei zu informieren. Fazit: vom Täter oder Personen, die Zeuge der Bluttat gewesen seien, keine Spur.

»Aufrichtigen Dank, gnädiges Fräulein, Sie waren uns eine große Hilfe.«

»Nichts zu danken, Herr Kriminalhauptkommissar«, entgegnete die Reinkarnation von Sydows Volksschullehrerin, nicht ohne ihn vom Kopf bis zu den Stiefeln zu taxieren. »Und Sie sind wirklich bei …«, begann sie, nur um mitten im Satz abzubrechen.

»Ja, Fräulein, ich bin wirklich bei der Kripo«, vollendete Sydow, der es langsam leid war, wegen seiner Klamotten schief angeguckt zu werden. »Sieht zwar nicht danach aus, ist aber so.« Dann beorderte er Waldenmaier herbei, stellte ihn vor und schloss: »Wie gesagt, wir sind Ihnen sehr verbunden. Wenn Sie jetzt bitte so freundlich wären, Ihre Personalien anzugeben. Danach wird Sie der junge Mann nach Hause bringen. Angenehme Nachtruhe, gnädiges Fräulein, falls nötig, hören Sie von uns!«

»Na, der hast du's aber gezeigt.« Nicht eben begeistert, lugte Krokowski im Stil eines Dorfschulmeisters unter seiner Hornbrille hervor, schüttelte den Kopf und sagte: »Geht man so mit einer alten Dame um?«

»Du weißt doch, Kroko: Bei mir sind Hopfen und Malz verloren«, gab Sydow zurück, dem die Hektik, die ringsum herrschte, an den Nerven zu zerren begann. »Und? Soweit alles klar?«

»Ich wünschte, dem wäre so.«

»Kopf hoch, altes Haus«, entgegnete Sydow, verpasste Kroko einen aufmunternden Klaps und tönte: »Du weißt doch: Liebeskummer …«

»Lohnt sich nicht, my Darling – schade um die Tränen in der Nacht, oh yeah!«

»Connie Francis.«

»Quatsch, Siw Malmkvist.«

»Wetten, dass nicht?«

»Wetten, dass doch?«, gab Krokowski zurück, auf dem besten Weg, zu alter Form aufzulaufen. »Großes Mundwerk, aber nichts dahinter. Wie immer.«

»Du musst es ja wissen.«

»Beleidigt?«

»Nö«, widersprach Sydow, heilfroh, dass die Tristesse

seines Kollegen nicht von Dauer zu sein schien. »Wie sieht's aus, fertig mit der Welt oder Lust auf Abenteuer?«

»Das weißt du doch, oder?«

Die Antwort bestand aus einem breiten Grinsen. »Vorschlag. Wie wär's, wenn du kurz im Excelsior vorbeischaust und Erkundigungen über einen gewissen Rolf Boysen einziehst?«

»Der Mann mit dem Schlüssel?«, antwortete Krokowski und deutete mit dem Kinn auf die Markierungen, neben denen Konopka gerade in Position ging, um ein Foto für seinen Bericht zu schießen. »Donnerwetter, du hast es aber eilig.«

»Wenn wir etwas nicht haben, mein Lieber, dann ist es Zeit«, gab Sydow zurück, ließ seinen Glimmstängel fallen und steuerte auf seinen Aston Martin zu, um den Ort des Geschehens zu verlassen. »Also dann, bis später – wir sehen uns!«

»Und wo, wenn die Frage ge…?«

»Im Gruselkabinett des Doktor Mabuse«, rief Sydow, dem es plötzlich nicht schnell genug gehen konnte, seinem Freund über die Schulter hinweg zu. »Alias Professor Doktor Heribert Peters, unter Eingeweihten als ›Der Leichenfledderer‹ bekannt. Machs gut, Kroko, und komm mir nicht auf Abwege!«

14

Berlin-Nikolassee, Jachthafen auf der Insel Schwanenwerder | 00:50 h

Glück im Unglück, Herr Hauptsturmführer. Auf diesen Nenner konnte man die Pleite neben dem Wagner-Denkmal bringen. Oder das Missgeschick, um es optimistisch auszudrücken. Wie hätte man auch ahnen sollen, dass dieser Fettsack den Braten riechen und versuchen würde, die Ware zum Nulltarif einzuheimsen. Und wie, mit Verlaub, hätte man voraussehen sollen, dass die Presse den Mord derart aufbauschen würde. Extrablätter, und das wegen Lewin. Das sollte mal jemand begreifen.

Niemand, nicht einmal er, hätte das vorausahnen können. Oder etwa doch?

Einerlei. Das Kind war in den Brunnen gefallen. Ob aus Zufall oder Nachlässigkeit, interessierte momentan kein Schwein.

Das letzte Wort, davon war er überzeugt, war jedoch noch nicht gesprochen. Bei nächster Gelegenheit, wann und wo auch immer, würde der nächste Versuch über die Bühne gehen. Interessenten, die das nötige Kleingeld besaßen, gab es wie Sand am Meer. Mit ein bisschen Geduld und dem nötigen Quäntchen Glück würde es beim zweiten Anlauf klappen. Besser als vorhin, darauf ging er jede Wette ein.

Glück im Unglück, keine Frage. Wäre die Aktion aufgeflogen, hätte es Probleme gegeben. So aber, nachdem sie reibungslos über die Bühne gegangen war, standen die Zeichen auf Entwarnung. Und Boysen? Nun ja, was diesen Bluffer betraf, brauchte man sich keine Gedanken zu machen. Hoch gepokert und verloren. Hätte er die Kohle, welche seine Auftraggeberin lockergemacht hatte, auf den Tisch geblättert, wäre der dämliche Fettsack noch am Leben.

Das zum Thema Pech – oder zum Thema Dummheit, je nachdem.

Blieb also nur, ein sicheres Versteck für die Hinterlassenschaft des Führers zu finden. Apropos Führer. Jetzt, da der Kuhhandel mit der Verehrerin von einst geplatzt war, bestand kein Grund mehr, dem Befehl Folge zu leisten. Die Herrschaften aus Bayreuth, die immer noch wie die Maden im Speck lebten, hatten ihre Chance gehabt. Eine Chance, die so schnell nicht wiederkommen würde.

Bedaure, Frau Wagner. Ein andermal vielleicht.

Oder vielleicht auch nicht, kommt ganz drauf an.

Ein, zwei Monate. Dann würde man weitersehen. Trotz allem bei bester Laune, schloss der Mann im dunklen Mantel die Tür des Bootshauses auf, nahm die Karbidlampe zur Hand, die er auf der Bank neben dem Eingang abgestellt hatte, und betrat den länglichen Holzschuppen, momentan das sicherste Versteck weit und breit. Hier, unweit des in Familienbesitz befindlichen Bootssteges, war die Mappe samt Inhalt bestens aufgehoben. Kein Mensch, am allerwenigsten die Kripo, würde auf die Idee kommen, das muffige Kabuff im Zuge einer Suchaktion auf den Kopf zu stellen.

Jede Wette.

»Na dann mal Prost, Alter. Auf dein Spezielles.« Auf der Seeseite des Bootshauses angekommen, hängte er die Karbidlampe an einen Haken, fischte einen Flachmann aus seinem Wintermantel und ließ seinen Inhalt mit geschlossenen Augen durch die Kehle rinnen. Hennessy, seine bevorzugte

Marke, die 0,7-Liter-Flasche für schlappe 120 Mark. Der Mann mit dem Diplomatenkoffer schnalzte mit der Zunge. Angesichts dessen, was sich in seinem Koffer befand, war das Beste gerade gut genug. Wie pflegte der Volksmund doch zu sagen: Man muss die Feste feiern, wie sie fallen.

Ran an die Arbeit, genug gescherzt. Von plötzlicher Unruhe gepackt, schraubte der Eindringling den Flakon aus Edelmetall wieder zu, stellte ihn auf einen Hocker und zog den dick gefütterten Lodenmantel aus. Um die Planken, neben denen er kniete, aus der Verankerung zu lösen, bedurfte es keiner besonderen Fähigkeiten. Als Kind, unmittelbar nach der Errichtung des Bootshauses, hatte er sich die Mulde unter dem Fußboden als Versteck auserkoren, und schon damals hatte er die gleiche Geschicklichkeit an den Tag gelegt wie heute. Der nächtliche Besucher setzte ein zynisches Grinsen auf. Man nehme: drei Dielenbretter, von denen die Nägel zuvor entfernt worden sind, lege sie nebeneinander auf den Boden und lasse alles verschwinden, was die Eltern – beziehungsweise neugierige Mitmenschen – nicht zu Gesicht bekommen dürfen.

So einfach war das.

Prosit, Herr Hauptsturmführer. Auf dich – und auf den Führer.

Sieg Heil!

SELBSTVERFÜHRUNG

›Auch die Musik Richard Wagners, ihr pathetischer Affekt, der eigentlich ziehende, sehrende Ton, der so viel entführende Macht besitzt, hat ihm (Hitler, der Autor) offenbar, seit er ihm verfiel und oft Abend für Abend die Oper besuchte, nicht zuletzt als Mittel hypnotischer Selbstverführung gedient: Nichts konnte so wie diese Musik seinen wirklichkeitsflüchtigen Neigungen entgegenkommen, nichts ihn unwiderstehlicher über die Realität emportragen. (...) Kubizek (Jugendfreund Hitlers) hat die ekstatische Reaktion Hitlers geschildert, nachdem sie gemeinsam einer Aufführung der Wagneroper *Rienzi* beigewohnt hatten. Überwältigt von der prunkvollen, dramatischen Musikalität des Werkes, aber auch ergriffen vom Schicksal des spätmittelalterlichen Empörers und Volkstribunen Cola di Rienzi, der fremd und tragisch am Unverständnis der Umwelt zerbricht, habe Hitler ihn auf den Freinberg geführt und, das nächtliche Linz zu Füßen, zu reden begonnen: ›Wie eine angestaute Flut brachen die Worte aus ihm hervor. In großartigen, mitreißenden Bildern entwickelte er mir seine Zukunft und die seines Volkes.‹ Als sich die Jugendfreunde über 30 Jahre später in Bayreuth wieder begegneten, meinte Hitler: »In jener Nacht begann es!«‹

(Aus: *Hitler – eine Karriere. Eine Biografie.* Erster Band: Der Aufstieg, Frankfurt/M – Berlin – Wien 1976, S. 43)

DRITTES KAPITEL

15

Berlin-Moabit, Leichenschauhaus in der Invalidenstraße 59 | 01:15 h

»Ihre Lordschaft sind ja so blass, befinden Sie sich nicht wohl?«

»Quatsch, alles bestens«, schwindelte Sydow, allein mit Peters, der ihn zum mittleren der drei Tische im Sektionssaal führte, das Laken zurückschlug und mit dem Doppelkinn auf den nackten Leichnam wies. »Geht's dir nicht gut – oder warum bist du so besorgt?«

»Aus Respekt vor dem Alter, was hast du denn gedacht.« Ein Grinsen, das so schnell verschwand, wie es aufgeblitzt war. Dann fügte Peters an: »Bevor du mich fragst, ob es etwas Neues gibt: Ich fürchte, damit kann ich nicht dienen.«

»Auf gut Deutsch, Exitus durch Genickschuss.«

»Du sagst es.« Peters nickte bedächtig mit dem Kopf. »Einschussloch im Nackenbereich, leichte Schmauchspuren, relativ hoher Blutverlust. Ansonsten keinerlei Spuren von Gewaltanwendung, weder Brüche noch Hieb- und Stichwunden, Hautabschürfungen, Kratzspuren, Hämatome und was es sonst noch alles gibt, das mein Pathologen-Herz erfreut. Der Mann war sofort tot, das brauche ich wohl nicht zu sagen.«

»Apropos. Wann, denkst du, wurde er ermordet?«

»Ziemlich genau um 23 Uhr. Warum?«

»Ach nur so.«

Peters brummte etwas in den Bart, das Sydow zum Glück nicht verstand, unterdrückte ein Gähnen und deutete mit dem Daumen über die rechte Schulter. »Ich will dir ja nicht reinreden, Tom, aber wenn du mich fragst, haben der Herr hinter mir und … und … Wie heißt unser bajuwarisches Schwergewicht doch gleich?«

»Boysen. Rolf Boysen. Laut Ausweis 44 Jahre alt.«

»Erst 44?« Peters riss erstaunt die Augen auf. »Der Alkohol – da sieht man's mal wieder. Wäre besser, er hätte die Finger davon gelassen.«

»Du meinst, er hatte einen in der Krone?«

»Das nun nicht gerade«, wiegelte Peters mit nachdenklicher Miene ab, kein Mann voreiliger Hypothesen, wie Sydow aus Erfahrung wusste. »Wenn er, was zu vermuten ist, mit König Alkohol auf Du und Du stand, dürften ihn die 1,4 Promille von gestern Abend nicht umgehauen haben.«

»Umgehauen vielleicht nicht, aber beeinträchtigt doch wohl schon.«

»Ich fürchte, da kann ich dir nicht widersprechen«, gab sich Peters, selbst einem guten Tropfen nicht abgeneigt, ungewohnt konziliant. »Bevor ich es vergesse: Da die Totenstarre noch nicht abgeschlossen ist, kann man davon ausgehen, dass Boysen kurz vor 23 Uhr erschossen wurde. Grob geschätzt, wie ich der Ehrlichkeit halber hinzufügen muss.«

»Also vor circa zweieinhalb Stunden.« Nicht mehr der Frischeste, fiel es Sydow schwer, sich voll zu konzentrieren. Weitaus schlimmer als die Müdigkeit, die ihm wie Blei in den Beinen hing, war jedoch die Atmosphäre, welche in dem hellblau gekachelten Raum herrschte. Sydow stöhnte innerlich auf. Zwei Leichname, die diesen unverwechselbaren Geruch ausströmten, ein Aroma, dem trotz Formaldehyd, Jod und Lösungsmitteln nicht beizukommen war.

Das setzte ihm gewaltig zu, weit mehr als die Aufregung der vergangenen Stunden. »Weißt du, was mich an der ganzen Sache wundert?«

»Ich kann's mir denken«, entgegnete Peters, den Saum der Leinendecke in der Hand, um sie erneut über dem Toten auszubreiten. »Frage aller Fragen: Wie ist es zu erklären, dass sowohl Lewin als auch Boysen einfach abgeknallt werden. Einfach so, ohne Widerstand zu leisten. Kann es sein, dass wir beide gerade das Gleiche denken?«

»Schon möglich.«

»Sag mal, hab ich dir schon erzählt, wie sie mich damals durch die Mangel gedreht haben?«

»Klar doch, hast du.« Im Gegensatz zu Peters, der wegen Fahnenflucht an der Ostfront im KZ gelandet war, hatte Sydow mehr Glück als Verstand gehabt. Das wurde ihm einmal mehr bewusst. »Ein Wunder, dass du unbeschadet über die Runden gekommen bist.«

Der Pathologe lachte verächtlich auf. »Von wegen ›unbeschadet‹. Die haben gewusst, wie man Volksschädlinge wie mich fertigmacht, darauf kannst du Gift nehmen. Nur gut, dass die Herren vom Schwarzen Korps mich noch gebraucht haben, sonst hätte ich nichts zu lachen gehabt. Ein Fahnenflüchtiger mit abgeschlossenem Medizinstudium, so was findet man nicht alle Tage.« Dunkelrot im Gesicht, fiel es Peters nicht leicht, das Auflodern seines Zorns zu unterdrücken. »Eins muss man der SS lassen. Was Exekutionsmethoden betrifft, macht ihr so schnell keiner etwas nach.«

»Das zum Thema Genickschussanlage.«

»Ich sehe, wir verstehen uns.« Die Arme hinter dem Rücken verschränkt, ging Peters mit geistesabwesender Miene auf und ab. »Ich weiß, es klingt komisch, aber irgendwie erinnern mich die beiden Herrschaften an die armen Teufel, die wir, die wir ...« Der Redefluss des Pathologen geriet ins Stocken. »Der ... der Teufel soll sie holen, und zwar alle. Mal ehrlich, Tom: Kannst du dir vorstellen, wie man sich bei so etwas fühlt? Wie man sich fühlt, wenn man gezwungen wird, einen Berg von Leichen wegzukarren? Fein säuberlich exekutiert, per Genickschussanlage?«

Sydow senkte den Kopf und schwieg.

»Aber lassen wir das. Ich will dich mit meinen Gruselgeschichten nicht langweilen.«

»Red keinen Blödsinn, Heribert.« Die Hand auf der Schulter seines Freundes, wechselte Sydow das Thema. »Dein Fazit?«

»Gute Frage.«

»Man kann es drehen und wenden, wie man will – irgendwas ist an der Sache faul. Darauf gebe ich dir Brief und Siegel. Einmal angenommen, es handelt sich beim Mörder um ein und dieselbe Person. Wer, frage ich dich, ist so dämlich und ... und ...«

»Lässt sich wie ein Hase abknallen?«

»Genau. Auf die Gefahr, mich zu wiederholen. Irgendetwas passt da nicht zusammen. Wobei ich nur zu gern wüsste, was.«

»Geht mir genauso«, bekräftigte Peters und nahm die Wanderung durch den Sektionssaal wieder auf. »Dann lass dir mal was einfallen, alter Junge. Sonst geht uns der Mörder durch die Lappen.«

»Das wohl kaum, Herr Professor, das wohl kaum.«

Wie vom Donner gerührt, fuhr der Pathologe herum. »Krokowski, was machst du denn hier?«, staunte Peters, wohl wissend, wie überflüssig seine Frage war. »Sag bloß, du bringst frohe Kunde!«

»Kann man wohl sagen«, gab der Angesprochene zurück, durch den Genius Loci, mit dem Sydow immer noch haderte, in keinster Weise irritiert. »Ratet mal, wen ich vor dem Excelsior aufgegabelt habe.«

»Lili Marleen?«

»Interessiert es dich, was ich rausgefunden habe, oder interessiert es dich nicht? Du musst es nur sagen, Tom.«

»Jetzt frag doch nicht so dämlich, du alte Mimose«, schnauzte Sydow zurück, frei nach dem Motto, dass Angriff die beste Verteidigung ist. »Und sei nicht immer gleich beleidigt, das hält man ja im Kopf nicht aus.«

»Lass ihn, Kroko, seine Lordschaft ist ein wenig indisponiert«, mischte sich Peters mit erhobenen Händen ein, trat zwischen die Streithähne und fragte: »Raus mit der Sprache, was gibt es Neues?«

»Erinnert ihr euch noch an Jansen?«, fragte Krokowski, der seinem Hang, es spannend zu machen, einmal mehr nicht widerstehen konnte. »Frederick Jansen?«

»Moment mal, meinst du den …«

»Spar dir die Denkarbeit, Tom«, fuhr Krokowski einem sichtlich verdutzten Tom Sydow in die Parade, der es nicht gewohnt war, im Beisein Dritter abgekanzelt zu werden. »Ich meine den jungen Mann aus dem Betrugsdezernat, der vor zwei Jahren den Dienst quittiert hat. Arbeitet seit Neuestem im Excelsior – als Hausdetektiv. Kam wie gerufen, kann ich da nur sagen.«

»Inwiefern?«

»Ganz einfach, Tom.« Krokowski setzte ein triumphierendes Lächeln auf. »Er hat ihn gekannt.«

»Wen? Boysen?«

Krokowski bejahte. »Da staunst du, was? Wie auch immer, Jansens Angaben zufolge scheint es sich bei dem

Getöteten um einen renommierten Anwalt aus den Reihen der Münchner Schickeria zu handeln, um eine Art Star der Zunft, bei dem sich die Prominenz die Klinke in die Hand gibt – beziehungsweise gab.«

»Ein Anwalt, auch noch das Vergnügen. Und wieso weiß Jansen so gut über ihn Bescheid?«

»Weil er ihn angeheuert hat, darum.«

»Und in welcher Angelegenheit?«

»Boysen hat behauptet, er sei beschattet worden.«

»Beschattet? Das wird ja immer toller.«

»Das kannst du aber laut sagen, Tom. Um es kurz zu machen, laut Jansen, von dem ich dir einen schönen Gruß ausrichten soll, wurde er von Boysen nach seinem Eintreffen im Excelsior gebeten, Erkundigungen über den Fahrzeughalter eines dunklen BMW 114 mit dem Kennzeichen B-RA-17 einzuziehen, von dem er sich auf der Herfahrt vom Flughafen verfolgt gefühlt habe.«

»Zufall oder nicht, so lautet wieder mal die Frage.«

»Letzteres, Tom, Letzteres.«

»Und was macht dich so sicher?«

»Gegenfrage: Was will uns das Kennzeichen B-RA-17 sagen?«

»Woher soll ich denn das …«, brach es aus Sydow hervor, dessen Geduld an einem hauchdünnen Faden hing. »Moment mal, Kroko, denken wir das Gleiche?«

»B wie Berlin, RA wie Rattke, 17 für das Geburtsjahr just des Mannes, der …«

»Meyer-Waldstein gedrängt hat, Lewins Adresse rauszurücken!«, vollendete Sydow, urplötzlich wie elektrisiert. »Wenn das ein Zufall ist, Männer, will ich Oliver Hardy heißen!«

16

Berlin-Tiergarten, Tiergartenstraße | 02:05 h

»Und Sie wollen wirklich schon gehen, junger Mann?«

»Mit wollen, Fräulein Matuschek, hat das nichts zu tun«, japste Waldenmaier und klappte seinen Notizblock zu, von dem er während des Gesprächs kaum Gebrauch gemacht hatte. Anstatt Fragen zu beantworten, war seine Gastgeberin ausgiebig über die Lokalprominenz hergezogen. Quasi nebenbei hatte es sich die pensionierte Notargehilfin nicht nehmen lassen, alles aufzufahren, was Küche und Kühlschrank ihrer Zwei-Zimmer-Altbauwohnung hergaben. Und das war, wie Waldenmaier ermattet einräumen musste, eine ganze Menge gewesen.

Klar, dass er so getan hatte, als wisse er die Kochkünste der streitbaren Pensionärin zu schätzen. Schließlich wusste er, was sich gehörte. Wie sich herausstellte, war das jedoch ein Fehler gewesen. Frei nach der Devise, eine herzhafte Mahlzeit habe noch niemandem geschadet, hatte Hermine Matuschek ein mitternächtliches Dreigängemenu für Fresssüchtige serviert. Angefangen bei einer Butterstulle, zur Feier des Tages mit Spiegeleiern und Speck garniert, über eine Riesenportion arme Ritter bis hin zu einem nicht minder großen Stück Butterkuchen war so ziemlich alles dabei gewesen, das den Cholesterinspiegel eines Homo Sapiens Maskulinum in die Höhe trieb. Ein Kraftakt, bei dem selbst Sydow an seine Grenzen gestoßen wäre. »Ich muss los, sonst bekomme ich Ärger.«

»Wenn ich Ihnen einen Rat geben darf, junger Mann«, schulmeisterte Hermine Matuschek, kraulte den Hinterkopf ihres Hundes, an dessen Fettleibigkeit sie entscheidenden Anteil trug, und erhob sich, um Waldenmaier an die Tür zu bringen, »lassen Sie sich von diesem Rüpel nichts gefallen.«

Rüpel. Um nicht loszuprusten, musste sich Waldenmaier auf die Zunge beißen. Das traf den Nagel so ziemlich auf den Kopf. »Ach wissen Sie, Herr Sydow ist eigentlich ganz in Ordnung.«

»Finden Sie?«, antwortete die alleinstehende alte Dame, in Ermangelung eines fügsamen Gatten auf den Hund beziehungsweise eine Speckschwarte namens Friedrich Wilhelm gekommen. »Wenn Sie mich fragen, wäre er gut beraten, an einem Benimmkurs teilzunehmen.«

»Es war viel los heute, wahrscheinlich liegt es daran.« Die Hand auf der Türklinke, drehte sich Waldenmaier auf dem Absatz um. »Es bleibt also dabei, Sie haben niemanden gesehen?«

Das Relikt aus der Kaiserzeit bejahte. »Keine Menschenseele, Herr Kriminalassistent. Das kann ich guten Gewissens beschwören.«

»Nicht nötig, gnädiges Fräulein, ich glaube Ihnen auch so«, besänftigte Waldenmaier seine Wohltäterin, öffnete die Tür und trat in das renovierungsbedürftige Treppenhaus hinaus. »Dessen ungeachtet, falls Ihnen noch etwas einfällt, wissen Sie ja, wo ich zu finden bin. Schönen Dank, gnädiges Fräulein – und angenehme Nachtruhe.«

*

»Gott sei Dank, das wäre geschafft.« Wieder im Freien, schlug Sydows Assistent den Kragen hoch, wandte sich nach links und schlug den Weg zum Landwehrkanal ein. Bis zur U-Bahn, mit der er nur drei Stationen fahren musste, um nach Hause zu kommen, waren es höchstens zehn Minuten, und warum er in die entgegengesetzte Richtung stapfte, wusste er selbst nicht so genau. Dafür wusste er, dass er dringend Bewegung brauchte, kein Wunder bei den Portionen, die ihm zu später Stunde aufgetischt worden waren. Um sie abzutrainieren, war ihm jedes Mittel recht, warum also nicht einen kleinen Spaziergang unternehmen.

Das zum Thema Selbstbetrug, konstatierte Waldenmaier, während er die verschneite Bendlerbrücke überquerte, von wo ihn sein Weg durch die Stauffenbergstraße und von deren Einmündung in die Tiergartenstraße zum Wagner-Denkmal führte.

Im Vergleich zu vorhin, wo am Tatort hektische Betriebsamkeit geherrscht hatte, war die Winterlandschaft am Rand des Tiergartens wie ausgestorben, und es schien, als sei der Leichenfund seiner Einbildung entsprungen.

Allein, dem war nicht so. Dafür sprachen die Fußabdrücke, die das marmorne Monument umgaben, eine allzu deutliche Sprache. Am tristen Eindruck, den es vermittelte, änderte dies jedoch nichts. Sowohl die Statue des Komponisten, überlebensgroß, wie es sich für die damalige Zeit gehörte, als auch diejenigen seiner Fantasieprodukte waren in die Jahre gekommen. Wind und Witterung, das war nicht zu übersehen, hatten deutliche Spuren hinterlassen, genau wie an der Inschrift, die der Betrachter, wenn überhaupt, nur mit einiger Mühe entziffern konnte.

Kehrt marsch, jetzt war Rückzug angesagt. Der Wind hatte spürbar aufgefrischt, und die Temperaturen, ohnehin gewöhnungsbedürftig, waren unter die Null-Grad-Grenze gesunken. Das Beste war, er nahm ein Taxi, ab und zu tat ein wenig Luxus ganz gut.

»He Alter, haste mal 'ne Fluppe für mich?« Um herauszufinden, wer da mit unsicherem Gang auf ihn zuwankte, hätte sich Waldenmaier nicht umzudrehen brauchen. Der Geruch, den der Unbekannte verströmte, sprach für sich.

Billiger Fusel, und das offensichtlich nicht zu knapp. Waldenmaier rümpfte die Nase. Vielleicht, argwöhnte er, wäre es besser gewesen, seinem angeborenen Hang zur Neugierde nicht nachzugeben und sich schnurstracks nach Hause zu Muttern zu begeben. Auf einen Plausch mit dem Stadtstreicher, der einen Leiterwagen mit seinen Habseligkeiten hinter sich her zerrte, hatte er nun wirklich keine Lust.

Ende der Durchsage.

»Bist du taub, Kamerad, oder was ist los?« Es war, gelinde gesagt, ein wahrer Hüne von einem Tippelbruder, der sich fluchend und zeternd den Weg durch den knöcheltiefen Schnee bahnte, gefangen im Lichtkegel der Laterne, in dem seine Gestalt umso unwirklicher erschien. »Du hast eine übrig, das sehe ich dir an.«

»Hier, nehmen Sie.« In Ermangelung der gewünschten Ware zog Waldenmaier einen Fünfmarkschein aus dem Portemonnaie, in der Hoffnung, das Problem würde sich dadurch lösen. »Eine Spende des Hauses.«

Der Stadtstreicher brach in dröhnendes Gelächter aus. »Steck mal wieder ein, Kamerad. Damit kommste hier nicht weit.«

Waldenmaier glaubte, er habe sich verhört. Da tat man sein Bestes, um dem verlotterten Rübezahl etwas Gutes zu tun, und was war der Dank? Man wurde auf die Schippe genommen, und wie.

»Wie lange biste eigentlich schon an der Front?«

Also wirklich, da hörte sich ja wohl alles auf. Nicht genug, dass er den Geruch von Doppelkorn, Schweiß und ungewaschenen Klamotten ertragen musste, wurde er von diesem Pennbruder auch noch durch den Kakao gezogen. Darauf, wie im Übrigen auch auf dieses zusammenhanglose Gefasel, konnte er getrost verzichten. »Sie meinen, wie lange ich schon in Berlin lebe?«

Der Stadtstreicher, die Gesichtspartie nahezu vollständig von einem verfilzten Rauschebart verdeckt, schnitt eine ungläubige Grimasse. »Sag mal, Jungchen, wo hamse dich denn laufen lassen?«, hallte es Waldenmaier mit ostpreußischem Zungenschlag entgegen, während er sich fragte, ob es nicht besser sei, die Groteske zu beenden. »Schon vergessen, wo uns die Herren vom OKH hinbeordert haben? Wir sind hier an der Ostfront, du Grünschnabel, je früher das in deine Birne reingeht, desto besser!«

Oberkommando des Heeres, Kamerad, Ostfront. Und dann auch noch der Wehrmachtsmantel, löcheriger als ein Stück Schweizer Käse. Erst jetzt, für seine Verhältnisse verdammt spät, ging ihm ein Licht auf.

Verdammt spät, aber rechtzeitig, um das Spiel mitzuspielen. »Sven Waldenmaier, Artillerist. Freut mich, deine Bekanntschaft zu machen, Kamerad.«

»Joseph Nahler, Kanonier«, brummte der Tippelbruder, nur eine Armlänge von seinem verblüfften Gegenüber entfernt. »Heeresgruppe Süd, 1. Panzerarmee. Schöne Scheiße, in die wir da reingeraten sind, was? Gnade uns Gott, wenn der Iwan die Front durchbricht.«

»Hätte schlimmer kommen können, meinst du nicht?«

Nahler, dessen Haare bis auf die Schulter reichten, schüttelte sich vor Lachen. »Na, du machst mir vielleicht

Spaß, Kleiner!«, rief er amüsiert aus, nur um sich plötzlich an die Brust zu greifen. »Scheiß drauf, das hat man nun davon.«

»Irgendetwas nicht in Ordnung, Kamerad?«

»Die Pumpe«, keuchte Nahler, die klobigen Hände auf die linke Brusthälfte gepresst, »wenn das so weitergeht, musst du mich zum Verbandsplatz bringen. Weiß der Teufel, wieso die Idioten mich kv. geschrieben haben.«

Waldenmaier erschauderte. Nicht einmal in seinen schwärzesten Träumen, die Gott sei Dank Mangelware waren, hätte er sich eine Begegnung wie diese vorstellen können. »Geht's wieder?«

»Muss ja wohl«, ächzte der Stadtstreicher, anscheinend immun gegen die frostigen Temperaturen. »Es muss, schließlich haben wir ja Krieg. Schlappmachen gilt nicht, junger Mann. Tagesbefehl: Arschbacken zusammenpressen, Eier einklemmen und den Glauben an die Unfehlbarkeit des Führers nicht verlieren. Wäre ja noch schöner, wenn wir einfach klein beigeben würden.«

»Na wenn schon. Der Krieg ist doch sowieso verloren.«

»Ich glaube, bei dir tickt's nicht richtig, Kamerad«, empörte sich der Stadtstreicher, in dessen Stimme eine gehörige Portion Verachtung mitschwang. »Sag das bloß nicht so laut, sonst stellen sie dich an die Wand. Oder du landest in der Prinz-Albrecht-Straße. Du weißt doch, dort fackeln sie nicht lange. Ein falsches Wort, und ab geht's ins KZ. Wärst nicht der Erste hier, dem das passiert.«

»Ich weiß.«

»Gar nichts weißt du, schreib dir das hinter die Löffel. Und nimm dir ein Beispiel an den drei Affen. Nichts sehen, nichts hören und die Klappe halten. Kapiert? Die SS fackelt nicht lange, das brauche ich dir nicht zu sagen. Ob die Partisanen an die Wand stellen oder dich, ist den Drecksäcken egal.« Die Hand immer noch auf der Brust, stieß Nahler einen unterdrückten Schmerzenslaut aus. »Glaub mir, ich weiß, wovon ich spreche. Außerdem habe ich Augen im Kopf.«

Waldenmaier hielt den Atem an. Wider Erwarten schien sich das unerwartete Stelldichein als Glücksfall zu erweisen, vergleichbar mit einem Sechser im Lotto, der wie ein Blitz aus heiterem Himmel kam. »Erschießungen? Jetzt übertreibst du aber, oder?«

»Schön wär's!«, rief Nahler aus und deutete auf das Gestrüpp, welches das Denkmal von drei Seiten umrankte. »Ist erst ein paar Stunden her, da haben sie sich einen vorgeknöpft. Peng! Und schon lag der arme Teufel im Schnee.«

»Partisane?«

»Nee, Kamerad – deutscher Landser, vermutlich aus Bayern.«

»Woher weißt du das?«

»Na woher denn wohl. Weil die beiden Deutsch gesprochen haben, weshalb denn sonst!«

»Die beiden?«

»Die zwei, wenn dir das lieber ist.« Der Stadtstreicher wackelte mit dem Kopf. »Wohl nicht ganz richtig im Schädel, oder wie sieht's aus?«

Die Nerven bis zum Zerreißen gespannt, schnappte Waldenmaier nach Luft. Vorausgesetzt, Nahler war nicht so durchgedreht, wie es den Anschein hatte, konnte man ihn mit Fug und Recht als Tatzeugen bezeichnen, und was das bedeutete, bedurfte keines Kommentars. Indizien, so stichhaltig sie auch sein mochten, waren gut, Tatzeugen hingegen besser. Wenn es eine Kriminalisten-Weisheit gab, die er verinnerlicht hatte, dann diese. »Das schon, aber wie kommst du darauf, die SS könne ihre Hand im …?«

»Wie ich draufgekommen bin, willst du wissen? Ganz einfach, du Grünschnabel«, prahlte Nahler, zog ein 0,2-Liter-Fläschchen Doppelkorn aus der Seitentasche und leerte es mit einer Geschwindigkeit, bei der sich Waldenmaier schon beim Hinsehen der Magen umdrehte. »Erfahrung, junger Mann, jede Menge Erfahrung. Ob du es glaubst oder nicht, einen SS-Mann erkenne ich auf Anhieb, wenn es sein muss, sogar mit verbundenen Augen. Da kann er machen, was er will.«

»Tatsächlich?«

»Merk dir eins, du Grünschnabel. Joseph Nahler aus Pillau am Frischen Haff war bei diesem Scheißkrieg von Anbeginn dabei, was das heißt, brauche ich wohl nicht zu sagen. Schon mal von Bjelgorod in der Ukraine gehört? Nein? Solltest du aber. Und weißt du auch, warum?«

»Nee.«

»Weil ich dort stationiert war, darum.«

»Und weshalb noch?«

»Wusste ich's doch, dass dich das interessiert. Glaub mir, mein Junge: Eine Woche in dieser Scheißgegend, und dir ist nichts Menschliches mehr fremd. Exekutionen gefällig? Kein Problem. So was härtet bekanntlich ab. Und damit wir nicht erfrieren, rauben wir die Toten bis aufs Unterhemd aus. Wäre ja auch Verschwendung, wattierte Jacken und Hosen mitsamt ihren Besitzern zu verbuddeln. Apropos ›Verbuddeln‹. Die Dreckarbeit, will heißen die Massenerschießungen, erledigt die SS. Wo kämen wir da hin, wenn sich ein deutscher Landser die Hände dreckig machen würde!« Nahler schnappte nach Luft. »Verstehst du jetzt, warum ich das Dreckgesindel von der SS schon von Weitem erkenne? Dabei sein ist alles, kann ich da nur sagen. Dann kannst du mitreden, Kamerad. Bei dir ist das was anderes, du bist noch nicht trocken hinter den Ohren. Aber das legt sich, da gebe ich dir Brief und Siegel. Noch ein paar Wochen, und dann bist du einer von uns. Verdammt, was wollte ich eigentlich sagen?«

»Dass du Bescheid weißt, wie das alles läuft?«

»Genau.« Nahler stieß einen geräuschvollen Rülpser aus, warf die Glasflasche ins Gebüsch und lallte: »Pass mal auf, was ich dir jetzt sage. Wenn du nicht willst, dass man dir eine Kugel verpasst, musst du lernen, Freund und Feind voneinander zu unterscheiden. Vor allem aber brauchst du Instinkt, je mehr davon, desto größer die Chance, den Iwan auszutricksen. Und gute Ohren, das versteht sich ja wohl von selbst.«

»Die Luchsaugen nicht zu vergessen, oder?«

»Du lernst schnell, das muss dir der Neid lassen.« Der Stadtstreicher gab ein anerkennendes Nicken von sich. »Schade, dass du nicht in meiner Einheit bist.«

»Und die beiden Kerle von der SS, was war mit denen?«

Nahler schnitt eine grimmige Fratze. »Sind stiften gegangen, was hast du denn gedacht.«

»Typisch.«

»Du … Du hast es erfasst, Kleiner.« Aschfahl im Gesicht, schnappte der Stadtstreicher nach Luft. »Scheiß Pumpe!«, stieß er unwirsch hervor, die Hände auf der linken Brusthälfte und die Augen fest zusammengepresst. »Führer, wir …«

Weiter als bis hierhin, wo er mit schmerzverzerrter Miene zusammenbrach, kam Joseph Nahler aus Pillau am Frischen Haff nicht mehr. Scheiß Pumpe!, fuhr es ihm durch den Sinn, als er, nach Atem hechelnd, Sekundenbruchteile später das Bewusstsein verlor. Scheiß Pumpe, das wär's dann wohl gewesen.

Wie gut, dass er einen Kameraden hatte.

Einen Kameraden, auf den er sich verlassen konnte.

17

Berlin-Schöneberg, Club ›Whisky A Gogo‹ in der Habsburgerstraße | 02:40

»Schick sehen Sie aus, Herr Hauptkommissar«, rief Maximilian de Montfort, Privatdetektiv und im Sittendezernat kein Unbekannter, mit dem Ausdruck höchsten Entzückens aus, imitierte einen Schmollmund und blinzelte Sydow schelmisch an. »Wenn man Sie so sieht, könnte man glatt schwach werden.«

»Untersteh dich, Monty!«, setzte sich sein Sitznachbar mit erhobenem Zeigefinger zur Wehr und hielt Ausschau nach dem Barkeeper, um dem langjährigen Bekannten den gewünschten Cocktail zu bestellen. »Sonst kriegst du es mit mir zu tun.«

»Lieber nicht, sonst könnte ich auf der Stelle einpacken.« De Montfort, Überlebender von Auschwitz, Lebenskünstler und vermeintlicher Sittenstrolch, winkte dankend ab. »Dank Ihrer Kollegen habe ich schon genug Ärger am Hals.«

»Dafür kann ich nichts, wie du weißt«, wiegelte Sydow ab, dem es egal war, welche Neigungen der 48-jährige Paradiesvogel aus Heiligensee pflegte. »Die Gesetze sind mal so, wie sie sind.«

»Sie werden lachen, das Gleiche hat man mir schon vor 30 Jahren gesagt«, konterte der Privatermittler und ließ den Zeigefinger über den sorgsam gepflegten Oberlippenbart wandern. »Und was hat es mir gebracht?«

»Jede Menge Scherereien, ich weiß.«

»Verharmlosend ausgedrückt.«

»Auch dafür, wie für so manches andere, kann ich leider nichts«, entgegnete Sydow, gab seine Bestellung auf und sagte: »Aber wenigstens hast du dich nicht kleinkriegen lassen.«

»Das habe ich mir auch immer wieder gesagt, Herr Hauptkommissar.« De Montfort, von der Wiedergutmachung ausgeschlossener Rosa-Winkel-Häftling des KZs Auschwitz, runzelte die gewölbte Stirn, zog einen Stofffetzen aus dem Sakko und legte ihn neben Sydow auf den Tresen. »Aber das da habe ich trotzdem aufgehoben. Sie wissen doch, Vergeben ist nicht gleichbedeutend mit Vergessen.«

»Wer könnte es dir verdenken, Monty.«

»So wie Sie denkt nicht jeder, Herr Hauptkommissar.«

»Tom, herrje noch mal! Wie oft soll ich es dir eigentlich noch sagen?«

»Na schön, wie du willst. Auf dich!« Ein randvoll gefülltes Cocktailglas in der Hand, zwang sich de Montfort zu einem Lächeln, nippte an seinem Brandy Alexander und sagte: »Weißt du was, Tom? An dir sollten sich deine Kollegen eine Scheibe abschneiden.«

»Lieber nicht, Monty, das wäre ihr Untergang.«

De Montfort lachte in sich hinein. »Nun mal langsam«, wiegelte er ab und rührte mit dem Strohhalm in seinem Cocktailglas herum. »So schlimm, wie du tust, bist du auch wieder nicht. Glaubst du, ich hätte dich sonst angerufen?«

»Danke für die Blumen, Monty. So viel Zuspruch rührt einen zu Tränen.« Na endlich, sein *Berliner Kindl*. Kurz vor dem Verdursten, hob Sydow das Glas, prostete seinem Sitznachbarn zu und ließ den Blick durch die gut besuchte Bar schweifen. Welche Kundschaft hier versammelt war, galt als offenes Geheimnis, aber was ihn nichts anging, ging ihn nun einmal nichts an. Hinzu kam, dass sich das *Whisky* nur unwesentlich von den übrigen Bars in Berlin unterschied. Wie in jeder Kneipe, in der er einen heben gegangen war, gab es auch hier solche und solche, nette und weniger nette beziehungsweise sympathische und weniger sympathische Besucher. Das war nun einmal so, hatte jedoch nichts mit den Neigungen der amüsierwilligen Kneipengänger zu tun.

»Und jetzt schieß los, warum hast du vorhin angerufen?«

»Sagen wir mal so, ich hätte da einen heißen Tipp für dich.«

»Und der wäre?«

»Sehe ich das richtig, du ermittelst im Mordfall Lemberger?«

Sydow deutete ein Nicken an.

»Wie sieht's aus, schon irgendeinen Verdacht?«

»Du weißt genau, dass ich nichts sagen darf, Monty. Sonst käme ich in Teufels Küche.«

De Montfort antwortete mit einem infantilen Kichern. »Gackern, aber nicht legen – so haben wir's gern. Spaß beiseite: Schon mal was von einem gewissen Herrn Rattke gehört?«

»Vorname?«

»Wolf-Dietrich.«

»Schon möglich.«

»Also ja.« Ein Lächeln im fein geschnittenen Gesicht, saugte de Montfort an seinem Strohhalm, stieß einen lang gezogenen Wohllaut aus und fragte: »Jetzt tu doch nicht so. Ehrlich währt bekanntlich am längsten.«

»Sprach die Nonne und hüpfte in das Bett des Papstes.«

»Also wirklich, Tom, du bist mir ja ein ganz Schlimmer.« Die Frohnatur an Sydows Seite gluckste amüsiert.

»Apropos Rattke. Du weißt, aus welchen Verhältnissen er stammt?«

»Aus wohlhabenden, nehme ich an.«

»Im Gegensatz zu dir.«

»Sehr witzig, Monty, ich lache mich gleich tot.«

»Das lass mal lieber bleiben, Tom. Sonst verpasst du eine interessante Story.«

»Um Missverständnissen vorzubeugen, Herr Montfort: Ich bin bei der Kripo, nicht bei der …«

»*Bild-Zeitung*, ich weiß«, vollendete der Privatdetektiv, trank seinen Cocktail aus und richtete sich zur vollen Höhe seiner 1,88 Meter Körpergröße auf. »Ich nehme an, du bist dennoch interessiert?«

»Ach weißt du, in meinem Alter freut man sich über alles.«

»Prima! Mehr wollte ich nicht hören, Herr Hauptkommissar.« Binnen Bruchteilen von Sekunden wieder ernst, warf de Montfort einen Blick über die Schulter. Erst dann, vor unerwünschten Lauschern sicher, förderte er einen dunkelbraunen Ringbuchordner zutage, rückte so nah wie möglich an Sydow heran und sagte: »Wie du anhand des Eintrags in meinem Terminkalender erkennen kannst, fand der erste Kontakt zwischen mir und Herrn Rattke am 15. Oktober des Jahres 1964 statt.«

»Und was wollte er von dir?«

»Er gab vor, auf der Suche nach einem alten Freund zu sein. Angaben zur Person: DDR-Flüchtling, weiland 46 Jahre alt und von Beruf Journalist. Pech für ihn, dass ich zu viel zu tun hatte. Auf gut Deutsch, ich dachte nicht daran, den Auftrag anzunehmen. Sitzt du gut?«

»Na klar. Wieso?«

»Der gute Mann trat unter falschem Namen auf.«

»Unter falschem Namen?«, wiederholte Sydow, kaum fähig, seine Überraschung zu verbergen. »Und wie bist du ihm auf die Schliche gekommen?«

»Per Zufall, wenn ich ehrlich bin.« De Montfort grinste breit. »Tja, Herr Rattke, so ist das nun mal. Da blätterst du die Zeitung durch, stößt auf das Bild von der Jahresversammlung des BdI, und wen siehst du da?«

»Dumm gelaufen, Wolf-Dietrich.« Sydow konnte seine Häme nicht verbergen. »Bevor ich es vergesse, Monty: Auf wen wollte er dich eigentlich ansetzen?«

»Gegenfrage: Kannst du dir das nicht denken?«, stichelte der gut aussehende, überdurchschnittlich große und im Gegensatz zu seinem Nebensitzer überaus charmante Endvierziger mit dem mediterranen Erscheinungsbild, zupfte das seidene Hawaiihemd zurecht, das er unter dem nagelneuen beigefarbenen Sakko trug, und flachste: »Na, Herr Kriminalhauptkommissar, ist der Groschen gefallen?«

»Und ob er das ist, Monty.« Sydow gab ein nachdenkliches Schnauben von sich. »Mein lieber Schwan, jetzt haut es mich aber gleich vom Hocker.«

»Obacht, mein Lieber, sonst verpasst du die Pointe.« De Montfort machte eine beschwichtigende Geste. »Vorgestern, genauer gesagt gegen halb fünf, hat sich Rattke wieder bei mir gemeldet.«

»Lass mich raten. Er war auf der Suche nach einem alten Freund.«

»Ich bin dein größter Fan, weißt du das?«

»Aus gutem Grund, wie uns beiden bekannt sein dürfte.« Sydow leerte sein Bierglas, bestellte Nachschub und sagte: »Eine deiner leichteren Übungen, oder?«

»Normalerweise schon.«

Sydow runzelte die Stirn. »Wie darf ich das verstehen?«

»Ich habe abgelehnt.«

»Und wieso?«

»Ganz einfach.« Die Miene des Privatdetektivs verdüsterte sich. »Weil ich auf Kunden wie Rattke keinen Wert lege.«

»Mal ehrlich, kannst du dir das leisten?« Die Blicke der beiden Gesprächspartner trafen sich. »Ich meine, jeder andere hätte dankend angenommen, oder?«

»Jeder andere, aber nicht ich.«

»Ich nehme an, du hattest einen Grund?«

»Oh ja, den hatte ich.« De Montfort atmete tief durch. »Von dem Tag an, als ich Rattkes Bild in der Zeitung sah, hat mir die Angelegenheit keine Ruhe gelassen.«

»Mit anderen Worten, du hast begonnen, Nachforschungen über Mister Persilschein anzustellen.«

»Das hast du aber schön gesagt, Tom.« De Montfort stieß ein heiseres Lachen aus. »Du ahnst, was jetzt gleich kommt?«

Sydow senkte den Blick und nickte.

»Dass Rattke in der Baubranche tätig ist, muss ich dir wahrscheinlich nicht sagen. Aber weißt du auch, was sein alter Herr getrieben hat?«

»Tut mir leid, da muss ich passen.«

»Kein Grund zur Zerknirschung, altes Haus. Was das betrifft, kann ich dir weiterhelfen. Vorausgesetzt, du spendierst mir noch einen Cocktail.«

»Das ist Erpressung, weißt du das?«

»Keine Angst, du wirst es nicht bereuen.« Das Cocktailglas in der erhobenen Hand, brachte de Montfort sein Anliegen per Zeichensprache vor, stellte das Trinkgefäß wieder ab und höhnte: »Um mit dem Volksmund zu reden: Der Apfel fällt nicht weit vom Stamm.«

»Anders ausgedrückt, Rattkes Vater zählt zu denjenigen, die im Dritten Reich Karriere gemacht haben.«

»Merke: Man muss nur das richtige Parteibuch haben, dann läuft die Chose wie geschmiert. Alles klar, Herr Hauptkommissar?« De Montfort schnitt eine angewiderte Grimasse. »Aber kommen wir zur Sache. Wie jedermann weiß, wird anno 1938 ein gewisser Albert Speer von unserem heiß und innig geliebten Führer mit dem Auftrag geehrt, die Neue Reichskanzlei aus dem Boden zu stampfen. In Rekordzeit, wie es sich für den Herrn Stararchitekten gehört. Auf dass der Verbrecher, dessen Namen ich aus nachvollziehbaren Gründen nicht nennen möchte, über ein seinen Wünschen entsprechendes Domizil verfüge. Wie wir weiterhin wissen, legt sich der genannte Architekt mächtig ins Zeug und bringt das Kunststück fertig, die Vorgaben seines Herrn und Meisters binnen Jahresfrist zu erfüllen. Das verdient Respekt, oder?«

»Deinen Humor wollte ich haben, Monty.«

»Klotzen statt kleckern, so lautet in jenen Tagen die Devise. Das heißt, während ein einfacher Bauarbeiter gerade mal 90 Pfennig Stundenlohn kassiert, veranschlagt Speer knapp 1,3 Millionen RM Honorar. Davon kann unsereins nur träumen, was, Tom? Aber lassen wir das.« De Montfort schnappte nach Luft. »Um die Neue Reichskanzlei fertigzustellen, wird rund um die Uhr gearbeitet. Beteiligt ist, wie der aufmerksame Zuhörer ahnt, neben etlichen namhaften Firmen, die … Ja, Sydow, was wollten Sie sagen?«

»Die Philipp Holzmann AG, Herr Lehrer!«

»Gut gemacht, aus Ihnen wird noch mal was werden.« Hocherfreut über das Eintreffen seines Cocktails, stieß der Privatermittler einen Seufzer der Erleichterung aus. »Spaß muss sein, vor allem, wenn die Lage eine ernste ist. Wenn wir gerade dabei sind, gemessen an den Gesamtkosten, die laut Kostenvoranschlag des Herrn Architekten auf rund 28 Millionen RM beziffert werden, kann sich das Auftragsvolumen der Philipp Holzmann AG in Höhe von vier Millionen RM durchaus sehen lassen, oder? Bedeutet: Die Herren im Aufsichtsrat, unter ihnen auch der Erzeuger eines gewissen Wolf-Dietrich Rattke, verdienen sich eine goldene Nase. Klar, dass der hoffnungsvolle Sprössling, der das Gymnasium zum Grauen Kloster in Berlin-Mitte besucht hat, in erheblichem Maße davon profitiert. Am Militärdienst, den er nach dem Abitur ableisten muss, kommt der Vorzeige-Arier zwar nicht vorbei, wird aber mit Glacéhandschuhen angefasst, wie aus gut unterrichteten Kreisen verlautete.«

»Du bist nichts, Protektion ist alles.«

»Könnte man so sagen. Wie dem auch sei, in Anlehnung an deine Verballhornung des Goebbels-Diktums sei hinzugefügt, dass Rattke Junior nach seinem vorzeitig abgebrochenen Studium des Bauingenieurwesens zunächst in die SS und wenig später in die Leibstandarte Adolf Hitler aufgenommen wird. Von irgendwelchen Verdiensten, vor allem an vorderster Front, ist allerdings nichts bekannt. Bei Kriegsende, so meine Recherchen, bekleidet er den Rang eines SS-Hauptsturmführers und absolviert seinen Dienst im Führerbegleitkommando. Wo genau Rattke sich beim Freitod des größten Feldherrn aller Zeiten aufhält, ist ungewiss, jedoch deutet vieles darauf hin, dass er beim Showdown unter der Reichskanzlei mit von der Partie gewesen ist. Danach, das heißt nach dem Einmarsch der Roten Armee, verliert sich zunächst seine Spur.«

»An dir ist ein Kripo-Beamter verloren gegangen, weißt du das?«

»Wenn du meinst.« De Montfort wich dem Blick seines Nebenmannes aus. »Willst du wissen, wie die Geschichte weitergeht?«

»Nichts lieber als das.«

»Dann hör zu, von solchen Leuten kann man noch was lernen.« De Montfort grinste schief. »Wie er das geschafft hat, ist mir zwar ein Rätsel. Aber es scheint, als habe ihm die Mitgliedschaft in der SS nicht geschadet.«

»Mal ehrlich, Monty. Überrascht dich das?«

»Nicht wirklich, ich weiß ja, wie hierzulande der Hase läuft.« De Montfort spie die Worte nur so aus. »Bei uns wird doch alles unter den Tisch gekehrt. Nur nicht in der Vergangenheit wühlen, die Toten macht man dadurch nicht lebendig. Geschehen ist geschehen, wozu sich unnötige Gedanken machen. Das Beste ist, wir richten den Blick nach vorn. Tut mir leid, Tom, aber ich kann diese Scheißhausparolen nicht mehr hören!«

»Wem sagst du das, Monty.«

»Weißt du, worin momentan unser Problem liegt?«

»Sprich dich aus, Monty. Ich bin ganz Ohr.«

»Dass es in diesem Land immer noch viel zu viele Rattkes gibt. Und viel zu wenige Leute wie dich.«

»Lass gut sein, Monty. Du machst mich ja ganz verlegen.«

»Ja, wenn das so ist, bleiben wir besser beim Thema.« De Montfort trank einen Schluck Cocktail, atmete tief durch und sagte: »Bleibt festzustellen, dass man sich einen Dreck um die Vergangenheit der Familie Rattke scherte. Das heißt, weder der Sohn des Hauses noch sein nach wie vor in der Baubranche tätiger Vater mussten befürchten, dass man sie zur Verantwortung ziehen würde. Kaum zu glauben, dass Rattke Senior genau da weitergemacht hat, wo ihm bei Kriegsende zunächst ein Riegel vorgeschoben wurde.

Kaum zu begreifen, aber wahr. Und unnötig zu erwähnen, dass dem Herrn Filius sämtliche Türen offen standen wie weiland im Dritten Reich, als der Herr Aufsichtsrat seine Beziehungen spielen ließ, um ihn vor dem Fronteinsatz zu bewahren. Und so dauert es nicht lange, genauer gesagt bis zu seinem Vierzigsten, bis Rattke in die Fußstapfen seines Vaters tritt und dem Leiter der Berliner Niederlassung der Philipp Holzmann AG auf den Chefsessel folgt – und das ohne abgeschlossenes Studium. Chapeau, kann ich da nur sagen.«

»Das reicht, Monty, mir wird übel.«

»Tut mir leid, Tom, aber da musst du durch.« De Montfort ließ sich nicht beirren. »Was war noch? Genau. Rattke Senior hat gerade das Zeitliche gesegnet, da lässt sich sein mittlerweile 47 Jahre alter Sprössling auch schon scheiden und heiratet seine Sekretärin.«

»Ein Schuft, der Böses dabei denkt.«

»Das Pikante daran: Rattkes Sohn aus erster Ehe ist gerade mal ein Jahr älter – nämlich 25 – als seine überaus attraktive Stiefmutter.«

»Und wie heißt die junge Dame?«

»Doreen.«

Erst jetzt, nach mehrstündiger Verspätung, fiel es Sydow wie Schuppen von den Augen. Während des Gesprächs mit Meyer-Waldstein hatte er sich noch den Kopf zerbrochen, wo und in welchem Zusammenhang er den Namen von Rattkes Frau schon einmal gehört hatte. Dabei war die Antwort auf die Frage höchst simpel, und er fragte sich, wieso in aller Welt er nicht schon früher auf den Trichter gekommen war.

Die Antwort war ebenso einfach wie einleuchtend. Er wurde alt.

Sydow verzog das Gesicht. Es gab Zufälle im Leben, die man nicht für möglich hielt. Vor ein paar Stunden, bei seiner Stippvisite in der Philharmonie, hätte er es sich nicht träumen lassen, dass sich die Pfade von ihm und der adretten Dame erneut kreuzen würden. Doreen Rattke, 24 Jahre alt und verheiratet mit einem Mann, der, ironisch formuliert, zu den besten Partien von West-Berlin zählte. Das war der Stoff, aus dem die Hochglanzseiten der Illustrierten gemacht werden.

Oder diejenigen der Skandalblätter, kam ganz drauf an.

»Kann es sein, dass dir ihr Name etwas sagt?«

Sydow nickte. »Meine Frau hat sie vor Kurzem interviewt.«

»Ein Interview, das ihr Gatte demnächst fortsetzen wird?«

»Ich wüsste nicht, was ich lieber täte.« Auf einen Schlag hundemüde, unterdrückte Sydow ein Gähnen. »Wann, sagtest du, hat dich Rattke vorgestern Nachmittag angerufen?«

»Um halb fünf.«

»Hm, könnte hinkommen.«

»Was denn?«

»Ach nichts.« Laut Peters, ausgewiesener Experte auf dem Gebiet der forensischen Medizin, war Lewin am Donnerstag gegen acht Uhr abends ermordet worden. Vorausgesetzt, Rattke hatte etwas damit zu tun, hätte er nach den Telefonaten mit Monty und Meyer-Waldstein alle Zeit der Welt gehabt, um Lewin umzubringen und mit den Partituren im Gepäck zu verduften. Sydows Miene entspannte sich. Auf einmal schien sich alles zusammenzufügen, ohne sein Zutun und wie von selbst. Blieb die Frage nach dem Motiv, das heißt, was einen Mann vom Schlage Rattkes zu der Tat getrieben hatte. An der Knete, über die er in ausreichendem Maß verfügte, konnte es nicht gelegen haben. Wer mit einem goldenen Löffel im Mund geboren und darüber hinaus Vorstandsmitglied und Filialleiter eines Branchenriesen im Bereich Hoch- und Tiefbau war, bei dem konnte man davon ausgehen, dass er Geld zum Fressen hatte. Kohle, so schien es, war somit kein Problem – es sei denn, Rattke lebte über seine Verhältnisse.

Und war auf den Erlös aus dem Verkauf der Preziosen angewiesen.

»War nur laut gedacht.«

»So sind sie nun mal, die Herren von der Polizei. Erst quetschen sie dich wie eine Zitrone aus, und dann machen sie einen auf geheimnisvoll.«

»Jetzt mach dir doch nicht gleich ins Hemd, Monty. Du weißt genau, dass ich dir nichts sagen darf.« Sydow vollführte eine entschuldigende Geste. »Wenn wir gerade von Dienstgeheimnissen reden, wie hast du eigentlich von dem Mord erfahren?«

»Aus dem Radio«, antwortete der Privatdetektiv, klappte seinen Terminkalender zu und ließ ihn zurück in die Tasche wandern. »Eines muss man diesen Pressefritzen lassen. Die haben überall ihre V-Leute sitzen.«

»Oh ja, Monty, das haben sie«, antwortete Sydow und bedeutete dem Barkeeper, dass er zahlen wolle. Aus der Jukebox erklang eine Melodie von Zarah Leander, bei deren Klang er sich an seinen Freund Kroko erinnerte. ›Nur nicht aus Liebe weinen‹, was für eine Schnulze. Davon abgesehen konnte einem Kroko, den er ins Präsidium geschickt hatte, um Erkundigungen über Boysen einzuziehen, wirklich leidtun. Da hatte er sich in Schale geworfen, um eine Dame seiner Wahl an Land zu ziehen, und was wurde daraus? Er musste herumtelefonieren, bis die Drähte glühten, in der Hoffnung, ein wenig Licht ins Dunkel eines Mordfalls zu bringen.

Recherche statt Romantik, das hatte sich Kroko bestimmt anders vorgestellt. »Apropos V-Mann: Was genau haben die im Radio denn gesagt?«

»Dass es sich bei dem Opfer um einen 51-jährigen Journalisten aus Ost-Berlin handele, der vor circa vier Jahren in den Westen geflüchtet sei. Wie aus zuverlässigen Kreisen verlaute, habe er dort unter falschem Namen gelebt. Ich zitiere: ›Unbestätigten Berichten zufolge wurde am frühen Abend der Leichnam eines 51-jährigen Mannes aufgefunden. Wie aus sicherer Quelle verlautet, soll es sich dabei um einen gewissen Jo Lemberger, zuletzt wohnhaft in Berlin-Kreuzberg und von Beruf Journalist, gehandelt haben.‹ Darüber hinaus, so der RIAS, sei der Ermordete als freier Mitarbeiter bei diversen Berliner Zeitungen und als Konzertkritiker tätig gewesen, der über ein enormes Fachwissen in Bezug auf Richard Wagner verfügt habe.« Das Cocktailglas in der Hand, hielt de Montfort mit zerfurchter Miene inne. »Denkst du, was ich gerade denke?«

»Schon möglich, Monty.«

Rückblende. Vor dreieinhalb Jahren setzt sich Jonathan Lewin, von Beruf Journalist und zum Zeitpunkt seiner Flucht 47 Jahre alt, in Begleitung seiner Freundin in den Westen ab, ändert seinen Namen und versucht in seinem erlernten Beruf Fuß zu fassen. Kurz darauf, laut Angaben seines Nebenmannes am 15. Oktober, tritt ein ehemaliger SS-Hauptsturmführer mit der Bitte auf den Plan, de Montfort möge einen alten Freund namens Lewin ausfindig machen. Unter falschem Namen, versteht sich. Aufgrund der Namensänderung, die Letzterer aus Angst vor einem Racheakt der Stasi vorgenommen hat, ist der Versuch jedoch zum Scheitern verurteilt. Genau drei Jahre, vier Monate und zwei Wochen später taucht der vermeintliche Saubermann erneut bei dem Privatermittler auf und bittet ihn, die Suche wieder aufzunehmen. Was de Montfort nicht weiß, ist, dass der begüterte Geschäftsmann aus der Baubranche von einem Kunsthändler kontaktiert wird, der ihm ein Angebot macht, auf das er – zum Schein – mit ostentativem Desinteresse reagiert. Die Absicht, welche dahintersteckt, scheint klar: Gesetzt den Fall, er ginge auf das Angebot ein, müsste er zwischen eineinhalb und zwei Millionen D-Mark auf den Tisch des Hauses blättern, eine horrende Summe, auch für einen wohlhabenden Mann wie ihn. Was, fragte sich Sydow, läge also näher, als den Besitzer ins Jenseits zu befördern und sich die Ware, deren Wert auf circa 1,5 Millionen DM beziffert wird, kurzerhand unter den Nagel zu reißen.

Oder zu verscherbeln, je nachdem.

Doch so leicht, wie sich Rattke das vorgestellt hat, ist die Sache nicht. Da Meyer-Waldstein den Namen seines Kunden nicht nennen will, wendet sich Rattke an de Montfort, um auf Umwegen ans erhoffte Ziel zu gelangen. Seit 1964 um einiges schlauer, lehnt Letzterer jedoch ab, was Rattke veranlasst, Meyer-Waldstein so lange unter Druck zu setzen, bis er den Namen seines Kunden ausplaudert. Das Ende vom Lied: Um das heiß ersehnte Ziel zu erreichen, wird Wolf-Dietrich Rattke, Vorstandsmitglied der Philipp Holzmann AG, einen Mord begehen.

»Leider, bedauerte der Kommentator, liege das Motiv für die Bluttat noch im Dunkeln. Sag mal, Tom, hörst du mir überhaupt zu?«

»Tut mir leid, Monty, ich war gerade in Gedanken«,

bekannte Sydow, trank sein Bier aus und drückte dem Barkeeper einen Zehnmarkschein in die Hand. »Danke auch, stimmt so.«

»Verstehst du das, Tom?«

»Was denn, Monty?«

»Wie ein Mann wie Rattke auf so eine Idee verfallen kann«, antwortete de Montfort, erhob sich von seinem Barhocker und platzierte seinen Havannahut auf dem hellblond gefärbten Haupt. »Ich meine, es muss doch einen Grund geben, wieso er seinen Freund, der keiner war, um die Ecke gebracht hat.«

»Klar doch, den gibt es.«

»Aber du willst ihn mir nicht sagen, stimmt's?«

»Eines kann ich dir versichern, Monty«, murmelte Sydow, ließ dem Privatermittler den Vortritt und folgte ihm auf dem Fuß. »Sobald der Fall aufgeklärt ist, werde ich es dich wissen lassen.«

»Fragt sich nur, wie lange es noch dauert.«

»Nur Geduld«, antwortete Sydow, trat ins Freie und schlug den Kragen seiner Jacke hoch. »Was das betrifft, kann es sich nur um Stunden handeln!«

18

Berlin-Tiergarten, Abteilung K der Zentralen Kriminaldirektion in der Keithstraße | 04:30 h

»Herzlichen Dank für Ihre Mühe, Herr Eberhartinger. Auf Wiederhören!« Na also, das war doch immerhin etwas. Krokowski atmete erleichtert auf. Der Dezernatsleiter der Kripo München, an den er sich im Zuge seiner Recherchen gewandt hatte, war ein Kollege, wie man ihn sich wünschte. Obwohl es bestimmt etwas Schöneres gab, als mitten in der Nacht um Amtshilfe gebeten zu werden, hatte der waschechte Bayer sämtliche Fragen beantwortet, auch solche, welche die Lokalprominenz im Allgemeinen und die Person des unlängst obduzierten Mordopfers betrafen. Krokowski war einen erheblichen Schritt weitergekommen, viel weiter, als er zu Beginn des Telefonats gehofft hatte.

»Na also, wer sagt's denn.« Die Stirn auf den Fingerspitzen der linken Hand, überflog Krokowski die Notizen, die er sich im Verlauf des Gesprächs gemacht hatte. Laut Auskunft des Kollegen, der über die Lokalprominenz bestens Bescheid wusste, schien es sich bei Boysen um einen renommierten, wenn nicht gar den renommiertesten, Anwalt aus den Reihen des ortsansässigen Geldadels zu handeln. Des Weiteren wurde klar, dass der Gründer einer gut gehenden Kanzlei über einen betuchten, um nicht zu sagen exklusiven, Kundenstamm verfügte. Prominente aus Nah und Fern, so war zu vernehmen gewesen, hatten sich bei dem Ermordeten die Klinke in die Hand gegeben, trotz oder gerade wegen der exorbitanten Honorare, die selbst für Münchner Verhältnisse so hoch waren, dass die versammelte Konkurrenz vor Neid erblasste. Klar war überdies, dass sich Boysen nicht nur Freunde gemacht hatte, aber das, wie im Übrigens auch sein vulgäres Gebaren, schien für Angehörige der Schickeria nicht ins Gewicht zu fallen. Boysen, daran bestand kein Zweifel, war der Mann für die unlösbaren Fälle, weit mehr als das, was man sich unter einem Anwalt vorstellte. Ganz gleich, wie brisant die Angelegenheit war, die Schönen und Reichen verließen sich auf ihn. Krokowski atmete erneut auf. Auch das war im Verlauf seiner Telefonate klar geworden.

Weniger klar war demgegenüber, wer alles zu den Klienten des Herrn Doktor jur. gehörte. Eberhartinger zufolge seien es hochkarätige Namen gewesen, welche genau, hatte der hilfsbereite Dezernatsleiter nicht sagen können.

Bedauerlicherweise.

An der Tatsache, dass Krokowski einen großen Schritt nach vorn gemacht hatte, änderte dies jedoch nichts. Hatte ihn der Kollege doch soeben wissen lassen, dass Boysens Frau beim Schwabinger Revier eine Vermisstenanzeige aufgegeben habe. Der Grund, so die Kollegen vor Ort, sei die Sorge der knapp zehn Jahre älteren Ehegattin gewesen, ihrem Mann könne etwas zugestoßen sein. Anders als sonst habe sich Boysen nach seiner Ankunft in Berlin nicht gemeldet, der Grund, weshalb sie gleich mehrfach im Excelsior angerufen habe.

Ein Ansinnen, dem aus naheliegenden Gründen kein Erfolg beschieden gewesen war.

Am Ende seiner Notizen angelangt, warf Kroko einen Blick auf die Uhr. 20 vor fünf, die Zeit ging einfach nicht vorbei. In frühestens drei Stunden würden die Kollegen an der Tür von Boysens Schwabinger Villa klingeln, ihre Dienstausweise zücken und seine Frau über den Tod ihres Gatten in Kenntnis setzen. Krokowski stieß ein kummervolles Seufzen aus. Es hörte sich zwar merkwürdig an, aber eigentlich konnte er von Glück sagen, dass nicht er es war, der diesen Job übernehmen musste. Tom sagte immer, er sei wie geschaffen dafür, mit welcher Absicht, lag auf der Hand. Wenn es darum ging, Kontakt zu den Hinterbliebenen von Mordopfern aufzunehmen, war ihm jedes Mittel recht, um sich zu drücken. Das zum Thema Kollegialität.

»Wenn man an den Teufel denkt, dann kommt er.« Beim Anblick von Sydow, der wie ein wild gewordener Stier zur Tür hereinplatzte, hellte sich Krokowskis Miene auf. Tja, so war er nun mal, der liebe Kollege. Wenn etwas nicht klappte, wie er es sich wünschte, sah man es Tom schon von Weitem an. »Na, auch mal wieder im Land?«

»Weißt du, was du mich gleich kannst?«, schnaubte Sydow, knallte die Tür zu und zog seine verschwitzte Jacke aus. »Was kann ich denn dafür, wenn die Mistkarre nicht anspringen will?«

»Dann kauf dir eben eine neue. Bei deinem Gehalt kann man sich das doch leisten.«

»Hahaha, dreimal kurz gelacht.«

»Und wie war's?«

»Aufschlussreich«, antwortete Sydow und warf einen Blick auf die Uhr, die exakt halb fünf anzeigte. »Und bei dir?«

»Du zuerst.«

»Meinetwegen«, entgegnete Sydow, fläzte sich auf seinen Stuhl und schilderte, was der Plausch mit de Montfort ergeben hatte. »Weißt du was? Ich kann's kaum erwarten, diesem Rattke auf den Zahn zu fühlen.«

»Nur mal langsam, so schnell schießen die Preußen nicht.«

»Was wäre ich ohne deine Ratschläge, Kroko«, versetzte Sydow, öffnete die Schreibtischschublade und holte eine Dose hervor, in der sich seine eiserne Reserve befand. Bei dem Kohldampf, den er gerade schob, waren Butterkekse zwar nicht das Wahre. Im Hinblick auf den Heißhunger, der ihn befiel, würden sie ihren Zweck jedoch erfüllen. »Sonst noch was?«

»Wenn wir gerade bei guten Ratschlägen sind, mit leerem Mund redet es sich leichter.«

»War's das, oder hast du noch mehr schlaue Sprüche auf Lager?«

»Sprüche nicht, dafür aber jede Menge Informationen«, erwiderte Krokowski mit Blick auf den Notizblock, den er mit gerunzelter Stirn durchblätterte. »Du wirst Bauklötze staunen, das garantiere ich dir.«

»Mich haut nichts mehr um, Kroko, das weißt du doch.«

Nicht lange, und Sydow wurde eines Besseren belehrt.

*

»Na, was sagst du jetzt?«, fragte Krokowski, mit dem, was er in Erfahrung gebracht hatte, rundum zufrieden. »Habe ich dir zu viel versprochen?«

»Nein, hast du nicht«, gestand Sydow, die geplünderte Keksdose in der Hand, die er mit wehmütigem Blick betrachtete. »Fragt sich, ob das alles einen Sinn ergibt.«

»Aber natürlich, warum denn nicht?«, entgegnete sein Partner und durchforstete den Notizblock, der wie immer gute Dienste leistete. »Den gibt es immer, das weißt du doch.«

»Und welchen?«

»Na endlich, hier steht's.« Ohne auf Sydows Frage einzugehen, ließ Krokowski den Blick über die vollgeschriebene Seite wandern. »Du erinnerst dich an Frederick Jansen?«

»Der ehemalige Kollege, der als Hausdetektiv im Excelsior arbeitet?«

»Genau.«

»Ja und? Was ist mit ihm?«

»Er hat mich angerufen, um mir etwas mitzuteilen«, entgegnete Krokowski und ließ seinem Hang, Sydow auf die Folter zu spannen, mehr denn je freien Lauf. »Und jetzt rate mal, was er mir geflüstert hat.«

»Du wirst es mir gleich sagen, nehme ich an.«

»Auf der Suche nach Indizien, die Aufschluss über die Hintergründe von Boysens Tod geben könnten, hat er sich erlaubt, einen Blick in die Suite seines illustren Gastes zu werfen. Und jetzt ...«

»Du sagst mir jetzt sofort, was Sache ist, oder du bist ein toter Mann!«

»Aber gern, für dich tue ich doch alles.« Ein Lächeln im Gesicht, das wohlmeinende Beobachter als Ausdruck von Boshaftigkeit interpretiert hätten, stand Kroko im Zeitlupentempo auf, durchquerte den Raum und rieb Sydow die gestochen scharfen Notizen unter die Nase. »Ich finde, jetzt wäre eine Einladung zum Abendessen fällig.«

»Ein Scheck in Höhe von ...«, begann Sydow, so verblüfft, dass ihm die Worte fehlten.

»In Höhe von zwei Millionen DM, du hast richtig gelesen«, vollendete Krokowski, klug genug, seinen Triumph nicht über Gebühr auszukosten. »Ausgestellt von der Bayrischen Landesbank mit Datum vom 28. Februar 1968. Nummer: 19471013. Kontoinhaber?«

»Sag, dass das nicht wahr ist, Kroko!«, forderte Sydow seinen Freund und Kollegen auf, wie gelähmt von der Verblüffung, die ihn beim Anblick des mehrfach unterstrichenen Familiennamens gepackt hatte. »Ich glaub, mich tritt ein Elefant!«

TANTIEMEN

›Wagner war wie im Taumel. Vor 13 Jahren, im April 1829, hatte er Wilhelmine Schröder-Devrient als Leonore in *Fidelio* erlebt – und sich zwei Ziele gesteckt: eine Oper zu schreiben, die so berühmt werden sollte wie der *Freischütz* seines Idols Carl Maria von Weber. Und sein Idol Wilhelmine Schröder-Devrient sollte darin eine Hauptrolle spielen. Nun hatte er seine Ziele erreicht!

Ein drittes Ziel aber hat er verfehlt: Mit dem Erfolg von *Rienzi* wollte Wagner sich aus seiner finanziellen Misere katapultieren. Das wäre möglich gewesen – doch Wagner brauchte dringend Geld und verschleuderte die seinerzeit erfolgreichste Oper für ein einmaliges Honorar von 300 Talern. (…) Auf die Idee, Tantiemen pro Aufführung zu verlangen, kam Wagner gar nicht. Verdi, Rossini oder Meyerbeer verdienten umgerechnet Hunderttausende von Euro pro Jahr allein durch Tantiemen, die noch dazu mit Garantien abgesichert waren. Wagners Einmalhonorar von 300 Talern war ein Bruchteil dessen, was er bei einigem Verhandlungsgeschick hätte erzielen können, ein Bruchteil dessen auch, was die Gläubiger forderten. Geschäftssinn, das kann man ungescholten behaupten, war Wagners Sache nicht.‹

(Aus: Walter Hansen, *Richard Wagner*. München 2006, S. 110–111)

VIERTES KAPITEL

19

Berlin-Nikolassee, Schopenhauerstraße | 05:40 h

Kinder, wie die Zeit verging. Wenn sie so dasaß, das Album mit den sorgsam eingeklebten Schwarz-Weiß-Fotos auf dem Schoß, hatte sie das Gefühl, all dies sei erst ein paar Tage her. Doch dem war nicht so. Seit damals, als sie mit ihren Eltern vor der Kamera posierte, war mehr als ein halbes Jahrhundert vergangen, und wenn eines sicher war, dann die Tatsache, dass sich die Uhr nicht mehr zurückdrehen ließ.

›Für Magdalena Redlich, geboren am 1. Januar 1900‹. Geschrieben in Sütterlin, von ihrer Mutter, von der sie das Album zur Kommunion bekommen hatte. Vor genau 60 Jahren, als die Welt, in die sie hineingeboren wurde, im Vergleich zu heute noch in Ordnung gewesen war.

Magdalena, Rufname Magda, geboren im Jahr 1900, als viertes von insgesamt sieben Kindern des Gemischtwarenhändlers Anton Redlich und seiner Frau Luise. Aufgewachsen in Köpenick, wo sie noch zu Kaisers Zeiten in die Volksschule gegangen war. Unter der Knute ihres Vaters, vor dem sie eine Heidenangst gehabt hatte. 1917, während der Blockade durch die Alliierten, nur knapp dem Hungertod entronnen. Familienstand: ledig, da Konrad, ihr heimlicher Verlobter, anno '16 an der Somme gefallen war. Mittlerweile 68 Jahre alt, so alt wie das furchtbarste Jahrhundert, das es in der Geschichte der Menschheit gab.

Da hatte sie es vor sich, das Leben, welches von Beginn an vorgezeichnet gewesen war. Mit 15 aus der Schule, Lehre als Hauswirtschafterin und Mädchen für alles im Haushalt der Familie Rattke, und das seit nunmehr 50 Jahren. Wäre sie ein Mensch gewesen, der das Herz auf der Zunge trägt, hätte es eine Menge zu erzählen gegeben. Da Verschwiegenheit jedoch zu ihren obersten Prinzipien zählte, hätte sie sich lieber vierteilen lassen, als auch nur ein Wort über die Privatangelegenheiten ihrer Brötchengeber zu verlieren.

Es sei denn, sie hätten etwas Unrechtes getan.

1923. Das Jahr, in dem Wolfi, für den sie zeitlebens Mutterstelle eingenommen hatte, in die Schule gekommen war. Ein Jahr auch, in dem es in Deutschland drunter und drüber ging. Das Kilo Brot zum Preis von 400 Milliarden RM, der Konzern kurz vor dem Konkurs, und Wolfis Mutter, zweite Frau des Vorstandsvorsitzenden, nach langem Leiden an Krebs gestorben. Schlimmer als damals hätte es nicht kommen können.

Allein, die Rattkes hatten sich wieder aufgerappelt, allen voran Wolfis Vater, für den Widerspruch gleich nach Hochverrat kam. Bald darauf war die Welt wieder so gewesen, wie sie es von früher gewohnt gewesen war, auch deswegen, weil der Geheimrat bis zum Umfallen geschuftet hatte. Es war noch einmal gut gegangen, so der Tenor, der sich durch die allabendlichen Tischgespräche zog.

Ein Irrtum, und ein folgenschwerer dazu. Anstatt seine Anteile an der Firma zu verkaufen, war Rattke Senior auf die Idee verfallen, riskante Transaktionen zu tätigen. Auch das war geraume Zeit gut gegangen, bis zu jenem verhängnisvollen Freitag im Jahr 1929, als die Börse wie ein Kartenhaus zusammenbrach. Kaum verwunderlich, dass die Zahl der Arbeitslosen von da an in schwindelerregende Höhen geklettert war, so hoch, dass zwei Drittel der Belegschaft entlassen werden mussten. 1932, als Wolfi in die zehnte

Klasse kam, hatte sie mit mehr als sechs Millionen ihren Höhepunkt erreicht gehabt. Einen Punkt, von dem an es nur noch bergab gehen würde.

Im übertragenen Sinn, wohlgemerkt. An der Jahreswende 1932/33 waren erstmals wieder Leute eingestellt worden, nur wenige zwar, aber immerhin so viele, dass man mit Optimismus in die Zukunft schauen konnte. Zwei Jahre später, als Wolf-Dietrich sein Abitur gemacht hatte, war das Schlimmste längst überstanden gewesen. Naiv wie ein kleines Kind, hatte sie geglaubt, all dies sei das Werk von Herrmann Rattke gewesen, ein Patriarch alten Stils, der für alles eine Lösung parat zu haben schien. Nicht lange jedoch und ihr wurde klar, wie sehr sie mit ihrer Einschätzung danebengelegen war. Doch da, Ende 1933, war es längst zu spät gewesen. Rattke Senior hatte einen Pakt mit dem Teufel geschlossen, Realist genug, um sich der Folgen seines Tuns bewusst zu sein.

Der Tag, an dem alles begann, war ein Mittwoch gewesen, der erste im Monat März des Jahres 1933. Wie üblich war Wolfi gegen halb sechs nach Hause gekommen, nicht wie sonst müde und in sich gekehrt, sondern so aufgebracht wie selten zuvor in seinem Leben. Auf die Frage seines Vaters, was denn in ihn gefahren sei, war es förmlich aus ihm herausgesprudelt, und nicht nur sie, die Zeugin des Geschehens geworden war, hatte Mühe gehabt, ihrem Schutzbefohlenen zu folgen.

Das Foto im Blick, auf dem Wolfis Klasse auf der Terrasse von Schloss Sanssouci abgelichtet war, lief ihr ein Schauder über den schmerzgepeinigten Rücken. Im Herbst 1932, so der Vermerk am Seitenende, war von dem, was ein halbes Jahr später passieren würde, noch kaum etwas zu spüren gewesen. Die da standen und Grimassen schnitten, das waren 28 Lausbuben, einer übermütiger als der nächste. Mit von der Partie war unter anderem auch ein gewisser Jonathan Lewin gewesen, einst guter Freund, zum Zeitpunkt des Ausflugs jedoch längst zu Wolfis meistgehasstem Mitschüler mutiert.

Der Grund: Außer beim Sport war der junge Lewin seinem Freund in nahezu allen Belangen überlegen gewesen. Tief in Gedanken, hob die 68-Jährige den Blick, setzte ihre Brille ab und sah zum Fenster hinaus, wo die Morgendämmerung das Ende einer schlaflosen Nacht ankündigte. Das allein hatte jedoch nicht den Ausschlag gegeben. In Wahrheit, das wusste sie genau, war die Ursache für das Zerwürfnis ganz woanders gelegen. Wo genau, war nicht schwer zu erraten. Beide, sowohl Jonathan als auch Wolfi, waren in das gleiche Mädchen verliebt gewesen. Aufgrund seines Charmes und der Beliebtheit, die er bei der Damenwelt genoss, hatte der junge Lewin beim Rennen um die Gunst des Mädchens den Sieg davongetragen. Von dieser Enttäuschung hatte sich der verwöhnte Sohn aus gutem Haus nie mehr erholt. Und hatte, zutiefst in seiner Ehre gekränkt, Vergeltung geübt.

Montag, 6. März 1933. Der Tag, an dem Wolf-Dietrich Rattke zum Denunzianten wurde. Kurz zuvor, in der Nacht vom 27. auf den 28. Februar, war Jonathans Vater in den Untergrund gegangen, und das, wie der Gang der Ereignisse bewies, nicht ohne Grund. Aus Anlass des Reichstagsbrandes, den man ihm und den Genossen von der KPD in die Schuhe geschoben hatte, war aus Männern wie Benjamin Lewin Freiwild geworden, und jedes Zögern, aus welchen Gründen auch immer, wäre glatter Selbstmord gewesen.

Doch Lewin hatte vorgesorgt. Aus Angst, seine Familie werde von den Nazis in Sippenhaft genommen, war er nicht untätig geblieben und hatte sich mit der Bitte um Hilfe an einen vertrauenswürdigen Bekannten gewandt. Wie erhofft hatte der Transportarbeiter aus Neukölln denn auch keine Sekunde gezögert und sich bereit erklärt, Frau und Sohn des steckbrieflich gesuchten Hochverräters bis zu ihrer Flucht nach Skandinavien Unterschlupf zu gewähren.

Nicht ahnend, was auf ihn zukommen würde.

Und das alles wegen eines Mädchens, nicht zu glauben. Einen Seufzer auf den Lippen, legte Magdalena Redlich das Album beiseite, knipste die Leselampe aus und erhob sich, um ihre steifen Gliedmaßen zu bewegen. Wegen einer 15-jährigen Göre, die es darauf anlegte, wie eine Filmdiva umworben zu werden. Und Wolf-Dietrich, dieser Traumtänzer, fiel darauf herein. Wäre sie nicht gewesen, hätte die Tragödie, die an jenem Tag begann, verhindert werden können. Eine Tragödie, die sie bis in den Schlaf verfolgte.

Auch jetzt noch, 35 Jahre danach.

Hätte, wäre, könnte. Auch wenn sie nächtelang grübelte, nach Schuldigen suchte, die Nazis und ihre Helfershelfer verfluchte: Die Toten, vor allem Benjamin Lewin, konnte man nicht mehr lebendig machen.

Und all die anderen, die von den Nazis drangsaliert worden waren, auch nicht.

6. März 1933, eine Woche nach dem Reichstagsbrand. Laut seiner Aussage, die der zuständige Revierleiter zu Protokoll nimmt, befindet sich Wolf-Dietrich Rattke gerade auf dem Nachhauseweg, genauer gesagt in einem Linienbus, der vom Lustgarten zum Bahnhof Alexanderplatz fährt. Eher beiläufig wirft der 16-Jährige einen Blick auf die gegenüberliegende Straßenseite, als ihm unter den Passanten auf der Königstraße ein junger Mann auffällt. Zuerst glaubt er, einer Sinnestäuschung zu erliegen, aber dann, Sekunden-

bruchteile später, durchzuckt es ihn wie der Blitz. Der Passant, den er vor exakt einer Woche zum letzten Mal gesehen hat, ist kein Unbekannter für ihn.

Wolf-Dietrich reagiert blitzschnell. Anstatt zum Bahnhof Alexanderplatz zu fahren, steigt er am Roten Rathaus aus, überquert die Königstraße und heftet sich an die Fersen des jungen Mannes, den er besser kennt als sämtliche Klassenkameraden zusammen – und den er so inbrünstig hasst, dass er vor nichts zurückschrecken würde, um ihm zu schaden. Am 27. Februar, genau eine Woche zuvor, hat er ihn zum letzten Mal gesehen. Seitdem verging kein Tag, an dem er und seine Eltern nicht Besuch von finster dreinblickenden Beamten in Zivil bekommen haben. Der Vater, dem die Freundschaft mit dem Sohn eines KPD-Funktionärs ohnehin ein Dorn im Auge war, muss sämtliche Hebel in Bewegung setzen, um seine Gönner zu besänftigen. Dass zu ihnen auch ein gewisser Albert Speer gehört, mit dem ihn eine langjährige Freundschaft verbindet, macht die Sache nicht einfacher. Der Lieblingsarchitekt des Führers ist außer sich – und schärft ihm ein, er solle in Zukunft ein Auge auf seinen missratenen Sohn haben. Für Herrmann Rattke, dem die Unannehmlichkeiten schwer zugesetzt haben, kommt dies einer Katastrophe gleich. Der Vorstandsvorsitzende der Philipp Holzmann AG ist außer sich, wirft seinem Sprössling vor, der Firma großen Schaden zugefügt zu haben. An derlei Ausbrüche gewohnt, lässt Rattke Junior die Schimpfkanonaden über sich ergehen. Und tut genau das, was er in diesen und ähnlichen Situationen immer schon getan hat: Er gibt keine Widerworte.

Und schwört Rache.

Davon ist er an dem Tag, wo ihm der Zufall in die Hände spielt, nicht mehr weit entfernt. Wie seine Schulkameraden, unter denen die wildesten Gerüchte kursieren, hat er bis vor wenigen Minuten keinen blassen Schimmer gehabt, wo Jonathan Lewin untergetaucht sein könnte. Jetzt aber, dicht auf seinen Fersen, ist auf einen Schlag alles anders geworden. Die Gelegenheit, auf die er gewartet hat, ist gekommen.

So einfach, wie es zunächst scheint, ist die Sache jedoch nicht. Um potenzielle Verfolger abzuschütteln, führt der Weg des Flüchtigen kreuz und quer durch die Stadt, von Nord nach Süd, von einem U-Bahnhof zum nächsten. Dann aber, nach über zwei Stunden Verfolgungsjagd, ist es schließlich soweit. Jonathan Lewin nimmt Kurs auf eine Laubenkolonie, einen Verfolger auf den Fersen, von dessen Existenz er nicht das Geringste ahnt.

Kurz darauf, am späten Nachmittag des gleichen Tages, geht beim zuständigen Polizeirevier der Anruf eines jungen Mannes ein. Nicht lange, und das Gartenhaus in der Kolonie Loraberg in Neukölln ist von allen Seiten umstellt. Der Wunsch, an dem verhassten Widersacher Rache zu üben, wird sich für den Denunzianten aus gutem Haus jedoch nicht erfüllen. Als die Polizei das Gartenhaus stürmt, ist Jonathan Lewin längst über alle Berge – und mit ihm seine Mutter, nach der jahrelang vergeblich gefahndet wird. Der Vater des Jungen, der sich widerstandslos festnehmen lässt, wird von morgens bis abends verhört – ohne Erfolg. Trotz Schlägen, Folter und allen nur erdenklichen Schikanen gibt er den Ort, an dem sich seine Familie aufhält, nicht preis. Fürs Erste, so scheint es, sind Jonathan und seine Mutter in Sicherheit.

Aber nur fürs Erste.

Wolf-Dietrich Rattke ist der Held des Tages. Die Medien überbieten sich gegenseitig mit Lobpreisungen, und wo er auch hinkommt, erntet er Schulterklopfen. Niemand ahnt, was seine wahren Beweggründe sind, und niemand macht sich die Mühe, danach zu fragen. Hauptsache, ein weiterer von diesen Kommunisten wurde unschädlich gemacht. Darauf, und nur darauf, kommt es an.

Und Rattke? Nach dem vorzeitigen Ende seines Studiums im Bereich Bauingenieurwesen findet er Aufnahme in der SS, wo er dank der Beziehungen seines Vaters rasch Karriere macht. Der Arm von Rattke Senior reicht nun einmal weit, so weit, dass es ihm gelingt, einen Fronteinsatz seines Sohnes abzubiegen. Stattdessen wird der mittlerweile 25 Jahre alte Vorzeige-Arier dem Führerbegleitkommando in Berlin zugeteilt. Dort, wie jedermann weiß, geht es viel ruhiger als in Russland zu, mit Ausnahme der letzten Kriegstage, wo sich die Spur des SS-Hauptsturmführers verliert.

Aber nicht für immer.

1955, nach zehn Jahren Lagerhaft in Sibirien, steht Wolf-Dietrich Rattke, Ende 30 und durch die Strapazen der Kriegsgefangenschaft gezeichnet, plötzlich vor der Tür.

Und tut so, als sei nichts geschehen.

»Magda, wo steckst du denn?« Die Handflächen auf dem Fensterbrett, von wo aus sie den Blick über das parkähnliche Anwesen schweifen ließ, rührte sich Magdalena Redlich nicht vom Fleck. 50 Jahre in Diensten von ein und derselben Familie, das musste ihr erst mal einer nachmachen. 50 Jahre, in denen sie sämtliche Höhen und Tiefen durchlitten hatte, die man in ihrer Position durchleiden konnte. Darunter nicht wenige, über denen der Mantel des Schweigens ausgebreitet worden war.

Diskretion oder Prinzipientreue, darauf lief es momentan hinaus.

»Es ist Viertel nach sechs, ich muss los!«

»Immer mit der Ruhe, Wolfi.« Das Album in der Hand, um es an seinen angestammten Platz zurückzustellen, hielt Magdalena Redlich inne. Höhen und Tiefen, das traf den Nagel so ziemlich auf den Kopf. »Ich komm ja schon.«

Vor allem, was die letzten beiden Tage betraf.

*

»Toller Schlitten, oder was meinst du?«

»Soll das etwa eine Anspielung sein?«, raunzte Sydow und parkte seinen Aston Martin direkt hinter dem nagelneuen Alfa Romeo Giulia Spider, kein Vergleich zu dem Museumsstück, mit dem er tagaus, tagein in der Gegend herumkutschierte. Selbst hier, wo ein Mercedes in der Garage zum guten Ton gehörte, war ihm der rot lackierte Flitzer sofort aufgefallen. Und das nicht nur wegen seiner Form, die ihn von herkömmlichen Mittelklasse-Limousinen unterschied. B-RA-44. Wenn ihn nicht alles täuschte, hatte er es hier mit dem neuesten Spielzeug von Rattkes Frau zu tun, jener Dame, die seine Pfade vor nicht allzu langer Zeit gekreuzt hatte. »Überleg dir genau, was du sagst, sonst kannst du sehen, wie du nach Hause kommst.«

Krokowski winkte gelangweilt ab. »Mit der S-Bahn, wie denn sonst«, gab er zurück, auch jetzt, am Ende einer durchwachten Nacht, durch nichts aus der gewohnten Ruhe zu bringen. »Ach übrigens. Wenn ich den Abschleppdienst rufen soll, musst du es nur sagen.«

»Weißt du, was du mich gleich kannst?«, brummte Sydow, stellte den Motor ab und gab sich der Illusion hin, sein Schlitten werde beim nächsten Startversuch keine Zicken mehr machen. Zweimal anschieben, und das binnen weniger Stunden, war mehr als genug gewesen, und wenn das so weiterging, würde er sich zum Gespött des gesamten Präsidiums machen. »Keine Ahnung von Autos, aber eine große Klappe riskieren.«

Anstatt zu antworten, stieg Krokowski aus, knöpfte sein Jackett zu und betrachtete den Sportwagen, dessen Dach mit einer dünnen Schneeschicht überzogen war. »Nicht schlecht, der Specht.«

»Komm, bringen wir es hinter uns«, entgegnete Sydow, der seinen Aston Martin trotz zahlreicher Mucken nicht missen wollte. Die Kollegen ließen zwar keine Gelegenheit aus, um ihn damit aufzuziehen, aber was sie nicht ermessen konnten, war, wie viele Erinnerungen in der vergammelten Rostlaube steckten. Nahezu 20 Jahre kurvte er damit in der Weltgeschichte herum, viel lieber als in irgendwelchen Dienstschlitten, die gerade einmal zwei Jahre alt waren. Er war eben ein Gewohnheitsmensch, und das würde er, trotz Leas liebevollem Spott, auch bleiben. »Je eher wir uns den Herrn zur Brust nehmen, desto besser.«

Die Villa im Blick, im Stil eines Loire-Schlösschens erbaut und von einer Hibiskus-Hecke, Buchsbaum und einem schmiedeeisernen Zaun umgeben, behielt Krokowski seine Skepsis für sich. Zog man die Fakten in Betracht, die gegenwärtig auf dem Tisch lagen, führte kein Weg an einem Gespräch mit dem zwielichtigen Großverdiener vorbei. Ob sie jedoch ausreichen, um Rattke in Bedrängnis zu bringen, stand auf einem anderen Blatt. Die Erfahrung lehrte, dass Zeitgenossen vom Schlag des ehemaligen SS-Angehörigen nicht auf den Kopf gefallen und in der Regel so gewieft waren, dass Schwachstellen in der Beweisführung zum Bumerang werden würden. »Ich weiß nicht.«

»Was weißt du nicht?«

»Ich bin mir nicht sicher, ob es ratsam ist, mit der Tür ins …«

»Der Kerl hat Dreck am Stecken, da kannst du sagen, was du willst.«

»Fragt sich nur, wie viel.«

»Genug, um ihn hinter Gitter zu bringen, jede Wette.«

»Na schön«, antwortete Krokowski, vor der bronzefarbenen Pforte postiert, durch die man in den Garten und von dort zur Haustür der 500-Quadratmeter-Villa gelangte. »Dann will ich dir mal glauben. Aber komm mir bloß nicht und behaupte, ich hätte dich nicht gewarnt.«

»Wohl die Hosen voll, wie?«

Krokowski schüttelte den Kopf. »Warum sollte ich?«

»Na, dann ist es ja gut«, brummte Sydow und betätigte den Klingelknopf, neben dem sich eine vergoldete Plakette mit dem Namenszug des Hausbesitzers befand. »Wäre doch gelacht, wenn wir den nicht kleinkriegen würden!«

*

Irgendwann, da war sie sich sicher, hatte es so kommen müssen. Dass es gerade heute geschah, fast auf den Tag genau 35 Jahre nach Wolfis schmählichem Verrat, hatte jedoch kaum jemand voraussagen können.

Oder etwa doch?

Wer weiß, dachte sie, das Auge auf den Spion gepresst, um die ungebetenen Gäste zu mustern. Wer weiß, was geschehen wäre, wenn man den Tag, an dem alles begann, hätte ungeschehen machen können. Bestimmt wäre dann vieles anders gelaufen, und vielleicht wäre der Mann, der gerade im Frühstückszimmer saß, nicht zu dem geworden, was er war.

Hätte, wäre, könnte.

Dafür war es jetzt, da ihr Blick auf die Dienstmarke mit der Aufschrift ›Kriminalpolizei‹ fiel, zu spät. »Sie wünschen?«

»Tom Sydow, Kripo Berlin. Und das ist mein Kollege, Kommissar Krokowski. Dürften wir bitte Herrn Rattke sprechen?«

»In welcher Angelegenheit?«

»Wenn Sie erlauben, würden wir ihm das gerne selbst sagen.«

»Später. Er sitzt gerade beim Frühstück.«

»Nein, jetzt. Wissen Sie, wir sind nicht zu unserem Vergnügen hier.«

»Wie Sie wünschen.« Sie hatte es kommen sehen, von Anfang an. Seit gestern Abend, als Wolfi und sein Sohn aneinandergeraten waren, hatte ihr die Sache keine Ruhe mehr gelassen. Trotz Schlaftabletten, die sie am Vorabend eingenommen hatte, war die Nacht die reine Hölle gewesen, bevölkert von Gespenstern, die sie nie mehr loswerden würde. Hätte sich Wolfi nichts zuschulden kommen lassen, wären die beiden nicht hier, schon gar nicht um diese Zeit. Das musste sie zähneknirschend einräumen. »Ich will sehen, was sich machen lässt.«

»Sag mal, was ist denn da draußen los?«

Typisch Wolfi, fuhr es der Haushälterin durch den Sinn, auf der Schwelle zum Speisezimmer, wo der Hausherr wie ein Pascha auf dem gepolsterten Lehnstuhl aus Mahagoni thronte. Typisch, dass er versuchte, ihr etwas vorzumachen. Das hatte er immer so gemacht, wenn er in Bedrängnis geriet, warum also auch nicht heute, an einem Tag, an dem es schlimmer nicht hätte kommen können. »Da sind zwei Herren von der Polizei und wollen dich sprechen.«

»Mich?«

»Ja dich.« Das eigentlich Schlimme war, dass sie seit der Heirat mit diesem Biest keinen Einfluss mehr auf ihn hatte. Damit war es vor vier Jahren, als sich der Mann am Ende der Frühstückstafel von seiner Frau getrennt hatte, endgültig vorbei gewesen. Von da an hatte in diesem Haus nur noch eine das Sagen gehabt, und die lag wie üblich noch im Bett. »Soll ich sagen, sie sollen heute Mittag wiederkommen?«

»Wozu? Ich habe nichts zu verbergen.«

Und ob du etwas zu verbergen hast, mein Junge. Unterwegs zur Haustür, musterte Magdalena die Porträts, die auf beiden Seiten des holzgetäfelten Korridors hingen. Margot, Jan-Olivers Mutter, war zwar wieder abgehängt worden, aber das änderte nichts daran, dass sie sich wie in einem Museum vorkam. Tja, so war das nun mal. Das schönste Haus nutzte nun mal nichts, wenn man mehr Leichen im Keller hatte, als die lieben Nachbarn und Geschäftsfreunde ahnten. Irgendwann, das war ihre feste Überzeugung, kam alles ans Licht, so sehr die Betroffenen dies auch zu verhindern versuchten. »Kommen Sie herein, der gnädige Herr lässt bitten.«

»Da sind wir aber froh, Frau …?«

»Redlich, Magdalena Redlich«, hörte sie sich sagen, gerade so, als befände sie sich bereits auf dem Revier. »Wie gesagt, Herr Rattke ist gerade beim Frühstück.«

»Dann hoffen wir mal, dass ihm der Appetit nicht vergeht, was, Kroko?«

»Bitte folgen Sie mir.« Um in aller Herrgottsfrühe hereinzuplatzen, musste dieser Sydow gute Gründe haben. So mir nichts, dir nichts, das sagte ihr der Instinkt, tauchte man nicht wie aus heiterem Himmel auf und legte sich mit einem der einflussreichsten Bauunternehmer von ganz Deutschland an. Folglich musste etwas dahinterstecken, was genau, konnte sie sich beinahe denken.

Beinahe?

»Die Herren von der Kriminalpolizei.«

Jetzt fing sie auch schon damit an. Es nutzte nichts, wenn sie weiter so tat, als gehe es im Haus der Familie Rattke mit rechten Dingen zu. Irgendwann, an einem ganz bestimmten Punkt, war einfach Schluss.

An einem Punkt, der gestern Abend erreicht worden war.

*

»Was führt Sie zu mir, meine Herren?«

»Die Ermittlungen in einem Mordfall, um es kurz und prägnant auszudrücken.« Maßanzug mit schnurgerader Bügelfalte, Rolex-Uhr, goldene Manschettenknöpfe, silbernes Zigaretten-Etui, blütenweißes Markenhemd mit blauweiß gestreifter Krawatte, die bestimmt zehnmal so viel wie seine vergammelten Klamotten gekostet hatten.

Genauso hatte er sich diesen Prototyp des Nazis mit vermeintlich weißer Weste vorgestellt.

Genauso, und kein bisschen anders.

»Und in welchem?«

»Hatte ich das nicht gesagt?«

»Ich fürchte nein.«

»Wie dumm von mir.« Sydow wechselte einen Blick mit Krokowski, schürzte die Lippen und sagte: »Ich dachte, das hätte sich herumgesprochen.«

»Zu Ihrer Information, Herr …«

»Sydow.«

»Ich weiß nicht, ob Sie sich das vorstellen können, Herr

Kommissar, aber wenn man wie ich von Termin zu Termin hetzt, hat man mit Räuberpistolen nichts am Hut.«

»Erstens: Ich bin Kriminalhauptkommissar.« Rein äußerlich betrachtet sah Wolf-Dietrich Rattke wie Mitte 60 und nicht im Entferntesten wie ein Mann um die 50 aus. Manche Leute, so Sydows wenig schmeichelhaftes Fazit, alterten eben schneller als andere, kein Wunder, wenn man zehn Jahre seines Lebens in einem Arbeitslager verbracht hatte. So etwas prägte, mochte die Zeit, die auf seine Gefangenschaft folgte, noch so angenehm gewesen sein. Eingefallene Wangen, Tränensäcke und kaum noch Haare auf dem unförmigen Kopf, dazu fahle, ans Gelbliche grenzende Haut, die auf exzessiven Zigarettenkonsum schließen ließ. Kein Zweifel, die Zeit im Gulag hatte sich dem schwerfälligen, schwergewichtigen und bedauerlicherweise auch schwerreichen Baulöwen auf unauslöschliche Art und Weise eingeprägt. »Und zweitens: Wenn Sie denken, Sie können mir einen Wauwau vormachen, sind Sie auf dem Holzweg.« All dies bedeutete jedoch nicht, dass der Hauptsturmführer a.D. aus dem letzten Loch gepfiffen hätte. Ein Blick der stechenden blauen Augen, und jeder, der ein Minimum an Menschenkenntnis besaß, wusste Bescheid. Rattke sah zwar aus wie ein Wrack, aber das war es dann auch schon gewesen. In seiner Position durfte man sich keine Schwäche erlauben, weder als Aufsichtsrat eines weltweit operierenden Konzerns noch als Mitglied des sogenannten Führerbegleitkommandos, das mit Sicherheit eine Menge auf dem Kerbholz hatte. »Haben wir uns verstanden, Herr Aufsichtsrat?«

»Ich verbitte mir diesen Ton, Herr Hauptkommissar.«

»Schön haben Sie's hier, Herr Rattke.« Ohne den Hausherrn zu beachten, sah sich Sydow mit demonstrativer

Gelassenheit um. Das sogenannte Frühstückszimmer war beinahe so groß wie die Wohnung eines Durchschnittverdieners und darüber hinaus mit einem Komfort ausgestattet, von dem Normalbürger wie er nur träumen konnten. Das begann mit dem Blick auf den Park, der sich hinter dem Haus erstreckte, und hörte mit einem offenen Kamin, einer Vitrine mit Vasen aus Meißner Porzellan, einem Waffenschrank mit allen nur erdenklichen Schießprügeln, diversen Ölgemälden und Stilmöbeln aus der Epoche des Biedermeier auf. Fehlten nur noch die Seidentapeten, und der Eindruck, man befinde sich im Salon eines Herrensitzes von anno dazumal, war komplett. Ein Eindruck, der durch den am Kopfende der Tafel thronenden Hausherrn noch verstärkt wurde. »Wirklich schön.«

»Sie sind doch nicht gekommen, um mir das zu sagen, oder?«

»Sagen wir mal so, ich bin gekommen, um Ihnen ein wenig auf den Zahn zu fühlen.« Die Hände in den Hosentaschen, blickte Sydow in den weitläufigen und nach dem Vorbild französischer Ziergärten angelegten Park hinaus. Der Tag war gerade angebrochen, und der Nebel, der einen ungestörten Blick verhindert hatte, begann sich wie von Zauberhand zu lichten. »In Sachen Jo Lemberger, falls Ihnen der Name etwas sagt.«

»Lemberger? Nie gehört.«

»Wirklich nicht?« Eine Porzellanfigur in der Hand, die auf der Kommode neben der Terrassentür stand, konnte sich Sydow eines Lächelns nicht erwehren. »Was das betrifft, glaube ich Ihnen kein Wort.«

»Jetzt reicht es aber, verdammt noch mal!«, zischte Rattke, schob den Teller beiseite, auf dem sich eine gehäufte Portion Rührei befand, und funkelte Sydow wütend an.

»Wer gibt Ihnen eigentlich das Recht, zu nachtschlafender Zeit hereinzuplatzen und sich aufzuführen, als seien Sie der Justizsenator in Person?«

»Gegenfrage: Was sagt Ihnen der Name Meyer-Waldstein?«

Kalkweiß im Gesicht, geriet Rattke ins Stocken. »Meyer-was? Was, zum Teufel, soll mir der … Ach den meinen Sie, warum haben Sie das nicht gleich gesagt?«

Sydow verzog keine Miene. »Laut Aussage des renommierten Sachverständigen, der für Sie kein Unbekannter ist, wurde Ihnen vor drei Tagen, das heißt vergangenen Mittwoch, eine ungewöhnliche Offerte unterbreitet. Sie wissen, worauf ich anspiele?«

»Damit Sie zufrieden sind: ja.«

»Das heißt, Ihnen wurden Originaldokumente aus der Feder von Richard Wagner zum Kaufpreis von zwei Millionen D-Mark angeboten. Darunter auch die Partitur von *Rienzi*, Lieblingsoper des größten Verbrechers aller Zeiten.« Um der Pointe den größtmöglichen Effekt zu verleihen, stellte Sydow die Figurine wieder ab, drehte sich um und sah seinem Kontrahenten ins Gesicht. »Lieblingsoper Ihres Chefs, um es akkurat auszudrücken.«

»Für den Fall, dass Sie es noch nicht bemerkt haben, Herr Hauptkommissar: Der Krieg ist seit 23 Jahren vorbei. Und noch etwas: Ich war nicht der Einzige, der guten Glaubens sein Leben aufs Spiel gesetzt hat, um seinem Vaterland zu dienen.«

»Guten Glaubens, dass ich nicht lache.«

»Sagen Sie, was es zu sagen gibt, Herr Hauptkommissar.« Stocksteif wie bei einem Appell, warf Rattke einen Blick auf die Uhr. »Ob Sie es glauben oder nicht, ich habe Besseres zu tun, als mir Ihre Verdächtigungen …«

»Verdächtigungen?«, wiederholte Sydow, ein Lächeln im übernächtigten Gesicht. »Das haben Sie gesagt, Herr Rattke, nicht ich!«

Kalt erwischt, blieb der Angesprochene die Antwort schuldig.

»Darf man fragen, warum Sie die Kauf-Offerte abgelehnt haben, nur um einen Tag später Herrn Meyer-Waldstein zur Herausgabe der Adresse eines Mannes zu nötigen, der am gestrigen Abend tot aufgefunden wurde? Des Mannes, der sich im Besitz der eben erwähnten Manuskripte befand?«

»Aus Interesse, weshalb denn sonst.«

Sydow lachte in sich hinein. »Aus Interesse, aha. So kann man es natürlich auch formulieren. Ich will Ihnen mal was sagen, Herr Rattke. Entweder Sie legen sofort ein Geständnis ab, oder Sie lernen mich kennen.«

»Wenn ich Sie wäre, würde ich meinen Kollegen ernst nehmen«, schaltete sich Krokowski wie gewohnt immer dann ein, wenn Sydow übers Ziel hinauszuschießen drohte. »Leugnen wäre fatal, glauben Sie mir.«

»Kein Wort mehr ohne meinen Anwalt. Mehr habe ich dazu nicht zu sagen.«

»Immer mit der Ruhe«, entgegnete Sydow, steuerte auf Rattke zu und flüsterte: »Ich bin nämlich noch nicht fertig.«

»Verlassen Sie mein Haus, oder ich sehe mich gezwungen, einen …«

»Bekannten anzurufen, der Ihnen noch einen Gefallen schuldet?«

»Ich sehe, Sie kennen sich aus, Herr Hauptkommissar.«

»Nur zu«, gab Sydow gänzlich unbeeindruckt zurück, an Drohungen wie diese längst gewohnt. »Ich kann es kaum erwarten, beim Innensenator antreten zu müssen.«

»Wenn ich mit Ihnen beiden fertig bin«, knurrte Rattke,

erhob sich und ließ den Raubtierblick zwischen Krokowski und Sydow hin und her wandern, »wenn ich mit Ihnen fertig bin, Sie Klugscheißer, können Sie sich einen anderen Job suchen.«

»Wenn hier einer noch nicht fertig ist, Sie Verbrecher, dann ich.«

»Raus hier, aber sofort!«

»Frage: Wo waren Sie vorgestern Abend, genauer gesagt zwischen 19 und 21 Uhr?«

»Zu Hause, wo denn sonst.«

»Und gestern ab 22 Uhr?«

»Im Bett.«

»Wenn ich Zeit habe, lache ich darüber.« Sydow schnitt eine gelangweilte Grimasse. »Sie hätten Märchenerzähler werden sollen, Rattke.«

»Wenn Sie mir nicht glauben, fragen Sie meine Haushälterin. Sie würde sich freuen, Ihnen behilflich zu sein.«

»Nächste Frage: Was sagt Ihnen der Name Boysen?«

»Nicht das Geringste.«

»Wenn dem so ist, warum haben Sie ihm dann hinterherspioniert?«

»Keine Ahnung, wovon Sie reden, Herr Hauptkommissar.«

»Schön wär's.« Die Handflächen auf dem Tisch, stieß Sydow ein heiseres Lachen aus. »Soll ich Ihnen mal was sagen, Rattke? Was den Vorwurf des Mordes in zwei Fällen betrifft, haben Sie verdammt schlechte Karten. Das zu Ihrer Information – und um zu verhindern, dass Sie Ihr Blatt überreizen.«

»Moment mal, wollen Sie damit sagen, ich …«

»Damit wir nicht aneinander vorbeireden, Sie Märchenonkel: Ich bezichtige Sie des Mordes, zum einen an Rolf

Boysen, Leiter einer Anwaltskanzlei in München, und zum anderen an Jo Lemberger, von Beruf Journalist.«

»Lemberger? Nie gehört.«

»Kein Wunder, ist ja schließlich ein Pseudonym.«

»Für?«

»Wenn Sie es nicht wissen, wer dann?« Kurz vor dem Platzen, ballte Sydow die Faust. Wäre Kroko nicht dabei gewesen, wer weiß, was er in dieser Situation getan hätte. »Macht aber nichts, Rattke. Ich bin gern bereit, Ihnen auf die Sprünge zu helfen.«

Der Hausherr reagierte mit einem höhnischen Grinsen. »Tun Sie, was Sie nicht lassen können.«

»Wie gesagt, der Ermordete lebte unter einem anderen Namen. In Wirklichkeit hieß er Lewin. Jonathan Lewin.«

»Mal ehrlich, Herr Hauptkommissar«, entgegnete Rattke, räkelte sich und trug ein gelangweiltes Lächeln zur Schau. »Sie glauben doch nicht, dass Sie mit so etwas durchkommen. Denken Sie wirklich, ich bin so dumm und setze meinen guten Ruf aufs Spiel?«

»Kommt drauf an, was Sie darunter verstehen.«

»Jetzt kommen Sie mir doch nicht mit so was, Herr Hauptkommissar. Auf die Gefahr, mich zu wiederholen. Der Krieg ist schon lange …«

»Vorbei, ich weiß. Aber so leicht kommen Sie mir nicht davon, Herr Hauptsturmführer.«

»So, das wäre nun auch gesagt. Sonst noch was?«

»Trifft es zu, Herr Rattke, dass Sie die letzten Kriegstage in der unmittelbaren Umgebung Ihres obersten Dienstherrn verbracht haben?«

»Na und? Was ist daran so schlimm? Denken Sie, ich habe mir den Job ausgesucht?«

»Sie nicht, aber Ihr Vater.«

»Nehmen wir an, dem wäre so. Wo liegt dann das Problem?«

»Das Problem, Verehrtester, liegt darin, dass Sie Teil einer verbrecherischen Organisation waren. War das deutlich genug? Oder muss ich Sie darüber aufklären, welche Schandtaten die SS zu verantworten hat?«

»Das haben Sie richtig gesagt, Herr Hauptkommissar.« In Rattkes Gesicht blitzte ein zynisches Lächeln auf. »Die SS – aber nicht ich.«

»Schön, wenn man es sich so leicht machen kann. Aber das löst nicht das Problem.«

»Herrje, muss das wirklich sein? Damit Sie zufrieden sind: Ja, ich war in der SS. Ja, ich war Hauptsturmführer. Stimmt, ich wurde dem Führerbegleitkommando zugeteilt – und mit zehn Jahren Lagerhaft bestraft. So weit, so gut, Herr Hauptkommissar. Ich hoffe, ich habe nichts vergessen.«

»Doch.«

»Was Sie nicht sagen – und was?«

»Sie haben sich darüber ausgeschwiegen, welche Verbindung zwischen Ihnen und Adolf Hitler bestand.«

»Die gleiche wie zwischen ihm und den übrigen Deutschen. Er war der Reichskanzler, und wir alle, vermutlich auch Sie, mussten seine Be…« Rattke stockte. »Jetzt reicht's aber, ich will nichts mehr davon hören!«

»Befehle ausführen, sprechen Sie es ruhig aus.« Die Schadenfreude, die aus Sydows Zügen sprach, hätte deutlicher nicht ausfallen können. »Da wir gerade davon reden, Herr Aufsichtsrat: Wie kommt es, dass Sie in russische Gefangenschaft geraten sind?«

»Ich wüsste nicht, wen das interessiert.«

»Mich, wen denn sonst.« Sydows Blick verhieß nichts Gutes. »Und den Staatsanwalt.«

»Jetzt kommen Sie, Herr Hauptkommissar. Das meinen Sie doch nicht ernst.«

»Und ob.«

»Ich weiß zwar nicht, was Sie damit bezwecken, aber finden Sie nicht, das geht ein bisschen zu weit? Um mich vor den Kadi zu schleifen, müssen Sie schweres Geschütz auffahren. Sonst ist es aus mit der Bilderbuchkarriere.«

»Da wir gerade von Befehlen sprachen, Herr SS-Hauptsturmführer – wie oft haben Sie Hitler eigentlich zu Gesicht bekommen?«

»Äußerst selten«, bekannte Rattke, längst nicht mehr so souverän wie zuvor. »Manchmal habe ich ihn wochenlang nicht gesehen.«

»Das sagen sie alle.«

»Wie meinen?«

»Einfach mal drauflos spekuliert, Herr Aufsichtsrat. Könnte es nicht sein, dass Sie mehr über die Herkunft der Manuskripte wissen, als Sie zugeben?«

»Und wenn es so wäre, was hat das mit dem Mord an diesem jüdischen Schreiberling zu tun?«

»Woher wissen Sie eigentlich, dass er Jude war? Soweit ich mich entsinnen kann, hatte ich das nicht erwähnt.«

»Das hört man doch wohl am Namen, oder?« Kalt wie ein Fisch, verzog Rattke keine Miene. »Jude oder nicht, nennen Sie mir ein Motiv, weshalb ich ihn Ihrer Meinung nach umgebracht haben soll. Und dann sehen wir weiter.«

»Keine Sorge, das werde ich schon noch rauskriegen.«

»Und wenn wir gerade dabei sind, hochgeschätzte Anwesende – haben Sie Beweise oder reimen Sie sich das alles nur zusammen?«

»Wir stellen hier die Fragen, nicht Sie.«

»Hätten Sie wohl gern, was?« Als seien die Kripo-Beamten Luft für ihn, erhob sich Rattke von seinem Stuhl, lachte verächtlich auf und schlenderte zu seiner Hausbar, um sich einen Bourbon mit Gingerale zu genehmigen. »Tut mir leid, meine Herrn, aber damit beißen Sie bei mir auf Granit. Und darum nochmals die Frage: Gibt es Tatzeugen, oder haben Sie sich den erstbesten Verdächtigen geschnappt, um in der Öffentlichkeit und bei Ihren Vorgesetzten gut dazustehen?«

»Ist Lewin Ihnen persönlich bekannt, ja oder nein?«

»Verzeihung, Herr Hauptkommissar, aber das ist nicht der Punkt.«

»Sondern?«

»Solange Sie keine Beweise in Gestalt von Tatzeugen haben, sehe ich nicht ein, warum ich weiter mit Ihnen herumdiskutieren soll. Und noch etwas. Sollten Sie damit fortfahren, in meinen Privatangelegenheiten herumzuschnüffeln, wird das ernsthafte Konsequenzen für Sie haben.« Das Glas in der Hand, wies Rattke mit dem Kopf zur Tür. »Und jetzt entschuldigen Sie mich, meine Herren. Meine Haushälterin bringt Sie hinaus.«

20

Berlin-Tiergarten, Franziskus-Krankenhaus in der Budapester Straße | 06:20 h

»Und wenn Sie sich auf den Kopf stellen, junger Mann, mit der Charmeur-Maske kommen Sie bei mir nicht durch.«

»Aber Schwester, das können Sie mir doch nicht antun«, lamentierte Waldenmaier, nicht einmal halb so alt wie die Fregatte, bei der seine Überredungskünste auf taube Ohren stießen. »Ich muss zu ihm, es ist dringend.«

Schwester Hildegard, fleischgewordene Aufforderung zu amouröser Abstinenz, schäumte vor Wut. »Ich weiß nicht, wie oft ich es eigentlich noch sagen soll, Herr …«

»Kriminalassistent.«

»Auch noch frech werden, was? Merkwürdig, was sich heutzutage bei der Kripo tummelt. Aber egal, geht mich schließlich nichts an.« Der Schrecken der kardiologischen Abteilung, bei Angehörigen und Patienten gleichermaßen gefürchtet, reckte sich zur vollen Höhe seiner gerade einmal 1,59 Meter Körpergröße empor. Ein Nachteil, den die Stationsschwester durch ihr bestimmendes Auftreten wettmachte. »Wie war doch gleich Ihr Name?«

»Sven.«

Ein Schnauben, das an ein angriffslustiges Walross erinnerte. Gefolgt von einem Knurren, das schon so manchen in die Flucht geschlagen hatte. »Und wie noch?«

»Waldenmaier.«

»Doch nicht etwa aus Bayern?«

»Iwo, wo denken Sie hin!«, beteuerte der verhinderte Charmeur, bestrebt, den Irrtum zu korrigieren. »Aus Luckenwalde.«

»Na, das geht ja noch.«

»Nur ein paar Minuten, Schwester, ich flehe Sie an.« Waldenmaier setzte seine Weltuntergangsmiene auf. »Wenn Sie mich nicht zu ihm lassen, können wir einpacken.«

»Herr Nahler braucht dringend Ruhe. Das dürfte Ihnen doch einleuchten, oder?«

»Selbstverständlich, aber …«

»Kein Aber, junger Mann. Falls Sie es noch nicht gemerkt haben, wir sind hier in einem Krankenhaus. Hier habe immer noch ich das Sagen, nicht Sie.«

»Und hin und wieder auch der Chefarzt, Oberschwester, oder sehe ich das falsch?«

»Herr Professor, wo … wo kommen Sie denn her?« Julius Marquard, zurückhaltend, schlank und höflich und somit das genaue Gegenteil der streitbaren Matrone, würdigte seine Mitarbeiterin keines Blickes, nahm Waldenmaier beiseite und fragte: »Die Oberschwester sagt, Sie seien von der Kripo?«

Waldenmaier bejahte.

»Dürfte ich vielleicht Ihren Ausweis sehen?«

»Aber klar doch, kein Problem«, beeilte sich Waldenmaier zu antworten und kam dem Wunsch des Chefarztes umgehend nach. »Wie geht es ihm, können Sie mir schon etwas sagen?«

»Erheblich besser als bei seiner Einlieferung«, antwortete der 54-jährige Kardiologe, das genaue Gegenteil eines Halbgottes in Weiß, wie Waldenmaier erleichtert registrierte. »Wären Sie nicht gewesen, wer weiß, wie es um ihn stünde.«

»Wird er durchkommen?«

»Davon, denke ich, können wir ausgehen«, antwortete Marquard und bedeutete Waldenmaier, auf der Bank vor der Intensivstation Platz zu nehmen. »Wenn er wieder nüchtern ist, sehen wir weiter.«

»Heißt das, ich …«

»Damit wir uns richtig verstehen, junger Mann: Wenn er so weitermacht, sehe ich für Herrn Nahler schwarz.« Marquard schüttelte den Kopf. »2,8 Promille, das muss ihm erst mal einer nachmachen. Kein Wunder, dass er zusammengebrochen ist.«

Waldenmaier nickte knapp.

»Klarer Fall von paranoider Schizophrenie, würde ich sagen. Ich weiß ja nicht, worum es geht, junger Mann, aber eines kann ich Ihnen jetzt schon sagen: Ein Vergnügen wird die Unterredung mit ihm nicht werden.«

»Ich weiß.«

»Da sieht man wieder mal, was dieser Krieg angerichtet hat«, schimpfte der ehemalige Sanitätsoffizier, einer von wenigen in seiner Einheit, welche die Invasion der Alliierten überlebt hatten. »So wie Nahler ist es Tausenden gegangen. Ach, was sage ich – Zehntausenden! Da überlebst du die Hölle von Stalingrad, kommst in Gefangenschaft, schaffst es, dich über die Runden zu retten, bist unter den Glücklichen, die wieder nach Hause kommen – und merkst, dass du nicht mehr der Alte bist. Kann man gut nachvollziehen, weshalb ihm der Verstand abhandengekommen ist.«

»Profan ausgedrückt, man kann ihn nicht für voll nehmen.«

»Das würde ich nicht sagen. Es gibt Momente, da sind diese Leute völlig klar, da verhalten sie sich wie Sie oder ich. Je nachdem, was ihnen gerade durch den Kopf geht, kann es mit der Herrlichkeit jedoch schneller vorbei sein, als Sie piep sagen können. Dann wird es schwierig, Wahn und Wahrheit voneinander zu trennen.« Marquard legte eine kurze Pause ein. »Sie sagten, Sie ermitteln in einem Mordfall?«

Waldenmaier nickte.

»In einem Fall, bei dem das Opfer per Genickschuss exekutiert wurde?«

»So ist es.«

»Von einer Frau?«

»Was sagen Sie da?« Wie vom Donner gerührt, sprang Waldenmaier auf. »Von einer Frau – habe ich gerade richtig gehört?«

Marquard bejahte.

»Sind Sie sich da auch wirklich sicher?«

Die Antwort des Kardiologen ließ nicht lange auf sich warten. »Junger Mann«, versetzte Marquard, hörbar in seiner Ehre gekränkt, rückte die randlose Brille zurecht, stand auf und warf seinem Nebenmann einen tadelnden Seitenblick zu. »Ich bin lange genug Arzt, um meine Patienten adäquat einschätzen zu können. Außerdem bin ich nicht schwerhörig. Darum nochmals – zum Mitschreiben: Nahler behauptet, Zeuge einer Exekution gewesen zu sein, die sich irgendwo in Weißrussland abgespielt haben soll. Da, wie wir beide wissen, die Aussage auf sein Krankheitsbild zurückzuführen ist, ergibt sich daraus, dass es sich in Wahrheit …«

»Um den Mord an einem gewissen Herrn Boysen handelt«, vollendete Waldenmaier, erhob sich und sagte: »Wenn Sie nichts dagegen haben, würde ich Herrn Nahler jetzt gern sprechen. Ich hätte da nämlich ein paar Fragen an ihn!«

NETZWERK

›Das alte Netzwerk funktionierte bestens, und Winifreds Bayreuther ›Führerbau‹ wurde ein beliebter Treffpunkt. Es kamen Ilse Heß, Emmy und Edda Göring, Gerdy Troost, ehemalige Hitleradjutanten wie Nikolas von Below, Hitlers Pilot Hans Baur, ehemalige Sekretärinnen und Kammerdiener, natürlich Lotte Bechstein.

Die Altgetreuen stützten sich gegenseitig, und die meisten von ihnen konnten Hilfe brauchen. Die Witwen und Waisen der einst mächtigen Naziführer waren nun enteignet, in der Öffentlichkeit verfemt und auf Spenden angewiesen wie Ilse Heß, die eine kleine Fremdenpension betrieb. Sie alle wussten, dass sie bei Winifred willkommen waren und Hilfe bekamen samt neuesten Informationen über die Gesinnungsgenossen. Vor allem konnten sie bei ihr tun, was sie sich nicht einmal im Kreis der eigenen Kinder trauten: offen über alte Zeiten reden, die für sie alle die besten ihres Lebens waren. Und sie konnten ausgiebig vom »Führer« schwärmen.‹

(Aus: Brigitte Hamann, *Winifred Wagner oder Hitlers Bayreuth*, München 2002, S. 589)

FÜNFTES KAPITEL

21

Berlin-Schöneberg, Sydows Wohnung in der Grunewaldstraße | 06:40

»Keine Widerrede!«, erklärte Kroko in einem Ton, der jeden Widerstand im Keim erstickte. »Du fährst jetzt nach Hause, legst dich aufs Ohr und tauchst erst dann wieder auf, wenn du auf dem Damm bist. Trau dich bloß nicht, mir zu widersprechen, Tom. Sonst kriegst du es mit mir zu tun.«

»Und was ist mit dir?«, fragte Sydow, blinkte und fuhr rechts ran, um seinen Freund vor dem Präsidium abzusetzen. »Bist du denn nicht müde?«

»Na klar«, räumte Krokowski ein, auf der Suche nach dem Türgriff, den er erst nach längerem Suchen fand. »Aber um einiges jünger als du.«

»Immer einen Scherz auf den Lippen, das liebe ich so an dir.«

»Das sagt gerade der Richtige.«

»Hör bloß auf, mir ist die Lust am Herumalbern vergangen.« Auch das noch. Sydow ließ einen Fluch vom Stapel, über den Krokowski geflissentlich hinweghörte. Jetzt hatte er die verdammte Kiste auch noch abgewürgt. Zuerst die Pleite im Hause Rattke, danach die Standpauke von Kroko, dessen Vorwurf, er habe wie ein Anfänger gehandelt, absolut berechtigt gewesen war. Und jetzt, kurz vor sieben in der Frühe, der Kampf mit den Mucken seines Aston Martin, der wie er bereits zum alten Eisen zu gehören schien. Das war mehr, als er am Ende einer turbulenten Nacht ertragen konnte. »Sag mir lieber, was wir jetzt machen sollen.«

»Alles in Ruhe durchdenken und erst dann zuschlagen, wenn wir genügend Beweise haben.«

»Lass gut sein, ich hab's kapiert!« Kurz davor, eine weitere Schimpfkanonade loszulassen, hantierte Sydow am Zündschloss seines Aston Martin herum.

Und hatte wider Erwarten Glück.

»Na also, geht doch«, murmelte er und stieß einen Seufzer der Erleichterung aus. »Weißt du was, Kroko?«

»Sagen wir mal so, ich weiß, dass du aus dem letzten Loch pfeifst«, antwortete Krokowski und blitzte Sydow über den Rand seiner Hornbrille an. »Und deshalb: ab in die Falle, und zwar schnell.«

»Einen Moment noch. Dann bist du mich los.« Sydows Miene hellte sich spürbar auf. »Wie wär's, wenn du den Untersuchungsrichter um einen kleinen Gefallen bittest? Du kennst ihn doch von früher, stimmt's?«

»Doktor Gieseke?«

Sydow nickte mit dem Kopf. »Genau den.«

»Und worum soll ich ihn deiner Meinung nach bitten?«

»Um die Erlaubnis, Rattkes Telefon anzuzapfen. Na, was hältst du davon, alter Freund?«

»Sein Telefon anzapfen?«, rief Krokowski, dem die Verblüffung ins übernächtigte Gesicht geschrieben stand. »Und was versprichst du dir davon?«

»Jeder macht mal Fehler, hab ich recht?«

Krokowskis Miene verriet wenig Begeisterung. »Glaubst du, das bringt uns weiter? Mensch, Tom, denk doch mal nach. Dieser Rattke ist nicht irgendwer, der ist mit allen Wassern gewaschen. Vergiss es, auf die Art kommst du ihm nicht bei.«

»Wenn du was Besseres weißt, sag es!«

»Meine Güte, sei doch nicht immer so gereizt.« Krokowski schüttelte den Kopf. »Bei dir muss man sich jedes Wort überlegen.«

»War das ein Ja, oder wie darf ich dein Genuschel verstehen?«

»Na schön, auf deine Verantwortung.« Krokowski hasste es, wie ein Schuljunge zusammengestaucht zu werden, mochte der Grund, warum dies geschah, noch so offensichtlich sein. »Ich werde mit Doktor Gieseke reden. Fragt sich, wie er reagieren wird. Ist ja nicht jeder so schnell bei der Hand wie du.«

»Zum hundertsten Mal, ich hab's kapiert.« Die Linke am Steuer, legte Sydow den Gang ein, pumpte seine Atemluft durch die Lungen aus und knirschte: »Eines kann ich dir versprechen, Kroko. Falls ich ihn am Wickel kriege, kann dieser Rattke was erleben. Dann werde ich ihm einheizen, dass ihm Hören und Sehen vergeht!«

*

Verschlafen. Das hatte ihr gerade noch gefehlt.

Die Augen einen Spaltbreit offen, kauerte Lea auf der Bettkante, warf einen ärgerlichen Blick auf den Wecker und versuchte, die wie Sandkörner durcheinanderwirbelnden Erinnerungen zu ordnen. Dann stand sie auf und steuerte im Halbdunkel auf die Tür zu, nur um sich kurz darauf umzudrehen.

Tatsächlich. Die linke Betthälfte war unberührt. Lea ächzte gequält auf. Im Licht der Erfahrungen, die sie als Gattin eines Kripobeamten gesammelt hatte, konnte dies nur eines bedeuten. Wieder einmal, und das nicht unbedingt mit Begeisterung, würde sie ohne Tom aufstehen, frühstücken und einen Arbeitstag in Angriff nehmen müssen, der so niederschmetternd begann, dass sie sich am liebsten wieder hingelegt, die Augen zugemacht und die Decke über die Ohren gezogen hätte.

Dass dies ein frommer Wunsch bleiben würde, wusste sie nur zu gut. Und so drehte sie sich wieder um, öffnete die Tür und machte sich auf den Weg in die Küche, um ein Glas Mineralwasser zu trinken. Das Gebräu vom Vorabend, zwei Drittel Tee und ein Drittel Rum, war entschieden zu stark gewesen, ein Fehlgriff, der ihr einen schweren Kopf beschert hatte. Nach Lage der Dinge, dachte Lea bei sich, half da nur ein Aspirin – und der Vorsatz, nie mehr im Leben Tee mit Rum zu trinken.

Rum oder was auch immer, für ein Frühstück mit allem Drum und Dran blieb keine Zeit. Also nichts wie ab ins Bad, unter die Dusche und rein in ihre Klamotten, um die heimischen Gefilde schnellstmöglich zu verlassen. Um pünktlich ins Funkhaus zu kommen, würde sie die Beine in die Hand nehmen müssen, nur wenn sie sich sputete, würde die Zeit vielleicht noch reichen.

Mit Betonung auf *vielleicht*, wären da die Schritte nicht gewesen, die sie im Treppenhaus hörte. Schritte, die so unverwechselbar waren, dass sie ohne nachzusehen Bescheid wusste.

Kurz vor sieben in der Frühe.

Nerven hatte er ja, das musste man Tom lassen.

»Was ist denn mit dir los?«, platzte es aus Lea heraus, alles andere als erfreut, als sie ihren Mann im Türrahmen stehen sah. »Du siehst aus, als wärst du unter die Holzfäller gegangen.«

»Fang du jetzt nicht auch noch damit an. Ich bin Kripobeamter und kein Dressman.«

»Schlechte Laune?«

»Und völlig zu Recht, du wirst es nicht glauben«, bekräftigte Sydow, zog Jacke und Schuhe aus und wandte sich seiner Frau zu, die ihn mit kritischem Blick beäugte. »Dich wollte ich mal sehen, wenn du so eine Nacht hinter dir hättest.«

»Falls es dich tröstet, meine war auch nicht viel besser.« Um nicht noch mehr Öl ins Feuer zu gießen, ließ Lea es bei ihrer launigen Bemerkung bewenden. »Muss ja ordentlich was los gewesen sein, wenn du dir die Nacht um die Ohren schlägst.«

»Harmlos ausgedrückt.«

»Willst du nicht darüber reden – oder darfst du nicht?«

»Sagen wir mal so: Ich will nicht, dass du meinetwegen Ärger bekommst«, antwortete Sydow, dem die Müdigkeit, unter der er litt, deutlich anzumerken war. »Du weißt doch, wie euer Chefredakteur ist. Wenn ich du wäre, würde ich mich auf die Socken machen, sonst …«

»Schon gut, Tom, auf die paar Minuten kommt es nicht mehr an.«

»Und wenn du einen Anschiss bekommst, was dann?«

»Das, mein Lieber, lässt du mal besser meine Sorge sein.« Genauso müde wie ihr Mann, schlug Lea den Weg in die Küche ein. »Und jetzt raus mit der Sprache, sonst kannst du dein Frühstück allein machen.«

»Na schön, wie du willst.« Tja, so war das nun mal. Die Andeutung eines Lächelns auf den Lippen, folgte Sydow seiner Frau auf dem Fuß. Wenn Lea sich etwas in den Kopf gesetzt hatte, gab es niemanden, der sie von ihrem Vorhaben abhalten konnte. Das war schon so, als er sie kennengelernt hatte, und das war heute, knapp 40 Jahre nach ihrer ersten Begegnung, nicht anders. »Aber es bleibt unter uns, ist das klar?«

»Aye, aye, Sir!«

Fünf Minuten später, nachdem Sydow geendet hatte, war Lea die Lust am Herumfrotzeln vergangen. »Der Herr Aufsichtsrat, wer hätte das gedacht!«, flüsterte sie, die Kaffeekanne in der Hand, die sie mit geistesabwesender Miene auf den Tisch stellte. »Ich fürchte, das war noch nicht alles, Tom. Halt dich fest, das dicke Ende kommt erst noch.«

»Wieso?«

»Gegenfrage: Wie lautet das sechste Gebot?«

»Sind wir hier in der Schule, oder was?«

»Nein«, entgegnete Lea, nur um unmittelbar darauf hinzufügen: »Was dagegen, wenn ich dir eine Geschichte erzähle? Wer weiß, vielleicht kannst du einen Nutzen daraus ziehen!«

22

Berlin-Nikolassee, Schopenhauerstraße | 07:10 h

»Da geht er hin und kehrt nicht wieder«, flüsterte sie, warf ihrem Mann eine Kusshand zu und wartete, bis der silbergraue BMW um die Ecke bog. Dann zog sie die Tüllgardinen zu und lächelte. »Schade, aber nicht zu ändern.«

»Findest du?« Der junge Mann, wie seine um ein Jahr jüngere Stiefmutter im Morgenmantel, machte ein skeptisches Gesicht. »Ich weiß wirklich nicht, ob das sein muss.«

»Aber ich.« Doreen Rattke wirbelte auf dem Absatz herum. Das Lächeln auf dem einprägsamen, beinahe mädchenhaft anmutenden Gesicht verschwand so schnell, wie es gekommen war. »Oder hast du es dir wieder anders überlegt?«

Sven-Oliver Rattke, Sohn des Hausherrn aus erster Ehe, wich dem Blick seiner Stiefmutter aus. An Attraktivität mangelte es dem angehenden Bauingenieur nicht, wohl aber an Durchsetzungsvermögen im Umgang mit dem dunkelhaarigen Vamp, der ihn mühelos um den kleinen Finger wickelte. »Findest du nicht, es wäre besser, wenn wir die Aktion …«

»Abblasen?« Bei Frauen, allen voran die weiblichen Angestellten in der Firma, hatten die hellblau schimmernden Augen, das dunkelblonde Haar, die makellos weißen Zähne und der athletische Körperbau von Sven-Oliver Rattke stets die gewünschte Wirkung erzielt. Nicht so bei Doreen Rattke, deren harscher Tonfall genügte, um ihn mitten im Satz verstummen zu lassen. »Hast du den Verstand verloren?«

»Ich finde, wir sollten kein Risiko eingehen. Zwei Tote sind genug.«

Die Antwort von Doreen Rattke, trotz früher Stunde perfekt frisiert, parfümiert und wie eine Hollywooddiva geschminkt, ließ auch nicht eine Sekunde auf sich warten. »Ja bin ich denn nur von Schwächlingen umgeben?«, giftete die schlanke und mit einem Morgenmantel aus Satin bekleidete Venus, die nichts mehr hasste, als wenn man ihr widersprach. »Alles, was recht ist, mein Süßer, aber manchmal hörst du dich wie dein Vater an.«

»Und du wie eine wild gewordene Furie.«

»Ach Sven«, gurrte die gelernte Stenotypistin, begutachtete die schwarz lackierten Fingernägel und stolzierte wie ein Mannequin auf den Sohn des Hauses zu. »Ich weiß nicht, wie oft wir uns über das leidige Thema unterhalten haben. Wenn du was Besseres weißt – bitte! Hauptsache, wir bringen es hinter uns.«

»Ich habe keine Lust, im Knast zu landen. Und du ja wohl auch nicht, oder?«

»Wer hat das schon, Sven, wer hat das schon.« Nur noch eine Armlänge von ihrem Geliebten entfernt, nahm Doreen Rattke, geborene Malinski, die Pose eines schutzbedürftigen Kindes ein. »Aber wenn wir jetzt nicht Nägel mit Köpfen machen, dann können wir einpacken. Niemand weiß das besser als du.«

»Moment mal! Wer ist denn auf die Idee gekommen, die Partituren zu verscherbeln, du oder ich?«

»Ich will dir mal was sagen, schöner Mann«, gurrte Doreen Rattke, die mit falschen Wimpern beklebten Augen zu einem dünnen Spalt verengt, fuhr ihrem Stiefsohn durchs

Haar und schürzte die karmesinrot geschminkten Lippen. »Wenn du dich nicht an die Abmachungen hältst, dann war's das mit uns beiden, haben wir uns verstanden? Dann musst du dir eine andere suchen, mit der du ins Bett steigst, am besten eine von den Tippsen aus der Firma. Nur zu, Sven, tu dir keinen Zwang an. Die sind ganz wild darauf, mit dem Juniorchef ins Bett zu gehen.«

»So war das nicht gemeint, Doreen.« Sven Rattke, ein Ebenbild seines Vaters in jungen Jahren, kehrte die Handflächen nach außen und sagte: »Dass wir die Sache durchziehen, ist doch wohl klar. Die Frage ist nur, wann – und auf welche Art.«

»Erstens. Was man begonnen hat, sollte man auch zu Ende bringen.« Als sei dies die normalste Sache auf der Welt, öffnete Doreen Rattke ihren Morgenmantel, fuhr mit der Zungenspitze über die Oberlippe und ließ das sündhaft teure Gewand auf den nicht minder teuren Perserteppich fallen. »Geht das in dein süßes Köpfchen rein?«

»Und zweitens?«

»Zum Zweiten, Liebster, solltest du dir Mühe geben, mich bei Laune zu halten. Andernfalls …«

»Ich höre?«

»Andernfalls bist du die längste Zeit Juniorchef gewesen.« Wendig wie eine Kobra, entblößte Doreen Rattke die elfenbeinfarbenen Zähne, schloss die Augen und wisperte: »Wie ich dich kenne, hältst du es ohne mich nicht aus, hab ich recht?«

23

Berlin-Tiergarten, Abteilung K der Zentralen Kriminaldirektion in der Keithstraße | 08:45 h

»Halten wir fest, Frau Hellweg: Sie geben zu Protokoll, nach einem heftigen Streit mit Ihrem Geliebten dessen Wohnung in der Glogauer Straße in Kreuzberg vorgestern kurz nach 20 Uhr verlassen zu haben. Soweit korrekt?«

Marlene Hellweg nickte Sydow zu.

»Des Weiteren räumen Sie im Gegensatz zu Ihrer gestrigen Aussage ein, auf dem Weg zu Ihrem Auto, genauer gesagt am Beginn der Toreinfahrt, von einem etwa 50 Jahre alten Unbekannten angerempelt worden zu sein, bei dem es sich Ihrer Aussage zufolge um exakt den gleichen Mann handelt, den Sie auf diesem Foto sehen können. Trifft das zu, Frau Hellweg?«

Die Schwarz-Weiß-Aufnahme vor Augen, auf der Rattke zusammen mit Frau und Sohn abgelichtet war, stimmte die Angesprochene Sydow zu. »Und um wen handelt es sich, wenn ich fragen darf?«

»Bedaure, junge Dame. Das darf ich Ihnen nicht sagen.« Um Harmonie bemüht, hob Sydow entschuldigend die Hand. »Ich hoffe, Sie haben dafür Verständnis.«

»Hauptsache, Sie kriegen ihn.«

»Ihn oder sie, um es korrekt zu formulieren.«

»Wie auch immer, Sie werden das Kind schon schaukeln«, antwortete die junge Frau, fast noch attraktiver als am Vorabend, wo Sydow sie in ihrem Büro aufgesucht hatte. »Ich hätte nur noch eine Bitte, Herr Hauptkommissar.«

»Und die wäre?«

»Wären Sie so gut und würden mir sagen, wenn der Fall ge…«

»Aber natürlich, Frau Hellweg«, nahm Sydow der wie ein Freak gekleideten Redakteurin das Wort aus dem Mund, erhob sich und half ihr in den Lammfellmantel, der am Kleiderständer neben der Bürotür hing. Dann öffnete er die Tür und sagte: »Das ist doch wohl selbstverständlich, oder?«

»Wie gesagt: Das Wichtigste ist, dass die Sache nicht im Sand verläuft.«

»Das wird sie nicht, junge Dame«, erwiderte Sydow, gab Lewins Geliebter die Hand und wartete, bis sich die Tür des Aufzugs hinter ihr geschlossen hatte. »Darauf können Sie sich verlassen.«

*

Wieder zurück in seinem Büro, nahm Sydow die Thermoskanne zur Hand, um sich zwecks Erhalt seiner Schaffenskraft einen Schluck Früchtetee zu genehmigen. Ein vorsichtiges Klopfen indes machte seine Absicht zunichte. »Herein, wenn's kein Ganove … Ach, Sie sind es, Herr Paschulke, nehmen Sie Platz!«

Erwin Paschulke, mit dessen Erscheinen Sydow nicht ernsthaft gerechnet hatte, nahm die Einladung mit schicksalsergebener Miene an und ließ sich auf dem Stuhl neben Sydows Schreibtisch nieder. »Sie sind gekommen, um Ihre Aussage zu Protokoll zu geben, oder sehe ich das falsch?«

»Ich muss Ihnen was gestehen, Herr Hauptkommissar.«

Ohne auf die Frage einzugehen, kam der Hausmeister direkt zur Sache. »Wissen Sie, was ich gestern Abend gesagt habe, das … das … Verflucht noch mal, ich weiß nicht, wie ich es Ihnen beibringen soll!«

»Bemühen Sie sich nicht, Herr Paschulke, ich habe mir schon so was gedacht.«

»Was denn?«

»Dass Sie das Blaue vom Himmel runtergelogen haben. Oder, dass Sie, um es schonungsvoller auszudrücken, an akutem Realitätsverlust leiden.«

»Ich weiß zwar nicht genau, was Sie damit …«

»Und ob Sie wissen, was ich meine!«, fuhr Sydow dazwischen, der weder Zeit noch Lust auf taktisches Geplänkel hatte. »Aber lassen wir das. Möchten Sie Ihre Aussage revidieren, ja oder nein?«

»Ich möchte erzählen, was ich weiß.«

»Besser spät als nie, Herr Paschulke. Eine Gelegenheit wie jetzt kommt so schnell nicht wieder.«

»Das weiß ich, Herr Hauptkommissar.«

»Na dann mal los«, forderte Sydow seinen Besucher auf, schraubte die Thermoskanne wieder zu und nahm auf der Schreibtischkante Platz. »Nur keine Hemmungen, wir sind unter uns.«

*

Am Ende von Paschulkes Ausführungen musste Sydow erst einmal Luft holen. Das war sie also, die ganze Wahrheit, und sei es nur aus Sicht des Betroffenen, der sie mit tonloser Stimme geschildert hatte. »War das alles?«

Der Hausmeister nickte zerknirscht. »Muss ich jetzt in den Knast?«

»Wenn hier jemand in den Bau muss, dann sind es andere.« Es war, um es verklausuliert auszudrücken, fast zu skurril, um wahr zu sein. Entgegen der Aussage, die er am Vortag gemacht hatte, war Paschulke kurz nach acht in Lewins Wohnung gestürmt, wo es zu einer lautstarken Auseinandersetzung unter Intimfeinden gekommen war. Diese hatte damit geendet, dass der nach eigenem Bekunden nicht mehr ganz nüchterne Hausmeister das Terrain wutschnaubend geräumt hatte – nur um einem gewissen Wolf-Dietrich Rattke in die Arme zu laufen, soeben im Begriff, das Hinterhaus zu betreten. Wie Sydow zu seinem Erstaunen erfuhr, waren sich die ehrenwerten Herren schon einmal begegnet, allerdings unter gänzlich anderen Umständen, wie Paschulke mit Nachdruck hinzufügte. Damals, das heißt am 1. Mai 1945, war er dem höherrangigen Kameraden dabei behilflich gewesen, aus einem Kellerfenster zu klettern, welches unmittelbar an die Wilhelmstraße grenzte. Die Umstände, um im Jargon des zum Zeitpunkt der Führerdämmerung 25 Jahre alten SS-Oberscharführers zu reden, seien in der Tat desaströs gewesen. Jeder, so auch Rattke, habe nur noch versucht, das eigene Hinterteil in Sicherheit zu bringen. Dementsprechend kurz beziehungsweise flüchtig sei denn auch die Begegnung zwischen ihm und dem in Zivil gekleideten Hauptsturmführer gewesen, der Kopf und Kragen riskiert habe, um dem Inferno zu entgehen. Außer einem Rucksack, den er wie einen Augapfel gehütet habe, sei an Rattke nichts Auffälliges gewesen, dank seiner Kaltschnäuzigkeit, mit der er seine Fluchtpläne in die Tat umgesetzt hatte.

Aber natürlich habe Rattke ihn erkannt, hatte Paschulke auf Sydows Frage versichert. Und habe ihm das Ehrenwort abgenommen, keinen Ton über die Begegnung im Hinterhaus verlauten zu lassen.

Keinen Ton, sonst werde er es bereuen.

»Einmal SS, immer SS, hab ich recht, Herr Paschulke?« Auf Sydows Frage, was er sich eigentlich dabei gedacht habe, war dem Hausmeister zunächst nichts eingefallen. Aber das, so die verspätete Beichte, war nicht von Belang gewesen. Ausschlaggebend für die Aufklärung des Falles war vielmehr die Tatsache, dass Paschulke nicht etwa die Flucht ergriffen, sondern Opfer seines neugierigen Naturells geworden war. Anders ausgedrückt, aus seinem Versteck hinter der Treppe hatte er mit angehört, wie Rattke an der Tür von Lewins Wohnung geklingelt und verlangt hatte, in die Wohnung des hörbar überraschten Mordopfers eingelassen zu werden. Die nun folgende und zu seiner Verwunderung überaus hitzige Auseinandersetzung, die man sogar noch im Erdgeschoss gehört habe, sei so schnell beendet gewesen, wie sie vom Zaun gebrochen worden sei, sprich: Nach circa fünf Minuten habe Rattke die Wohnung und mit ihr das Hinterhaus geradezu fluchtartig verlassen, unter wüsten Beschimpfungen, die ihm Lewin, offenbar bei bester Gesundheit, mit auf den Weg gegeben habe.

Fazit: Anders, als von Sydow angenommen, schied der Herr Hauptsturmführer als Täter aus, was aber nicht hieß, dass er wieder von vorn anfangen musste.

»Das schöne Geschlecht, da sieht man's mal wieder.« Eher an die eigene als an die Adresse des reumütigen Hausmeisters gerichtet, erhob sich Sydow von seinem Sitz, vergrub die Hände in den Taschen und stapfte nachdenklich in seinem Büro auf und ab. Auf die Idee, dass diesbezüglich etwas im Busch war, hätte er eigentlich früher kommen müssen. Aber egal, auch das war momentan Nebensache. »Halten wir fest, Herr Paschulke«, begann Sydow, nachdem er die Sprache wiedergefunden und mit verschränkten Armen neben dem Hausmeister Aufstellung genommen hatte. »Um Viertel nach acht werden Sie Zeuge einer verbalen Auseinandersetzung, die damit endet, dass Wolf-Dietrich Rattke, ein alter Bekannter aus Kriegstagen, eine im Hinterhof ihres Mietshauses gelegene Wohnung fluchtartig verlässt. Soweit zutreffend?«

Paschulke senkte den Kopf und nickte.

»Kurz darauf, nachdem die Luft rein zu sein scheint, fassen Sie den Beschluss, das Feld zu räumen, und laufen einer Frau über den Weg, die Sie nie zuvor gesehen haben. Einer, wie noch hinzufügen wäre, überaus attraktiven Frau, deren Alter sie im Vorbeigehen auf Anfang bis Mitte 20 schätzen. Trifft das zu, Herr Paschulke?«

»Ja.«

»Obwohl Sie die Schnauze gestrichen voll haben, warten Sie ab, bis die Unbekannte mit der getönten Brille im Hinterhaus verschwunden ist, machen auf dem Absatz kehrt und pirschen sich heimlich, still und leise an die Wohnungstür des Mordopfers heran. Kaum ist dies geschehen, hören Sie einen leisen Knall, aller Wahrscheinlichkeit nach einen Schuss, der aus einer Pistole mit Schalldämpfer abgefeuert wurde. Ein Knall, dem ein dumpfer Schlag folgt, bei dem es sich, so steht zu vermuten, um den Aufprall des Mordopfers gehandelt haben muss. Damit Ihnen nicht das Gleiche wie dem Getöteten widerfährt, nehmen sie erneut volle Deckung, so lange, bis Ihre Frau vom Balkon aus nach Ihnen ruft. Trotzdem – oder gerade deswegen – geht es nicht etwa heim zu Muttern, sondern auf schnellstem Weg in Lewins Wohnung, um zu sehen, was aus ihm geworden ist. Soweit richtig, oder habe ich etwas vergessen?«

Paschulke schüttelte den Kopf.

»Da man als SS-Mitglied über reichlich Erfahrung auf diesem Gebiet verfügt, wird Ihnen nach Gebrauch Ihres Zweitschlüssels sofort klar, dass Ihr Intimfeind Opfer eines kaltblütigen Verbrechens geworden ist, begangen von der Frau, die Sie auf diesem Foto sehen können.« Am alles entscheidenden Punkt angelangt, griff Sydow in seine Brusttasche und zog das Foto hervor, auf dem die Rattkes von Lea abgelichtet worden waren. »Ich nehme an, sie ist Ihnen bekannt.«

»Und der Mann links von ihr?«

»Der auch«, keifte Paschulke, voller Verachtung für den drei Jahre älteren Kriegskameraden, der ihm gegenüber den großen Macker markiert hatte. »Sieht ihm ähnlich, dem reichen Pinkel. Ich glaub, mich laust der Affe, wen haben wir denn da?«

»Rattkes Sohn aus erster Ehe, falls Sie es genau wissen wollen«, versetzte Sydow, der nicht umhin kam, Paschulke einen neugierigen Blick zuzuwerfen. »Darf man fragen, was Sie an ihm interessiert?«

Paschulke stieß ein heiseres Lachen aus. »Mich interessiert, wie man es schafft, so tief zu sinken.«

»Wie darf ich das verstehen?«

»Da guckst du, was?«, antwortete der Hausmeister, kniff die Augen zusammen und begutachtete den imaginären Gesprächspartner aus der Nähe. »Hast wohl gedacht, ich lasse mich ins Bockshorn jagen?«

»Jetzt ist es aber genug, Paschulke, was soll der Quatsch?«

»Was das soll, fragen Sie? Der Jungspund auf dem Foto wollte mich erpressen!« Vor Wut außer sich, spie der Hausmeister Gift und Galle. »Klingelt mich aus dem Bett und droht mir, er würde mich aus dem Weg räumen, wenn …«

»Wenn Sie auspacken, wie Lewin zu Tode kam?«

Die Antwort bestand aus einem höhnischen Grinsen. »Feine Familie, muss ich schon sagen«, spottete der Gnom und machte aus seiner Verachtung gegenüber dem illustren Trio keinen Hehl. »Stellen sich hin und tun so, als könnten sie kein Wässerchen trüben, hat man so was schon mal erlebt. Und unsereinen machen sie zur Sau, wenn er bei Rot über die Ampel fährt. Das soll mal einer verstehen. Die Kleinen fängt man, und die Großen lässt man laufen, sagen Sie bloß, da ist nichts dran! Was meinen Sie, Herr Hauptkommissar, wie viele Jahre werden die drei feinen Pinkel wohl zusammen kriegen? Höchstens zehn, da gebe ich Ihnen Brief und Siegel. Na, wie wär's – Lust auf eine kleine Wette?«

»Aber gern, Herr Paschulke, ich bin dabei!«

Paschulke und Sydow, der das Eintreten seines Kollegen nicht bemerkt hatte, fuhren wie auf Kommando herum.

»100 Piepen, dass die drei ihres Lebens nicht mehr froh werden«, verkündete Sven Waldenmaier, eine Geldbörse in der Hand, der er einen Hundertmarkschein entnahm. »Was ist, Chef, sind Sie dabei?«

24

Berlin-Westend, Heerstraße 12 – 16 | 09:10 h

Er hatte es gewusst. Von Anfang an hatte er es gewusst. Doch weder sein Sohn, dieser verzärtelte Dressman, noch Doreen, die den Hals nicht vollkriegen konnte, hatten auf ihn hören wollen. Klar, um Abschaum wie Lewin oder Boysen war es nicht schade. Aber das war nicht der Punkt. Das Entscheidende war, dass es genug Leute gab, die nicht wussten, was sie mit ihrem Geld anfangen sollten. Und die bereit waren, zwei Millionen Piepen auf den Tisch zu blättern.

Aber nein, die beiden hatten alles auf eine Karte setzen wollen. Rattke Senior schnitt eine angewiderte Grimasse. Alles, was es gebraucht hätte, wäre Geduld gewesen. Nur ein wenig Geduld, und alle miteinander hätten ausgesorgt gehabt.

Auf dem Weg zu seinem Wagen, der auf dem Parkplatz hinter dem Firmengebäude stand, setzte Rattke eine grimmige Miene auf. Doreen – und immer wieder Doreen. Sie war es, die ihm von Anbeginn ins Handwerk gepfuscht hatte, die ihn als Jammerlappen bezeichnet und Lewin ohne nachzudenken einen Genickschuss verpasst hatte. Einfach so, ohne auch nur einen Gedanken an die Konsequenzen zu verschwenden. Um sich des Führers Hinterlassenschaft unter den Nagel zu reißen, hätte es genug Möglichkeiten gegeben, angefangen bei einem bezahlten Killer, der Lewin für ein paar Kröten ins Jenseits befördert hätte, bis hin zu der Möglichkeit, den Genossen in Ost-Berlin einen Wink bezüglich seines Aufenthaltsortes zu geben. Um die Sache zu deichseln, hätte er nur seine Beziehungen spielen lassen müssen. Aber Doreen, die personifizierte Gier, hatte nicht auf ihn hören wollen. Die Möglichkeit, auf die Schnelle mal eben zwei Millionen abzukassieren, war einfach zu verlockend gewesen.

Zu verlockend, um der Versuchung zu widerstehen.

In Gedanken bei den Fehlern, die ihm während der vergangenen drei Tage unterlaufen waren, sah Rattke weder nach links oder rechts, schloss die Wagentür auf und setzte sich hinter das Steuer seines BMW. Hierin, genau hierin, lag das Problem. Er, Denker und Lenker eines weltweit operierenden Konzerns, kurvte mit einer in Firmeneigentum befindlichen Limousine herum. Nicht so Doreen, die das Geld nur so zum Fenster hinauswarf. Ein Luxusschlitten musste her, wohlgemerkt nicht irgendein Luxusschlitten, sondern ein nagelneuer Alfa Romeo Spider. Mit allen Schikanen, Kaufpreis schlappe 50.000 Mark.

Klamotten von Dior, Schmuck von Cartier, Mitgliedschaft im exklusiven Jachtklub, Partys, um die Frau Gemahlin und diverse Bekannte bei Laune zu halten, Reisen in exotische Länder, die Otto Normalverbraucher nur vom Hörensagen kannte. Und so weiter und so fort. Seit er die Torheit begangen hatte, auf diese Verschwenderin hereinzufallen, war sein Bankkonto beinahe auf null geschrumpft. Angesichts des Vermögens, das er beim Tod seines Vaters geerbt hatte, eine ziemliche Kunst.

Oder Dummheit im Quadrat, je nachdem.

Aber nicht mit mir, mein Täubchen, nicht mit mir. Die Augen nach links gewandt, bog Rattke auf die Heerstraße ein, beschleunigte auf 80 Sachen und überholte einen Sattelschlepper, der mit Gebrauchtwagen beladen war. Sobald er von seinem Geschäftstermin in Spandau nach Hause käme, würde er mit der jungen Dame Tacheles reden. So, wie während der vergangenen vier Jahre, wo Doreen tun und lassen konnte, was sie wollte, würde es nicht weitergehen.

Er hatte die Schnauze voll, ein für alle Mal.

»Na warte, bald kannst du was erleben.« Immer noch auf der Überholspur, stellte Rattke den Scheibenwischer auf volle Kraft, überholte einen weiteren LKW und warf einen hastigen Blick auf die Uhr. Schon 20 nach neun. Bei diesem Schneetreiben, das ihn an seine Zeit in Russland erinnerte, würde er höchstwahrscheinlich zu spät kommen, und was seine Geschäftspartner dazu sagen würden, konnte er sich ausmalen.

Ergo: volle Pulle, auf Teufel komm raus. Sollten ihm die Bullen doch einen Strafzettel verpassen, mit Geld und guten Worten würde sich das bestimmt regeln lassen. Auf seine Gönner, vor allem auf diejenigen an höchster Stelle, war Verlass. Darüber, wie über manch anderes, brauchte sich Wolf-Dietrich Rattke, SS-Hauptsturmführer a.D., nicht den Kopf zu zerbrechen.

Und schon gar nicht über diesen Rüpel von einem Kommissar, der sich einbildete, er könne ihn in Verlegenheit bringen.

Nicht mit mir, Herr Sydow.

Nicht mit Wolf-Dietrich Rattke.

Mist. Jetzt schaltete auch noch die Ampel auf Rot. In Höhe der Flatowallee, wo die Sicht unter 50 Meter lag, drückte Rattke das Gaspedal bis zum Anschlag durch. Geschäft war eben Geschäft, und wenn ihm eines schnuppe war, dann die Verkehrsregeln. Die waren für andere gemacht, so zum Beispiel für den Fahrer des Betonmischers, der ohne zu blinken nach links ausscherte.

Ohne zu blinken, und das bei diesem Wetter.

Da half nur eins: auf die Bremse latschen. Und dem Trottel, der hinter dem Steuer saß, den Vogel zu zeigen.

Das hatte er nicht anders verdient.

Verdammt. Warum reagierte die scheiß Karre nicht? Kalkweiß im Gesicht, drückte Rattke das Bremspedal bis zum Anschlag durch.

Vergeblich.

Die Tachonadel zeigte auf 110. Auch dann noch, als er einen neuerlichen Versuch startete.

Noch 20 Meter. Die Handflächen schweißnass, biss Rattke die Zähne aufeinander. Betonmischer, Gegenfahrbahn oder Ausscheren nach rechts. Das war die Frage.

Noch zehn Meter, acht, sieben …

Ausscheren, was denn sonst.

Ohne Rücksicht auf Verluste.

Nur noch eine Pkw-Länge von dem grauen Ungetüm entfernt, riss der Todgeweihte hinter dem Steuer des BMW mit dem Kennzeichen B-RA-17 das Steuer ruckartig nach rechts. Aber es war umsonst. Aufgrund von Schneematsch, der die Fahrbahn mit einem Schmutzfilm überzog, kam die Limousine ins Schleudern, geriet auf die Gegenfahrbahn und kollidierte frontal mit einem Zwölftonner, dessen Fahrer die Augen, in die er blickte, zeitlebens nicht vergessen würde.

Es waren die Augen eines Mannes, der genau wusste, dass er sterben würde. Eines Mannes, der gewohnt war, dem Tod ins Auge zu blicken.

Und noch etwas fiel dem Lenker des mit Baumaterial beladenen Zwölftonners auf. Der Fahrer, von dessen BMW nur ein Schrotthaufen übrig bleiben würde, sah nicht gerade sympathisch, sondern brutal und hinterhältig aus.

So hinterhältig, dass er kein Bedauern über dessen jähen Tod empfand.

25

Berlin-Tiergarten, Abteilung K der Zentralen Kriminaldirektion in der Keithstraße | 09:25

»Ja, wenn das so ist, dann würde ich gern ein paar Takte mit diesem Nahler reden«, bilanzierte Sydow am Ende der Unterredung, in deren Verlauf er von Waldenmaier auf den neuesten Stand gebracht worden war. »Und dann rücken wir den Rattkes auf die Bude.«

»Blendende Idee!«, fügte Krokowski, der im gleichen Moment zur Tür hereinkam, aufmunternd hinzu. »Wenn ich ehrlich bin, kann ich es kaum abwarten.«

»Und woher der plötzliche Sinneswandel?« Im Begriff, nach seiner Jacke zu greifen, hielt Sydow unverrichteter Dinge inne. »Wer hat mich denn zur Schnecke gemacht, als ich ihn vor dem Präsidium abgesetzt habe?«

»Ich.«

»Mehr hast du zu deiner Verteidigung nicht zu sagen, Angeklagter?«

»Doch«, antwortete Krokowski und drückte Sydow einen mit unleserlichen Notizen bekritzelten Zettel in die Hand. »Eine ganze Menge.«

»Du weißt doch, Kroko, von moderner Kunst verstehe ich nichts.«

»Witz komm raus, du bist umzingelt.« Ohne viel Federlesen nahm Krokowski den Notizzettel wieder an sich, machte seinem Unmut durch ein indigniertes Kopfschütteln Luft und sagte: »Die Kollegen von der Firma Lausch und Söhne haben angerufen. Sieht schlecht aus für die gute Dame, kann ich da nur sagen.«

»Wo du recht hast, hast du recht, Kroko.« Angesichts der Schilderung, die Waldenmaier von seinem Gespräch mit dem Stadtstreicher gegeben hatte, war, was Rattkes bessere Hälfte betraf, nichts hinzuzufügen. Zwei Morde binnen weniger Stunden, und das mit ungeahnter Brutalität. Was ihre Rücksichtslosigkeit betraf, stand die Dame mit dem klangvollen Vornamen einem Schwerverbrecher in nichts nach. »Lass hören, worum geht es?«

»Zwischen halb acht und neun hat Frau Rattke zwei Gespräche geführt,« dozierte Krokowski im Stil eines Oberlehrers, der Sydow seit jeher auf die Palme gebracht hatte. »Das erste mit ihrem Stiefsohn, der sie nach eigenem Bekunden von einer Telefonzelle aus angerufen hat, und das zweite mit einer Person in London, die sie circa zehn Minuten später kontaktierte, um … Halt dich fest, Tom, jetzt kommt's! Die sie anrief, um …«

»Die Ledermappe mit den Wagner-Manuskripten zu verhökern?«

»Du sagst es.« Krokowski strahlte wie ein Honigkuchenpferd. »Wie der Gesprächsverlauf zeigte, handelte es sich bei dem Angerufenen um …«

»Einen Mitarbeiter des Auktionshauses Christie's?«

»Sag mal, hast du zu viele Sherlock-Holmes-Krimis gelesen?«

Sydow, zu dessen bevorzugter Lektüre die Romane seines britischen Landsmanns Conan Doyle gehörten, lächelte zufrieden in die Runde. »Schon mal was von Deduktion gehört?«

»Kann ich weitermachen, oder wolltest du noch was sagen?«

»Ich weiß ja nicht, wie ihr darüber denkt«, fuhr Sydow fort, im Wissen, dass er sich die harsche Replik selbst zuzuschreiben hatte. »Aber mir scheint, die Dame braucht dringend Geld.«

»Und für was?«

»Keine Ahnung«, gab Sydow achselzuckend zurück, klug genug, Spekulationen außen vor zu lassen. »Und was ist mit Anruf Nummer eins?«

»Der hat es in sich, und nicht zu knapp.«

»Inwiefern?«

Die Notiz im Blick, schnappte Krokowski nach Luft. »Willst du dich nicht setzen?«

»Wieso?«

»Sonst haut es dich möglicherweise um«, verkündete Sydows Partner und ließ den Blick zwischen seinem Vorgesetzten und Waldenmaier hin und her pendeln. »Also: Um fünf nach halb acht, also genau eine Viertelstunde, bevor sie das Ferngespräch mit der Geschäftsleitung des Auktionshauses führte, hat Frau Rattke einen Anruf ihres Stiefsohns entgegengenommen. Hier der Wortlaut: ›Die Sache ist erledigt.‹ Darauf Madame: ›Wirklich?‹ Rattke Junior: ›Klar, wie besprochen.‹ Die böse Stiefmutter: ›Und du bist dir wirklich sicher, dass es klappt?‹ Berlins Antwort auf Thomas Fritsch: ›Denkst du vielleicht, ich bin blöde? Seine nächste Fahrt wird die letzte sein, das garantiere ich dir.‹ Madame: ›Das will ich hoffen – sonst können wir einpacken.‹ Rattke: ›Das war deine Idee, nicht meine. Vergiss das nicht.‹ Miss Jet-Set: ›Zu deiner Information, mein Lieber: Wir sitzen beide im selben Boot.‹ Rattke: ›Warst du es, der Lewin und Boysen über den Haufen geknallt hat, oder war ich es? Warst du es, der den Alten und mich der Feigheit bezichtigt hat, oder …‹ Schluss, aus, Ende der Durchsage. Will heißen, die Dame hat aufgelegt.«

»Wenn das nicht reicht, um die beiden hopszunehmen, weiß ich auch nicht mehr«, sagte Sydow, schlüpfte in seine Jacke und bedeutete den Kollegen, ihm zu folgen. »Na, dann wollen wir mal, oder was meint ihr?«

※

Eigentlich war sie noch gut bei Fuß, aber da dies der mit Abstand schlimmste Tag in ihrem Leben zu werden versprach, fühlten sich ihre Beine wie zentnerschwere Bleiklötze an. Lamentieren, darüber war sie sich im Klaren, war jedoch fehl am Platz. Sie musste den Weg, der an der U-Bahn-Station Wittenbergplatz begonnen hatte, bis zu Ende gehen. Auch wenn das Wetter und die Temperaturen noch so scheußlich waren.

An der Ecke angekommen, wo sie auf die von Norden kommende Keithstraße stieß, legte Magdalena Redlich eine Verschnaufpause ein. Normalerweise wäre sie an einem Tag wie diesem in den eigenen vier Wänden geblieben, aber da dies ein Tag war, wie sie ihn im Hause Rattke während der vergangenen 50 Jahre nicht erlebt hatte, gab es trotz winterlicher Temperaturen kein Zurück mehr für sie. Der Moment, wo die Wahrheit ans Licht gezerrt werden musste, war gekommen. Ob es ihr gefiel oder nicht.

Einigermaßen bei Puste, bog die Frau, die exakt so alt wie das Jahrhundert war, in die schneebedeckte Keithstraße ein. Wolfi, ihr ein und alles, hatte Schnee immer gehasst, genau wie sie, die sie abgehärtet und von Natur aus unerschrocken war. All das jedoch war bei dem Gang, vor dem sie lange zurückgeschreckt war, nicht von Belang. Die Wahrheit, so sehr sie auch schmerzte, musste auf den Tisch. Sonst würde sie keine ruhige Minute mehr haben.

Kreuzung Kurfürstenstraße/Keithstraße. Na endlich. In Gedanken bei der bevorstehenden Aussage, wartete die 68-Jährige, bis die Ampel auf Grün schaltete, fasste sich ein Herz und überquerte die Fahrbahn, um den Weg, der vier Jahre zuvor seinen Anfang genommen hatte, zu vollenden. In diesem Moment, da sie sich ihrem Ziel näherte, war sie weder Ersatzmutter noch Haushälterin noch Mädchen für alles in einer Familie, die im Grunde keine mehr war. Jetzt war sie nur noch Magdalena Redlich, fest entschlossen, nach all den Jahren reinen Tisch zu machen.

Entschlossen, ihrem Namen alle Ehre zu machen.

»Irre ich mich, oder sind wir uns schon mal begegnet?«, fragte der ihr bestens bekannte Kripo-Beamte, im Begriff, das Gebäude zu ihrer Rechten zu verlassen. »Warten Sie mal, sind Sie nicht …?«

»Komme ich ungelegen oder haben Sie kurz Zeit für mich?«

»Für Sie immer, das wissen Sie doch«, antwortete Tom Sydow, bedeutete seinen Kollegen, auf ihn zu warten und wandte sich der sichtlich erleichterten alten Dame zu. »Schießen Sie los, Frau Redlich, was kann ich für Sie tun?«

»Einfach nur zuhören«, erwiderte sein Gegenüber, vom einen auf den anderen Moment wie verwandelt. Endlich, nach all den Jahren, war der schier unerträgliche Albtraum vorüber.

Aus, vorüber und vorbei.

»Einfach nur zuhören«, wiederholte Magdalena Redlich, trat auf Sydow zu und verkündete mit fester Stimme: »Sie werden es nicht bereuen, Herr Hauptkommissar, darauf gebe ich Ihnen mein Wort!«

26

Berlin-Nikolassee, Schopenhauerstraße | 10:30 h

»Was, ihr schon wieder?«, rutschte es Heinz Jakubeit beim Aufeinandertreffen mit Sydow heraus, dessen Miene erahnen ließ, dass etwas nicht stimmte. »Welche Laus ist denn dir über die Leber jelaufen? Machstn Jesicht wie drei Tage Rejenwetter, weeste dat?«

»Was du nicht sagst, Heinz.« Vor der Tür angelangt, die den Zugang zu der mit Abstand luxuriösesten Villa im Umkreis von zehn Kilometern darstellte, verdrehte Sydow die Augen, vergewisserte sich zum wiederholten Mal, ob er seine Dienstpistole dabei hatte, und wartete, bis Waldenmaier und Kroko aus dem Auto gestiegen waren. Ganz Gentleman kümmerte sich Letzterer um Magdalena Redlich, der es schwerfiel, an ihre Wirkungsstätte zurückzukehren. »Und was verschafft mir die Ehre?«

»Bei uns ist Not am Mann – wieder mal. Deshalb bin ick einjesprungen.« Jakubeit atmete kurz und heftig aus. »Könnte mir wat Schöneres vorstellen, als Hiobsbotschaften zu überbringen, dit kannste mir glooben.«

»Eine Hiobsbotschaft, sagst du?«

»Und wat für eene.« In Gedanken bei dem demolierten BMW, den er kurz zuvor inspiziert hatte, tat sich Jakubeit mit einer Antwort schwer. Aber dann, nach einem aufmunternden Klaps, brach es nur so aus ihm hervor. »Du weest ja, Tom, als Schutzmann erlebste allerhand Sachen, bis der Tag rum ist, aber so wat … Nee, an so wat kann ick mir nich erinnern«, beendete Jakubeit seine Erzählung, in deren Verlauf sich bewahrheitete, was Sydow längst geargwöhnt hatte. »Da brauchste Nerven wie Drahtseile, dit lass dir jesagt sein.«

»Wem sagst du das, Heinz.« Um Zeit zu sparen, beschränkte sich Sydow bei der Schilderung der Ereignisse auf das Nötigste. »Noch Fragen, Herr Polizeiwachtmeister?«

»Ick kann jar nich soville fressen, wie ick kotzen möchte.«

»Geht mir genauso«, bekräftigte Sydow und drückte auf den Klingelknopf, neben dem der Name des Hauseigentümers eingraviert war.

Des ehemaligen Besitzers, um es akkurat auszudrücken.

»Und was jetzt?«

»Da fragst du noch, Heinz?«, antwortete Sydow, während die Tür automatisch aufsprang, begleitet von einem Surren, das unmittelbar nach seinem Eintreten verstummte. »Jetzt werden wir den Hinterbliebenen unser Beileid bekunden!«

*

»Reicht das, Frau Rattke, oder möchten Sie, dass ich ins Detail gehe?«

»Nein, Herr Kriminalhauptkommissar, das reicht.« Im Fokus von fünf Augenpaaren, die sie erwartungsvoll anstierten, verzog Doreen Rattke keine Miene. An alles hatte sie gedacht, nur daran nicht, dass ihr Telefon angezapft werden würde. Schachmatt, und das mit einem einzigen Zug. Wäre diese Finte nicht gewesen, hätte die Polizei verdammt alt ausgesehen. Na ja, zumindest was die Beseitigung ihres ach so geliebten Gatten betraf. Ansonsten sah es in der Tat recht düster aus, war doch etwas passiert, womit weder sie noch diese beiden Schlappschwänze gerechnet hatten. Wolf-Dietrich hatte Stein und Bein geschworen, sein Untergebener von der SS werde die Klappe halten. Fehlanzeige! Und dieser Weichling neben ihr, der sich vor Angst beinahe in die Hosen machte, hatte getönt, sie solle ihn nur machen lassen. Er wisse, wie man mit Zeitgenossen wie diesem Paschulke umgehe. Wieder Fehlanzeige. Man konnte es drehen und wenden, wie man wollte: Die beiden Versager, auf die sie hereingefallen war, waren das Geld nicht wert, das sie um ein Haar hätten einheimsen können. Mit Betonung auf ›hätten‹. Dafür, dass irgendein Penner mitbekommen würde, wie sie diesem aufgeblasenen Fettwanst einen Genickschuss verpassen würde, konnte sie nichts. Das war Pech gewesen, Riesenpech. Wäre alles so gelaufen, wie sie sich das vorgestellt hatte, wären sie und Sven, der bei der Aktion Schmiere gestanden war, aus dem Schneider gewesen. Wenn überhaupt, wäre es Wolf-Dietrich an den Kragen gegangen, nicht ihr.

Nicht ihr Bier, oder?

»Gestehen Sie, die Ihnen zur Last gelegten Verbrechen begangen zu haben, ja oder nein?«

Das könnte dir so passen, Schmuddel-Bulle. So leicht, wie du denkst, werde ich es dir nicht machen.

»Schauen Sie sich um, Herr Kommissar«, flötete Doreen Rattke, die den Eindruck erweckte, als gingen sie die Vorwürfe nichts an. »Sieht es so aus, als seien wir knapp bei Kasse?«

»Darum geht es nicht, Frau Rattke.« Sydow widerstrebte es, die Form zu wahren, wie so oft, wenn er es mit kaltblütigen Mördern zu tun hatte. In einem Punkt freilich musste er dieser Schmierenkomödiantin recht geben. Der rote Salon, ein im Rokoko-Stil eingerichtetes Eckzimmer mit Blick auf den Garten, erweckte nicht den Eindruck, als nagten gnädige Frau am Hungertuch. »Geld kann man bekanntlich immer brauchen, ganz besonders Sie.«

»Ach ja?«

»Wie wir aus zuverlässiger Quelle wissen, war Ihr Mann gezwungen, mehrere Hypotheken aufzunehmen. Trifft das zu, Frau Rattke?«

Die Augen auf ihre Haushälterin gerichtet, die dem hasserfüllten Blick standhielt, musste die Angesprochene ihre ganze Beherrschung aufbieten. »Glauben Sie eigentlich alles, was man Ihnen sagt?«

»Kommt drauf an, von wem es kommt.«

»Falls wir beide von der gleichen Person reden, die Dame können Sie vergessen.«

»Apropos ›Dame‹. Trifft es zu, dass Sie und Ihr Stiefsohn eine intime Beziehung pflegen?«

»Waren Sie dabei, Herr Hauptkommissar, oder woher wissen Sie das?«

»Gegenfrage: Können Sie mir einen Grund nennen, weshalb Ihr Konzertbesuch in der Philharmonie nur von kurzer Dauer war?«

»Wie meinen Sie das?«

»Reden wir nicht weiter um den heißen Brei herum, Frau Rattke. Meine Frau hat Sie dabei beobachtet, wie Sie das Foyer fluchtartig verließen. Und ist, das sei der Vollständigkeit halber gesagt, Ihnen gefolgt. Genügt das, oder soll ich weiterreden?«

»Wie reden Sie eigentlich mit mir? Falls Sie es noch nicht gemerkt haben, Herr Hauptkommissar: Wir sind hier nicht in der Prinz-Albrecht-Straße.«

»Na schön, wie Sie wollen.« Sydow und Kroko wechselten einen raschen Blick. »Davon ausgehend, dass die Aussage Ihrer Haushälterin glaubhaft ist, kann man im Fall

Ihres Stiefsohns von einer an Hörigkeit grenzenden Ergebenheit sprechen. Bedingt durch Ihre körperlichen Reize, die Sie immer dann zur Geltung brachten, wenn Worte die gewünschte Wirkung verfehlten. Sie verstehen, worauf ich anspiele?«

»Darf man fragen, was Sie das angeht?«

»Spätestens vor Gericht, Frau Rattke, werden Sie gezwungen sein, Farbe zu bekennen. Ich hoffe, Sie sind sich dessen bewusst.« Ohne seine Gesprächspartnerin eines Blickes zu würdigen, wandte sich Sydow ihrem zutiefst verunsicherten Liebhaber zu. »Oder was meinen Sie, Herr Rattke?«

Aschfahl im Gesicht, fingerte der Angesprochene am Kragen seines Polohemdes herum. »Vater hat recht gehabt«, flüsterte er und warf seiner Stiefmutter einen hastigen Seitenblick zu. »Aber die da wollte ja nicht auf ihn hören.«

»Wie darf ich das verstehen?«

»Ein Spatz in der Hand sei besser als eine Taube auf dem Dach, hat er gesagt.«

»Auf gut Deutsch, er bekam kalte Füße.«

»Kann man so sagen«, entgegnete Rattke Junior, räusperte sich und mied den Blick seiner Geliebten, die ihn mit zornfunkelnden Augen anstarrte. »Hätten wir die Mappe gebunkert, wäre das alles nicht passiert.«

»Dürfte ich erfahren, was Sie damit meinen?«

»Nachdem Doreen ins Konzert gegangen war, kriegten wir uns in die Haare.«

»Weswegen?«

»Wegen diesem Wagner-Schrott, weshalb denn sonst. Vater hat gemeint, die Sache sei ihm zu heiß. Es sei besser, das Treffen mit Boysen platzen zu lassen.«

»Worauf Sie, in blinder Ergebenheit gegenüber Ihrer Stiefmutter, nichts Besseres zu tun hatten, als ihr die schlimme

Kunde möglichst rasch zu überbringen. Woher ich das weiß, wollten Sie gerade fragen? Laut Aussage von Frau Redlich sind Sie gestern Abend kurz vor neun Knall auf Fall verschwunden. Wohin, ist uns mittlerweile bekannt.«

»Was Sie nicht sagen.«

»Wenn ich Sie wäre, Herr Rattke, würde ich von meinem hohen Ross herunterkommen. Dadurch machen Sie es nur noch schlimmer. Was ich damit sagen will, ist: Gegen 21.30 Uhr wurde ihre Stiefmutter und Geliebte dabei beobachtet, wie Sie an der Ecke Bellevuestraße/Tiergartenstraße in Ihren Wagen stieg. Merkwürdig, finden Sie nicht auch?«

»Was in aller Welt soll denn daran …«

»Merkwürdig vor allem deshalb, weil Frau Rattke eigens ihren Konzertbesuch abbrach, weil sie ihrem Handlanger – will heißen Gatten – auf die Finger sehen wollte.« Sydow atmete kräftig durch. »Mit anderen Worten, Sie, Frau Rattke, waren fest entschlossen, den zuvor gefassten Plan in die Tat umzusetzen und den Deal mit Boysen noch am gleichen Abend über die Bühne zu bringen. Um jeden Preis – und ohne Rücksicht auf Verluste. Das heißt, an dieser Stelle kommt der nächste Zeuge ins Spiel.«

»Und was für ein Zeuge soll das sein?«

»Das, Herr Rattke, werden Sie zu gegebener Zeit erfahren. Einstweilen nur so viel: Gemäß der Aussage, die von meinem Kollegen Waldenmaier protokolliert wurde, ist es kurz vor 23 Uhr in der Nähe des Wagner-Denkmals zu einer verbalen Auseinandersetzung zwischen Ihrem Vater und einem weiteren Mann gekommen, bei dem es sich zweifelsfrei um Dr. Rolf Boysen aus München handelte. Am Ende dieser Auseinandersetzung sei dann eine Frau aufgetaucht, den Angaben des Zeugen zufolge Mitte 20, vornehm gekleidet und mit einer Pistole bewaffnet, von der sie ohne

Zögern Gebrauch gemacht hat. Reicht das, oder muss ich noch deutlicher werden?«

»Ich möchte einen Anwalt sprechen. Und zwar sofort.«

»Fragt sich, ob Ihnen das etwas nützen wird, Frau Rattke.« Der Blick hart wie Granit, ließ sich Sydow nicht beirren. »Wann und wo Sie den Entschluss gefasst haben, Ihren Ehemann aus dem Weg zu räumen, ist im Grunde unerheblich. Möglich, dass dies erst nach der Ermordung von Dr. Boysen geschah, möglich aber auch, dass Sie von Anfang an vorhatten, sich seiner zu gegebener Zeit zu entledigen. Was aus seinem Sohn geworden wäre, falls Ihr Plan Früchte getragen hätte, steht in den Sternen. Wer weiß, vielleicht hätte ihm das gleiche Schicksal wie Lewin, Boysen und Ihrem Mann geblüht, dessen Wagen, davon dürfen wir einstweilen ausgehen, auf höchst fachmännische Art und Weise manipuliert worden zu sein scheint. Aber darüber, liebe Trauernde, möchte ich zum gegenwärtigen Zeitpunkt nicht spekulieren. Morgen früh, wenn die Sachverständigen ihr Gutachten einreichen, wissen wir mehr. So leid es mir tut, bis dahin kann ich keine genauen Angaben machen. Es sei denn, Sie legen ein Geständnis ab. Das würde die Angelegenheit erleichtern – und den Richter, der über das Strafmaß entscheidet, gnädig stimmen. Damit wir uns richtig verstehen: Am Vorwurf des gemeinschaftlichen Mordes in drei Fällen wird dies nichts ändern.« Sydow legte eine kurze Pause ein. »Wenn wir gerade von Mord reden, woher stammt eigentlich die Waffe, mit dem die Morde begangen wurden?«

Doreen Rattke, an die die Frage gerichtet war, hüllte sich in Schweigen.

»Kann es sein, dass sie Teil der Waffensammlung Ihres Mannes war? Nichts leichter, als sie in einem unbeobachteten Moment an sich zu bringen, finden Sie nicht auch?«

Sydow gab ein verächtliches Schnauben von sich. »Na ja, keine Antwort ist auch eine Antwort. Kommen wir daher zu Ihnen, Herr Rattke. Oder ziehen Sie es vor, auf Durchzug zu schalten?«

»Kein Wort mehr ohne meinen Anwalt.«

»Nehmen Sie Vernunft an, Herr Rattke. Wenn Sie sich querstellen, machen Sie es nur noch schlimmer.«

»Ich wüsste nicht, was es noch zu sagen gäbe.«

»Haben Sie vielleicht eine Ahnung, junger Mann«, erwiderte Sydow, ging auf Rattke zu und betrachtete das Gesicht, welches an die Werbeseiten in einem Modemagazin erinnerte. »Die Frage aller Fragen, fällt mir gerade ein, wurde nämlich noch nicht gestellt.«

»Im Klartext, Sie würden es begrüßen, wenn wir Ihnen die Partituren aushändigen.«

»Sie sagen es, Herr Rattke.«

Der Angesprochene brach in Gelächter aus. »Mal ernsthaft, Herr Kommissar«, zischte er, vom einen auf den anderen Moment todernst. »Denken Sie, ich bin so dämlich und binde Ihnen auf die Nase, wo ich sie versteckt habe? Wenn ja, muss ich Sie enttäuschen. Und wenn Sie sich auf den Kopf stellen, von mir erfahren Sie kein Wort.«

»Sie pokern hoch, Herr Rattke, wissen Sie das?«

»Sie nennen es pokern, Herr Hauptkommissar, ich nenne es Faustpfand.«

»Erstens: Falls Sie denken, Sie können einen Kuhhandel abschließen, muss ich Sie enttäuschen. Nur zu Ihrer Information, Herrschaften. Wir befinden uns nicht bei den Hottentotten, sondern in einem Staat, wo nach Recht und Gesetz verfahren wird.«

»Glauben Sie eigentlich, was Sie da von sich geben – oder tun Sie nur so?«

»Ich bin es, der hier die Fragen stellt, Frau Rattke, und nicht Sie.«

»Was denken Sie eigentlich, wer Sie sind?«, giftete die Dame des Hauses, entschlossen, wider jegliche Vernunft die Flucht nach vorn anzutreten. »Ein Anruf von mir, und Sie können einpacken. Und was Ihre sogenannten Zeugen angeht, kein Richter, der etwas auf sich hält, wird auf die Aussage eines versoffenen Hausmeisters, eines dubiosen Zeugen und einer alten Schachtel vertrauen, die mir und Sven-Oliver eins auswischen will.«

»Eins auswischen, nennt man das jetzt so?«

»Seit wann, bitte schön, ist es der Polizei erlaubt, in meinem Privatleben herumzuschnüffeln? Zum Mitschreiben, Herr Kommissar: Mit wem ich mich amüsiere, geht Sie einen feuchten Kehricht an. Und was Ihre Theorie betrifft, ich sei die Drahtzieherin gewesen – auf den Beweis bin ich jetzt schon gespannt. Und noch etwas. Ich habe Freunde in einflussreichen Positionen, mehr, als Sie und diese beiden Jammergestalten ahnen. Denen wird es ein Vergnügen sein, mir aus der Patsche zu helfen.« Doreen Rattke setzte ein diabolisches Grinsen auf. »Ob es Ihnen in den Kram passt oder nicht, mein Mustergatte war an allem schuld und hat uns da mit reingezogen. Wenn wir nicht spuren, hat er gedroht, würden wir schon sehen, wo wir bleiben. Er – und nicht wir – hat alles geplant. Von Anfang an, ohne uns einzuweihen. Ach übrigens, haben Sie schon gewusst, dass Wolf-Dietrich in finanziellen Schwierigkeiten steckte? Tja, so ist das nun mal, wenn man sich an der Börse verspekuliert. Da verbrennen ein paar Millionen, ohne dass man etwas dagegen machen kann. Künstlerpech. Was, frage ich Sie, läge also näher, als den Versuch zu unternehmen, einen Coup à la Al Capone zu landen und sich so auf einen Schlag zu sanieren?«

»Den Richter möchte ich sehen, der Ihnen so etwas abkauft, Frau Rattke.«

»Ein Tipp unter Freunden, Herr Kommissar. Schauen Sie sich Wolf-Dietrichs Vergangenheit an und Sie wissen, mit wem Sie es zu tun haben. Und wenn Sie dann immer noch nicht genug haben, durchleuchten Sie doch mal diejenige seines Vaters und stellen sich die Frage, wie er das Kunststück vollbrachte, die Beinahe-Pleite Anfang der 30er quasi in letzter Minute abzuwenden. Frage: Wie springt man dem Teufel von der Schippe, wenn er einen bereits am Wickel hat? Ganz einfach. Man verbündet sich mit einem anderen Teufel. Da wir und sämtliche Anwesende wissen, wovon die Rede ist, brauche ich wohl keine Namen zu nennen, oder?« Die personifizierte Unschuld, fügte Doreen Rattke hinzu: »Keine Bange, Herr Hauptkommissar, ich bin gleich fertig. Aber was sein muss, muss nun einmal sein.«

»Bemühen Sie sich nicht, die Kollegen und ich sind bereits im Bilde.«

»Das bezweifle ich. Wissen Sie, wenn man wie ich an eine Familie gerät, die Leichen en masse im Keller hat, dann ist man wahrhaftig nicht zu beneiden. Mit anderen Worten, bevor Sie mich als Mörderin bezeichnen, Herr Hauptkommissar, schauen Sie sich erst mal den Werdegang meines Gatten an. Der war nämlich noch nicht mal volljährig, als er seinen besten Freund ans Messer …«

Der Tatsache, dass Magdalena Redlich just in diesem Moment ihre Handtasche öffnete, hatten weder Sydow noch seine Kollegen irgendeine Bedeutung beigemessen. Erst als die beiden Schüsse fielen, mit denen Doreen Rattke und ihr Stiefsohn niedergestreckt wurden, wirbelten die drei Kripo-Beamten herum, der schreckgeweitete Blick auf der alten Dame, die sich eine Mauser Kaliber 7, 63 x 25 Millimeter an die Schläfe hielt.

Aber da, nur Sekundenbruchteile später, war es bereits zu spät.

FUNDSACHEN

›Im Jahre 1939 wurden Hitler zu seinem 50. Geburtstag fünf jener originalen Wagner-Partituren geschenkt, die Wagner selbst seinerzeit Ludwig II. von Bayern zum Geschenk gemacht hatte, nämlich *Die Feen*, *Das Liebesverbot*, *Rienzi*, *Das Rheingold* und *Die Walküre*. Seit 1945 sind diese Handschriften verschollen, alle Nachforschungen nach deren Verbleib verliefen bisher ergebnislos. In Bezug auf *Rienzi* wiegt dieser Verlust besonders schwer, weil von Wagners Originalpartitur wegen der Überlänge des Werks eine nicht nur annähernd vollständige Abschrift genommen wurde, geschweige denn, dass es eine vollständige Druckausgabe gegeben hätte. Da alle überlieferten und heute noch gekürzten Partiturquellen gekürzt sind, ist es derzeit nicht möglich, den Rienzi in Partitur vorzulegen.‹

(Egon Voss (Hrsg.), Richard Wagner, *Rienzi, der Letzte der Tribunen*. Große tragische Oper in fünf Akten, Philipp Reclam jun. Stuttgart 1983, S. 68 f.)

SECHSTES KAPITEL

27

Berlin-Nikolassee, Jachthafen auf der Insel Schwanenwerder | 17:40 h

Die Pumpe tat zwar immer noch weh, aber das war er ja gewohnt. Hauptsache, er befand sich wieder an der Front, unter Kameraden, die er unmöglich im Stich lassen konnte. Nur deshalb war er aus dem Lazarett ausgebüchst, nicht etwa, weil er das Gefühl hatte, wieder auf dem Damm zu sein. Obwohl er sich nichts anmerken ließ, ging es ihm immer noch verdammt dreckig, für ihn, Joseph Nahler, jedoch kein Grund, einen auf Drückeberger zu machen. Ein deutscher Landser konnte etwas aushalten, mehr jedenfalls als die Partisanen, die ihm und seiner Einheit die Hölle heißmachten.

Dumm nur, dass seine Pumpe auf Sparflamme lief. Im Krieg, vor allem an vorderster Front, konnte Mutters Ältester so was nicht gebrauchen. Da musste man auf Zack sein, sonst bestand die Gefahr, dass man aus dem Hinterhalt abgeknallt wurde. Darin, wie in der Kunst des Überlebens, war der Iwan Meister. Das musste er neidlos anerkennen.

Dann mal weiter, Alter, bevor sie dir eine Kugel in die Birne jagen. Die Wehrmachtsmütze auf dem zerzausten Schädel, schulterte Nahler seinen Rucksack, blinzelte in die Runde und setzte den Weg mit schleppenden Schritten fort. Er hatte Glück gehabt, mehr Glück, als unter den gegebenen Umständen zu erwarten gewesen war. Hätten die SS-Leute mitgekriegt, dass er sie beobachtete, wäre ihm das teuer zu stehen gekommen. Und wäre Kamerad Waldenmaier nicht gewesen, der den Sani alarmiert hatte, wer weiß, was aus ihm geworden wäre. So aber wurde Joseph Nahler aus Pillau ins Lazarett gekarrt, wo er wie ein Versuchskaninchen mit Tabletten vollgepumpt und zumindest halbwegs auf Vordermann gebracht worden war. Da er nichts mehr hasste als Ärzte und Krankenschwestern, hatte er einen unbeobachteten Moment genutzt und so schnell wie möglich die Fliege gemacht. Wieder in Freiheit, war er auf seinem Weg an die Front von einem Laster aufgegabelt worden, beladen mit Nachschub, wie er mit Zufriedenheit registrierte. Mehr denn je waren die Kameraden auf Winterkleidung angewiesen, kein Wunder angesichts der Temperaturen, die einem das Leben an der Ostfront zur Hölle machten.

Schlank und rank, flink wie Windhunde, zäh wie Leder und hart wie Kruppstahl.

Von wegen.

Nahler stieß ein heiseres Lachen aus. An den Endsieg, so er denn kein Hirngespinst bleiben würde, glaubte er mittlerweile ohnehin nicht mehr. Derzeit, im Angesicht des schier übermächtigen Gegners, gab es nur noch eins. Retten, was noch zu retten war. Und die Haut, die vor Kälte blau gefroren war, so teuer wie möglich zu verkaufen.

Führer befiehl, wir folgen.

Oder auch nicht, je nachdem.

Doch still? Was war das? Am Rand einer der zahllosen Seen angekommen, die es an seinem Frontabschnitt gab, verhielt Joseph Nahler seinen Schritt. Wie sicher die Gegend war, konnte er nicht sagen, eins aber mit ziemlicher Sicherheit: Ohne Feuer oder ein Dach über dem Kopf war er aufgeschmissen, da konnte er so fit sein, wie er wollte.

Zäh wie Leder, hart wie Kruppstahl. Nahler spie verächtlich aus. Einfach zum Totlachen, wäre die Lage, in der er sich befand, nicht so desolat gewesen. In Reichweite des Bootsstegs, der wie ein Zeigefinger in den See hineinragte, trat Nahler frierend auf der Stelle. Die Bauernhütte, nur wenige Meter von seinem Standort entfernt, sah eigentlich ganz manierlich aus.

Und war den Versuch, darin Unterschlupf zu suchen, allemal wert.

»Auf geht's, Joseph. Wer nicht wagt, der nicht gewinnt.« Kaum war die Tür aufgebrochen, umklammerte Nahler den Holzknüppel, mit dessen Hilfe er sich Zugang zu dem muffigen Schuppen verschafft hatte, atmete tief durch und tastete sich Schritt für Schritt voran. Glück gehabt!, fuhr es ihm durch den verwirrten Sinn, die Karbidlampe im Blick, die er mithilfe seines Feuerzeugs entzündete. So viel Dusel hast du bestimmt nicht zweimal.

Bleibt also nur, für ein wenig Wärme inmitten der gottverlassenen Einöde zu sorgen.

Fragte sich nur, wie. Die Lampe in der erhobenen Hand, fiel Nahlers Blick auf die Dielenbretter, mit denen der Boden des Bootshauses ausgelegt war. Typisch!, fuhr es ihm durch den Sinn, als er bemerkte, wie locker manche von ihnen saßen. Daheim im Reich, wo man auf Wertarbeit größten Wert legte, wäre so etwas nicht passiert.

Drei Meter lang und um circa 30 Zentimeter breit. Für ein Feuerchen würden die drei Dielenbretter reichen.

Nanu? Nahler stutzte. Im Begriff, das erste von drei Brettern anzuheben, war er im Halbdunkel auf eine Ledermappe gestoßen, auf der die Initialen AH eingestanzt waren. Na so was! Um seine Habseligkeiten zu verstecken, hatte sich der Muschik, dem diese Bruchbude gehörte, anscheinend etwas einfallen lassen. Pech, dass er zu dumm gewesen war, das Versteck zu tarnen. In einer Zeit, wo der Gewieftere die Oberhand behielt, ein selbst verschuldeter, wenn nicht gar törichter Fehler.

AH auf dem Einband mitsamt Hakenkreuz und dem üblichen Drumherum. Daher wehte also der Wind. Bei dem Habenichts, dem die Bauernkate gehörte, handelte es sich um einen Kollaborateur. Verständlich, dass er Angst vor seinen eigenen Leuten hatte. Mit Verrätern machte man bei den Russen kurzen Prozess – und nicht nur bei denen.

Na, dann wollen wir mal sehen. Neugierig geworden, stellte Nahler die Karbidlampe neben die Öffnung, die im Boden des vermeintlichen Bauernhauses klaffte, nahm die Ledermappe in die Hand und öffnete sie. Die Hoffnung, sie werde Lebensmittelmarken, Geheimunterlagen oder Bargeld enthalten, bestätigte sich jedoch nicht. Um eine Enttäuschung reicher, begutachtete der Stadtstreicher die Notenblätter, mit denen die Mappe vollgestopft war, kaum imstande, das Gekrakel und die unleserliche Schrift zu entziffern. ›Heil, Roma, dir! Du hast gesiegt! Zerschmettert liegt der Feinde Heer! Wer sagt nun noch, Rom sei nicht frei?‹ Pech gehabt, Joseph. Der Stadtstreicher seufzte tief. Anstatt auf die erwartete Goldader zu stoßen, hatte er das dämliche Geschreibsel eines noch viel dämlicheren Komponisten zutage gefördert. So etwas konnte auch nur ihm passieren.

Umsonst war die Aktion jedoch nicht gewesen. Um ein Feuer zu machen, das ihn vor dem Erfrieren bewahrte, konnte er die Notenblätter gut gebrauchen. Und natürlich auch die Dielenbretter, die so trocken waren, dass sie wie Zunder brennen würden.

Ans Werk, Joseph – für Führer, Volk und Vaterland.

PREMIERENFIEBER

›Um die neueste Posse um Geschichtsbewusstsein und Vergangenheitsbewältigung im Opernbetrieb zu verstehen, genügen folgende Grundinformationen: 1. Richard Wagners *Rienzi* gilt als Lieblingsoper Adolf Hitlers. 2. Die Deutsche Oper Berlin war in der Nazi-Zeit neben dem Bayreuther Festspielhaus die wichtigste Musik-Bastion der Nazis. 3. In diesem Jahr feiert die Deutsche Oper 100-jähriges Bestehen, mit Festakt, Aufarbeitung und so weiter. 4. Am 20. April hatte Hitler Geburtstag, im NS-Staat wurde der Tag als »Führers Geburtstag« begangen. Solche Informationen kann jemand, der so gebildet ist wie, sagen wir, ein Opernintendant, durchaus parat haben.

Würde man nun eine Umfrage machen, an welchem Tag des Jahres 2012 man als Chef der Deutschen Oper möglichst NICHT *Rienzi* auf den Spielplan setzen sollte, würde neben Heiligabend und dem Tag des Finales der Fußballeuropameisterschaft wahrscheinlich besonders häufig der 20. April genannt werden. Hitlers Oper im Jubiläumsjahr von Goebbels' Opernhaus, an »Führers Geburtstag«: bad idea.‹

(Aus: *DIE WELT*, 27.1.2012, siehe auch ›*Die peinliche Hitler-Posse an der Deutschen Oper*‹ unter www.welt.de)

EPILOG

Bayreuth,
Samstag, 2. März
1968

28

Bayreuth, sogenannter ›Führerbau‹ der Villa Wahnfried
| 19:00 h

»Du wirst alt, Winifred, weißt du das?« Kein Wunder, wenn sie begann, Selbstgespräche zu führen. Wieland, ihr Ältester, war vor eineinhalb Jahren an einem Tumor gestorben. Ihr Ehemann Siegfried, 28 Jahre älter und einziger Sohn des Meisters, war ebenfalls längst tot, wie so viele, die ihren Weg gekreuzt hatten. Richard Strauss, Arturo Toscanini, Wilhelm Furtwängler und Heinz Tietjen, Leiter der Berliner Staatsoper und mehr als nur ein guter Freund, sie alle lebten nicht mehr. Am schwersten freilich wog der Verlust, der sie vor 23 Jahren getroffen hatte, damals, als sich die bewegteste Zeit ihres Lebens dem Ende zuneigte.

Bayreuth, 23. Juli 1940. Tee im Beisein ihres Idols und ihrer Familie. Siegeszuversicht und ein Lenbachporträt als Geschenk des Mannes, der Europa und die Welt mit Krieg überzog. Danach Fahrt zum Grünen Hügel, über blumenübersäte und von Hunderten von Schaulustigen gesäumte Straßen. Unterredung des Führers mit seinem Jugendfreund, immer wieder unterbrochen von Sprechchören, die bis ins Innere des Festspielhauses hallen: »Lieber Führer, bitte schön, lass dich doch noch einmal sehn!«

Ein Wunsch, der nicht in Erfüllung gehen sollte. Unmittelbar nach dem Finale der *Götterdämmerung* war Adolf Hitler, Leitstern ihres Lebens, wieder abgereist. Und war, allen Versprechungen zum Trotz, nie mehr zurückgekehrt.

Winifred Wagner, ungeachtet ihrer 70 Jahre immer noch eine imposante Erscheinung, machte ihrem Kummer durch einen lang gezogenen Seufzer Luft, rückte ihre Brille zurecht und betrachtete das gerahmte Foto, das einen Ehrenplatz auf ihrem Schreibtisch einnahm. Unter den Erinnerungsstücken, die sie wie einen Schatz hütete, rangierte es an oberster Stelle. Zeigte es doch die drei Männer, die in ihrem Leben die größte Rolle gespielt hatten: Adolf Hitler, flankiert von Wolfgang und Wieland, ihren beiden Söhnen, die sich beim dereinst mächtigsten Mann der Welt untergehakt hatten. Schade nur, dass die Zeiten, in denen sie etwas gegolten hatten, ein für alle Mal vorüber waren. Besonders Wieland, der nach dem Krieg von der Vergangenheit nichts mehr wissen wollte, war dem Führer mehr als jeder andere aus der Familie nahegestanden und nach allgemeiner Überzeugung als sein erklärter Liebling und Ziehsohn betrachtet worden. Beinahe jeder Wunsch war dem Enkel von Richard Wagner, im Gegensatz zu seinem Bruder Wolfgang vom Wehrdienst befreit, erfüllt worden. Der nagelneue Mercedes, den er vom Führer zum Geburtstag geschenkt bekam, mit eingeschlossen.

Ein Wunsch freilich, den der spätere Leiter der Festspiele geäußert hatte, war von seinem Gönner während eines Abendessens am 7. Dezember 1944 mit Entschiedenheit zurückgewiesen worden. Mit Hitler, so Wieland am Telefon, sei in Bezug auf die Rückgabe der Partituren nicht zu reden gewesen. Vor allem der *Rienzi*, habe der Führer ihn wissen lassen, sei im Panzerschrank der Reichskanzlei besser aufgehoben als an jedem anderen Ort der Welt. Außerdem, so sein sichtlich gealterter Förderer, sei es ein schlechtes Vorbild, wenn er gerade jetzt, wo das Reich seine schwerste Prüfung erlebe, seinen persönlichen Besitz in Sicherheit bringen lasse.

Soweit also der Stand der Dinge, wie er sich anno 1945 dargestellt hatte. Anschließend, das heißt, seit Hitler vorzeitig aus dem Leben geschieden war, hatte es in Bezug auf seine Hinterlassenschaft zwar jede Menge Gerüchte, aber nur wenig konkrete Anhaltspunkte gegeben. Der *Rienzi*, so der allgemeine Tenor, sei unwiederbringlich verloren, ein Verlust, über den sie nur schwer hinweggekommen war. Wie groß war dann die Freude über den Anruf vor drei Tagen, wenngleich sich der Anrufer, wie sie der Korrektheit halber einräumen musste, wenig vertrauenerweckend angehört hatte. Aus Angst, einem Betrüger ins Netz zu gehen, hatte sie daraufhin ihren Anwalt eingeschaltet und ihm den Auftrag erteilt, dem Unbekannten auf den Zahn zu fühlen. Was den Kaufpreis betraf, war sie von Anbeginn optimistisch gewesen. Zugegeben, die Quellen sprudelten nicht mehr so üppig wie vor 30 Jahren, aber irgendwie würde es ihr und den Kindern gelingen, die gigantische Summe von zwei Millionen aufzutreiben. Freunde, auf die Verlass war, hatte sie Gott sei Dank genug, Hauptsache, die Partituren gelangten in die richtigen Hände.

Genau sieben. Wie oft sie auf den Zeiger ihrer Standuhr gestarrt hatte, konnte sie nicht sagen. An Beherrschtheit hatte es ihr seit jeher gemangelt, erst recht vorhin, beim Telefonat mit dem Geschäftsführer von Christie's Auctions & Private Sales. Zunächst hatte sie den Anruf für einen Scherz gehalten, aber dann, nachdem sie aufgelegt und ihren englischen Landsmann zurückgerufen hatte, war ihr das Lachen rasch vergangen. Laut Aussage des Geschäftsführers habe, unglaublich aber wahr, eine unbekannte Anruferin am gestrigen Samstag den Wunsch geäußert, Christie's möge die in ihrem Besitz befindlichen Original-Partituren von Richard Wagner zu den üblichen Konditionen versteigern.

Geschätzter Wert: circa zwei Millionen D-Mark. Wegen des zu erwartenden Presserummels wolle die anscheinend noch recht junge Anruferin unter keinen Umständen in Erscheinung treten, das habe sie zur Bedingung gemacht.

Fazit: Entweder steckten der Anrufer vom Donnerstag und die Unbekannte unter einer Decke und verfolgten mehrere Optionen gleichzeitig. Oder, in ihren Augen die wahrscheinlichere Variante, Boysen hatte Mist gebaut. Dafür sprach, dass sie entgegen den Abmachungen weder etwas von ihm gehört noch eine Nachricht über den Erfolg der Transaktion bekommen hatte. Kein Wunder, dass sie wie auf glühenden Kohlen saß, je früher sie Klarheit bekam, desto besser. »Ja, Wilhelmine – was gibt es?«

Die Hand auf der Türklinke, senkte ihre Haushälterin den Blick. »Zwei Herren von der Kriminalpolizei sind da und möchten Sie dringend sprechen«, lautete die Antwort, so unerwartet, dass ihr der Schreck in sämtliche Glieder fuhr. »Der eine sagt, er sei aus München.«

»Und der andere?«

»Der andere kommt aus Berlin«, beeilte sich die vollschlanke Haushälterin in breitestem Fränkisch zu verkünden, wohl wissend, wie viel Wert die Hausherrin auf präzise Aussagen legte. »Alles, was recht ist, gnädige Frau. Aber einen Grobian wie diesen Sydow habe ich selten erlebt!«

»Na, da bin ich aber gespannt«, murmelte die alte Dame, für viele, die das Geschehen auf dem Grünen Hügel verfolgten, immer noch die heimliche Herrscherin. »Sagen Sie den Herren, ich lasse bitten!«

ABKÜRZUNGEN

BdI
Bundesverband der Deutschen Industrie e.V.

B.Z.
Berliner Zeitung (nicht zu verwechseln mit der seit 1945 erscheinenden *Berliner Zeitung* und der ebenfalls in der DDR erschienenen Boulevardzeitung *BZ am Abend*, die heute den Namen *Berliner Kurier* trägt)

AK-47
Awtomat Kalaschnikowa, obrasza 47 (russ.), von Michail Timofejewitsch Kalaschnikow im Jahre 1947 entwickeltes Sturmgewehr

APO
Außerparlamentarische Opposition

DDR
Deutsche Demokratische Republik

EK I
Eisernes Kreuz erster Klasse

FDGB
Freier Deutscher Gewerkschaftsbund

FdH
›Friss die Hälfte‹ (ugs.)

FU
Freie Universität (Berlin)

Gestapo
Geheime Staatspolizei

Gulag
Hauptverwaltung der Besserungsarbeitslager

KaDeWe
Kaufhaus des Westens

KdF
Kraft durch Freude

KPD
Kommunistische Partei Deutschlands

kv.
kriegsverwendungsfähig

KZ
Konzentrationslager

MfS
Ministerium für Staatssicherheit

NKWD
Volkskommissariat für Innere Angelegenheiten (russ.)

OKH
Oberkommando des Heeres

RIAS
Rundfunk im amerikanischen Sektor

RM
Reichsmark

SBZ
Sowjetische Besatzungszone (spätere DDR)

SS
›Schutzstaffel‹ der NSDAP (gegründet 1925)

Stasi
Staatssicherheit

TU
Technische Universität (Berlin)

VEB
Volkseigener Betrieb

Weitere Titel finden Sie auf den folgenden Seiten und im Internet:

WWW.GMEINER-SPANNUNG.DE

Kommissar Tom Sydow ermittelt:

1. Fall: Walhalla-Code
ISBN 978-3-89977-808-3

2. Fall: Odessa-Komplott
ISBN 978-3-8392-1053-6

3. Fall: Bernstein-Connection
ISBN 978-3-8392-1113-7

4. Fall: Kennedy-Syndrom
ISBN 978-3-8392-1185-4

5. Fall: Eichmann-Syndikat
ISBN 978-3-8392-1300-1

6. Fall: Stasi-Konzern
ISBN 978-3-8392-1548-7

7. Fall: Walküre-Alarm
ISBN 978-3-8392-1622-4

8. Fall: Führerbefehl
ISBN 978-3-8392-1800-6

9. Fall: Blumenkinder
ISBN 978-3-8392-1977-5

10. Fall: Staatskomplott
ISBN 978-3-8392-2132-7

11. Fall: Stadtguerilla – Tage der Entscheidung
ISBN 978-3-8392-2496-0

12. Fall: Operation Werwolf – Blutweihe
ISBN 978-3-8392-2745-9

13. Fall: Operation Werwolf – Ehrensold
ISBN 978-3-8392-2848-7

14. Fall: Operation Werwolf – Fememord
ISBN 978-3-8392-0067-4

15. Fall: Operation Werwolf – Teufelspakt
ISBN 978-3-8392-0183-1

16. Fall: Operation Werwolf – Gnadenmord
ISBN 978-3-8392-0221-0

17. Fall: Operation Werwolf – Todesprotokoll
ISBN 978-3-8392-0294-4

WWW.GMEINER-VERLAG.DE
Wir machen's spannend

Bruder Hilpert und Berengar von Gamburg ermitteln:

1. Fall: Die Pforten der Hölle
ISBN 978-3-89977-729-1

2. Fall: Die Kiliansverschwörung
ISBN 978-3-89977-768-0

3. Fall: Pilger des Zorns
ISBN 978-3-8392-1019-2

4. Fall: Die Bräute des Satans
ISBN 978-3-8392-1072-7

5. Fall: Engel der Rache
ISBN 978-3-8392-1267-7

6. Fall: Die Fährte der Wölfe
ISBN 978-3-8392-1649-1

7. Fall: Die Krypta des Satans
ISBN 978-3-8392-2555-4

8. Fall: Die Stunde der Sühne
ISBN 978-3-8392-0255-5

Alle Bücher von Uwe Klausner finden Sie unter
www.gmeiner-verlag.de

Clayton Percival ermittelt:

1. Fall: Pseudonym – das Shakespeare-Komplott
ISBN 978-3-8392-1817-4

2. Fall: Der Sturz des Ikarus
ISBN 978-3-8392-2013-9

weitere Histos:

Aurelius Varro:

1. Fall: Die Stunde der Gladiatoren
ISBN 978-3-8392-1464-0

2. Fall: Die Ehre der Prätorianer
ISBN 978-3-8392-2299-7

Clayton Percival:

1. Fall: Pseudonym – das Shakespeare-Komplott
ISBN 978-3-8392-1817-4

2. Fall: Der Sturz des Ikarus
ISBN 978-3-8392-2013-9

Sisis letzte Reise
ISBN 978-3-8392-2261-4

WWW.GMEINER-VERLAG.DE
Wir machen's spannend

Daniel Izquierdo-Hänni
Mörderische Hitze
Kriminalroman
249 Seiten, 13,5 x 21 cm,
Premium-Klappenbroschur
ISBN 978-3-8392-0287-6
€ 14,00 [D] / € 14,40 [A]

Nach einem traumatischen Fall hat Vicente Alapont seinen Job als Inspektor bei der Mordkommission der Policía Nacional an den Nagel gehängt und fährt jetzt in seiner Heimatstadt Valencia Taxi. Als sich einer seiner Stammgäste das Leben genommen haben soll, will er dies nicht glauben und fängt an, auf eigene Faust zu ermitteln. Rasch zieht eine alteingesessene Winzerfamilie Alaponts Aufmerksamkeit auf sich. Doch kann er seinem wiedergewonnenen Spürsinn trauen?

GMEINER SPANNUNG

WWW.GMEINER-VERLAG.DE
Wir machen's spannend

Andy Neumann
Zehn
Thriller
384 Seiten
12,5 x 20,5 cm, Paperback
ISBN 978-3-8392-0318-7
€ 12,00 [D] / € 12,40 [A]

»Er starrte träumerisch aufs Wasser und versenkte sich ein weiteres Mal in die Gewissheit, ein Leben ausgelöscht zu haben. Ihm war endgültig klar, dass es seine Bestimmung war. Sein Schicksal!«

Jahrelang zieht ein Serienmörder eine Blutspur durch Deutschland. Seine Taten haben nur eines gemeinsam: Sie sind nicht aufzuklären. Es gibt kein Muster, keine Zeugen, kein erkennbares Motiv, keine Verbindung zwischen den Opfern. Die Mordkommission ist hilflos. Kann der Journalist Niessen den Mörder stoppen? Sein Instinkt führt ihn auf einen Kreuzzug, an dessen Ende die Story seines Lebens wartet – oder der Tod.

GMEINER SPANNUNG

WWW.GMEINER-VERLAG.DE
Wir machen's spannend

DIE NEUEN

GMEINER KULTUR

WWW.GMEINER-VERLAG.DE
Mensch, Kultur, Region

Zeitfracht Medien GmbH
Ferdinand-Jühlke-Straße 7,
99095 - DE, Erfurt
produktsicherheit@zeitfracht.de